JULIA™

AF274836

ANNA CLEARY

MI VECINO
ITALIANO

Una división de HarperCollins Ibérica, S.A.
Avenida de Burgos, 8B - Planta 18
28036 Madrid

© 2025 Harlequin Ibérica, una división de HarperCollins Ibérica, S.A.
N.º 477 - 7.2.25

© 2011 Ann Cleary
Mi vecino italiano
Título original: The Italian Next Door...

© 2011 Abigail Strom
El deseo del millonario
Título original: The Millionaire's Wish
Publicadas originalmente por Harlequin Enterprises, Ltd.
Estos títulos fueron publicados originalmente en español en 2012

I.S.B.N.: 978-84-1074-509-4
Depósito legal: M-23860-2024
Impreso en España por: BLACK PRINT
Fecha impresión Argentina: 6.8.25
Distribuidor exclusivo para España: LOGISTA
Distribuidor para México: Distibuidora Intermex, S.A. de C.V.
Distribuidores para Argentina: Interior, DGP, S.A. Alvarado 2118. Cap. Fed./Buenos Aires y Gran Buenos Aires, VACCARO HNOS.

Capítulo 1

PASIÓN era lo último que había en la mente de Pia Renfern cuando se acercó a las ventanillas de alquiler de coches del aeropuerto Fiumicino de Roma, preparándose para asumir el riesgo de conducir en el lado incorrecto de la carretera. A veces, en un país extranjero, por más que se planificara, era imposible controlarlo todo.

Pia decidió probar la agencia Da Vinci. Dejó el carro de las maletas junto al mostrador y sonrió.

—*Mi scusi, signora*, ¿puede decirme cuánto cuesta alquilar un coche por un día?

La mujer escrutó a Pia, cuya conciencia australiana no dejaba de recordarle que siempre había conducido por la izquierda.

—¿Un día, *signorina*?

—Sí. Solo uno, para llegar a Positano —al ver que la mujer enarcaba las cejas, Pia se sintió obligada a explicarse—. Mi vuelo ha llegado con retraso y he perdido el autobús que había reservado. Como hay huelga de trenes… —hizo una mueca—. He preguntado a los taxistas, pero ninguno quiere llevarme tan lejos.

La mujer examinó el metro sesenta y cuatro de Pia: desde el pelo corto y rubio, siguiendo por la chaqueta de ante azul y los vaqueros arrugados, hasta terminar en los botines.

—¿Puedo ver su pasaporte, *signorina*? ¿Y su carné de conducir?

Pia sintió una presencia a su espalda. Cuando le daba los documentos a la empleada vio que ella alzaba la vista y esbozaba una enorme sonrisa.

—Ah, *signore. Sarò con lei fra poco*.

Pia miró hacia atrás. Un hombre italiano se apoyaba en el asa de su maleta. Medía más de uno noventa, tal vez dos metros, tenía cejas anchas y ojos oscuros e inteligentes que conectaron con los de ella y chispearon con descaro.

Pia se dio la vuelta. No estaba preparada para nada grande, musculoso y lleno de testosterona, por atractivo que fuera.

En cambio, Valentino Silvestri, que acababa de llegar de Túnez tras coordinar un importante asalto de la Interpol al narcotráfico, sintió un inquietante cosquilleo en la nuca, que descendió por su espalda. Ordenó mentalmente a la bonita rubia que lo mirara para volver a ver sus impresionantes ojos azules. Como no tuvo éxito, examinó su cuerpo.

La chaqueta terminaba justo encima de un delicioso trasero, redondo como un albaricoque, embutido en vaqueros azules. Se le hizo la boca agua. Anhelaba estar con una mujer.

Pia contuvo el aliento mientras la mujer estudiaba el pasaporte y tecleaba con dedos ágiles.

—¿Un coche grande o pequeño, *signorina*?

—Oh, pequeño está bien. *Grazie* —era un alivio saber que la estrechez de las carreteras no parecía ser problema. Su optimismo se disparó.

Con un poco de suerte llegaría a su destino mucho antes del anochecer. Pero no podía negar que tenía sus dudas respecto a conducir allí. Por suerte, había tenido la previsión de sacarse un carné de conducir internacional por si tenía alguna emergencia, aunque su madre le había suplicado que evitara utilizarlo.

Ya no era el manojo de nervios que había sido unos meses antes, cuando sufría síndrome de estrés postraumático. Pia Renfern estaba oficialmente libre de esa lacra y de todas su insidiosas y debilitantes manifestaciones. Había superado todo eso, era puro coraje y nadie podría contradecirla.

Conducir por el otro lado de la carretera no podía ser tan difícil. Otra gente lo hacía. Su prima Lauren conducía por toda Italia sin problemas.

Su historial como conductora era bastante bueno, exceptuando algunas infracciones de aparcamiento. Le habían retirado el carné una vez por frecuentes excesos de velocidad, pero había sido hacía años, al poco tiempo de empezar a conducir. Por suerte, el permiso internacional no hacía referencia a su pasado.

—¿Dónde quiere entregar el coche, señorita Renfern? —preguntó la mujer.

—¿Tienen oficina en Positano?

—No, *signorina* —se puso seria—. En Positano no hay sitio para coches. Tendría que llevarlo a Sorrento y regresar en autobús. ¿Conoce la zona?

—No. ¿El coche no tendrá navegador?

—*Scusi, signorina* —se oyó a su espalda.

Pia se dio la vuelta sorprendida.

El hombre dio un paso hacia delante. A Pia se le secó la boca. Era realmente guapo, con pómulos y mandíbula esculpidos, y tenía las cejas más expresivas que había visto nunca. La elegancia informal de la chaqueta de cuero negro, camisa blanca y vaqueros no ocultaban su constitución atlética y fuerte.

Estaba al menos un milímetro demasiado cerca, haciendo saltar todos sus sensores de alarma. Dio un paso atrás para huir de esos atractivos ojos oscuros y chocó contra el mostrador.

—No he podido evitar oírla, *signorina*. ¿Va a Positano? —su voz era grave y tenía un bonito deje—. ¿Sabe que alrededor de Sorrento las carreteras son estrechas y bordean acantilados?

—Bueno, sí, supongo. ¿Y? —la intrusión la molestó. Se preguntó si el hombre dudaba de su capacidad y se sonrojó. La empleada de la agencia escuchaba atentamente cada palabra. De hecho, se había hecho el silencio, como si todas las agencias de alquiler de coches, y sus clientes, estuvieran escuchando—. ¿Qué quiere decir, *signore*?

—Esas carreteras son concurridas y peligrosas. Incluso los conductores de la zona lo creen —los inteligentes ojos oscuros parecían serios—. Disculpe, *signorina*, pero tiene acento australiano. ¿Ha conducido alguna vez por la derecha?

Pia sintió una punzada de culpabilidad. Todo su cuerpo empezó a arder cuando notó que la empleada de la agencia la taladraba con la mirada. Podría haber mentido, pero no se le daba bien.

—Bueno, no, puede que no —tartamudeó—. Pero sé que puedo hacerlo. Además, no es asunto suyo.

—Eso no es bueno —él movió la cabeza con desaprobación—. No debe intentar conducir por esas carreteras, sobre todo con el tráfico que habrá hoy, sin trenes. Creo que lo mejor será que yo…

—*Scusi*, señorita Renfern —intervino la empleada de la agencia—. Lo siento, pero Da Vinci Auto no tiene coche disponible para usted hoy.

—¿Qué? —Pia giró y miró a la mujer con indignación—. Pero eso es injusto. Ha visto mi carné, soy una conductora cualificada. Este hombre es un desconocido para mí. No lo escuche.

—Lo siento *signorina* —la mujer le devolvió la documentación—. Tal vez otra agencia pueda ayudarla. Pero Da Vinci Auto no puede —la mujer se cruzó de brazos y apretó los labios.

Pia guardó los documentos, colérica.

—Muchas gracias, *signore* —dijo con voz cargada de veneno y una mirada fulminante.

—*Prego*. Su seguridad es importante para todos los italianos —sus ojos chispearon.

—Estaría mucho más segura si pudiera alquilar un coche —hacía tiempo que no discutía con hombres, pero en algunos casos era necesario.

Su indignación parecía hacerle gracia al tipo. Se reclinó en el mostrador y bajó las espesas pestañas negras mientras la recorría de arriba abajo con una mirada sensual y apreciativa.

—Tan, tan suave… pero tan fiera —sus manos dibujaron esa suavidad en el aire. Ella no dudó que se refería a sus pechos más que a otra cosa—. Es una pena, pero es la *signora* quien ha tomado la decisión, sin duda por sus propias razones —dijo con falsa compasión. Se encogió de hombros como si él fuera completamente inocente.

Para Pia esa distorsión de la realidad resultó excesiva, mezclada como estaba con los mensajes que le lanzaban los ojos sonrientes, la boca sexy y las manos morenas y elegantes, que eran todo menos inocentes.

—Tomó la decisión porque usted sembró la duda en su mente —explotó, acalorada.

—¿Eso cree? —alzó una preciosa ceja—. Puede que haya influido en ella el deseo de salvar vidas. Pero como yo voy a Positano, podría llevarla. No creo que ocupe demasiado sitio —sus bellas manos ilustraron el espacio que podría ocupar, dibujando la forma de sus caderas con un gesto que a Pia casi le pareció una caricia.

Podía imaginarse lo que él tenía en mente. Quería estar a solas con ella en un sitio cerrado y pasar esas manos por su cuerpo.

Deseó que esa voz no se filtrara en sus venas como una droga. La sonrisa de sus ojos parecía estar invitándola a reconocer la vibración sexual que, a su pesar, tiraba de ella. «Cuidado, chica», se dijo, «No dejes que te absorban unos ojos oscuros como la noche y una sonrisa relajada».

—Ni lo sueñe —rechazó la oferta con desdén.

Se alejó con toda la dignidad que permitía empujar un carro cargado con una maleta y un gran bolso de lona lleno de material de pintura. Sintió la mirada abrasadora de él observando cada uno de sus pasos.

Decidió no humillarse preguntando en el resto de los mostradores de alquiler de coches. Todos habían escuchado la conversación. No iba a darle al tipo la satisfacción de ver cómo la rechazaban de nuevo.

Era el hombre más entrometido, irritante y desagradable que había conocido en su vida. Y, sin duda, era porque se sabía atractivo.

No tendría que haberla mirado así, haciendo que se sintiera tan… femenina. De hecho, era increíble que hubiera provocado esa respuesta en ella. Hacía tanto tiempo que esa parte de sí misma estaba dormida que le costaba creer que fueran sensaciones reales.

Era tal y como le había advertido el médico: ahora que estaba volviendo a la normalidad, todas las emociones serían más fuertes, más intensas.

No pudo resistirse a mirar hacia atrás antes de dar la vuelta a la esquina. Él seguía allí, pero ya no estaba solo. Una pareja de mediana edad, acompañada por un adolescente, se había unido a él y lo abrazaban como si hiciera tiempo que no lo veían. Lo vio agacharse para besar a la mujer en ambas mejillas. Vaya… Sintió envidia.

Resignado, por el momento, a dejar de lado su interés por la mujer rubia, Valentino se preparó para sortear mil preguntas sobre su vida personal.

Como siempre, sus tíos querían saber demasiado. Seguía avergonzándolos que estuviera divorciado y no dejaban de buscar indicios de que estaba listo para lanzarse de nuevo al matrimonio.

A veces sospechaba que su tía soñaba con que volviera a juntarse con Ariana, para borrar la vergüenza familiar. Como si no hubiera amargura y el divorcio no tuviera validez.

No servía de nada explicar que estaban en el siglo XXI. Para su tía, que estuviera soltero lo convertía en un bala perdida que necesitaba alguien que lo atara bien al suelo. Su tío parecía verlo de otro modo, tal vez con cierta envidia.

—Sigues mariposeando por ahí ¿eh, Tino? —su tío le guiñó un ojo.

—Ya basta de eso —espetó su tía—. ¿Cuándo vas a volver a casa a asentarte, Tino?

No se atrevieron a preguntarle por su trabajo. A su familia no le gustaba especialmente que fuera agente de la Interpol. Preferían obviar el tema y tendían a estar en guardia, temiendo que les escuchara con el fin de recolectar pruebas.

Preocupación innecesaria, pues hacía mucho que él había investigado su rectitud y moralidad.

Su tía empezó a hablarle de su hija mayor, Maria, un ejemplo para la familia: bien casada, embarazada y a punto de darle otro nieto, tal y como era la obligación de todo buen hijo o hija.

Mientras la pareja discutía los más mínimos detalles del embarazo de Maria, el adolescente, intentaba dar la impresión de no conocerlos. Valentino intercambió una sonrisa de simpatía con él; aunque su especialidad era escuchar, a veces desconectar tenía aún más importancia estratégica.

Lo abrumaba un intenso anhelo de escapar de las realidades de su vida. Por un segundo, se permitió imaginarse cómo habría sido viajar por la autopista con una bonita rubia a la que mirar y una rodilla sobre la que apoyar la mano.

Curvó los dedos, echando de menos esa rodilla sedosa. Hacía demasiado que no acariciaba a una mujer. Tenía que quedar alguna que no estuviera empeñada en arrastrar a un hombre al altar.

Los serios ojos azules, labios rosados, pómulos delicados y bonita nariz salpicada de pecas tenían el potencial de hechizar a un hombre, durante unos días al menos. Estaba seguro de que había habido química entre ellos. El viaje habría sido la oportunidad perfecta para sentar las bases de un romance de vacaciones.

Probablemente, otras personas se ofrecerían a llevarla a su destino y deseó, por su bien, que eligiera viajar en autobús. Con toda la maldad que había visto a lo largo de los años, dudaba que una mujer estuviera segura si viajaba sola.

Echó un vistazo a la gente que lo rodeaba, preguntándose cuántos de esos seres de aspecto inocente estarían involucrados en actividades criminales. Últimamente, veía corrupción mirara donde mirara. A veces deseaba olvidar el crimen, las amenazas terroristas, las drogas, el tráfico de personas, el fraude de tarjetas de crédito y el continuo pillaje de tesoros nacionales. Quería relajarse y disfrutar de las vacaciones como cualquier otra persona. Disfrutar de una mujer bonita, sin pensar en más. Suspiró.

De repente, Valentino se dio cuenta de que la gente empezaba a agolparse en todas las ventanillas de alquiler de coches. Le dio un golpecito a su tío, para alertarlo de la situación, pero para cuando se unió a la fila, era demasiado tarde. Da Vinci Auto ya no tenía coches.

—*Per carita* —gimió su tío, dándose una palmada en la frente—. Ahora huelga de autobuses. Primero de tren, luego de autobús. ¿Adónde va a llegar el país? ¿Qué vamos a hacer?

Valentino pensó en la australiana y en qué haría ella. Sintió una punzada de remordimiento por haber intervenido, aunque era su deber como ciudadano garantizar la seguridad pública. Pero, aun así, se sentía responsable.

La noticia fue como un mazazo para Pia.

El nervioso empleado comunicó a la airada multitud que los conductores estaban reunidos y no habría autobuses hasta nueva orden.

Justo lo que Pia no quería oír. Su vida llevaba en suspenso más de medio año y había cruzado medio mundo para romper su capullo de seguridad y lanzarse de nuevo a disfrutar de cada instante de placer y emoción que pudiera ofrecerle la vida.

Nada de eso ocurriría hasta que escapara del insulso mundo del aeropuerto. Gruñendo, se derrumbó en un asiento y cerró los ojos. Como era habitual, un hombre era la raíz de sus problemas. Ya podría estar recorriendo la costa de Amalfi si hubiera ignorado al tipo de las cejas bonitas.

Tal vez fuera un presagio de que había hecho

mal aceptando cuidar la casa de Lauren. Se recriminó por pensar eso. Tenía que concentrarse en lo positivo. Había avanzado mucho, dejando atrás al tímido ratoncito que se había escondido en su casa de Balmain día y noche, con los cerrojos echados y todas las luces encendidas. Cada noche la misma cena en el microondas, cada noche una cama solo para ella.

Había dado grandes pasos desde que tomó la primera decisión consciente de agarrarse a la vida con esperanza y actitud positiva. Había conseguido subir al avión e incluso había empezado a pensar que era hora de volver a probar suerte con otros miembros de la raza humana, con cuidado, eso sí.

Su error había sido enamorarse y confiar en que el amor duraría eternamente. Era hora de establecer un paradigma nuevo: el amor era una locura que acababa en lágrimas. Era mejor encariñarse mientras las cosas iban bien y dejar la relación con alegría. Ni uno más de esos hombres de palabra fácil, obsesionados con el deporte, que amaban a una mujer cuando estaba sana y entera, siempre y cuando fuera lo bastante guapa para lucirla en las fiestas de los amigos.

Se aseguraría de que el siguiente hombre tuviera sensibilidad, aunque no fuera un semidiós alto, rubio y musculoso. Estaba dispuesta a aceptar a alguien menos atlético y menos dominante.

Cuanto más lo pensaba, más le apetecía un

hombre dulce y gentil, de constitución mediana y sin interés por los deportes. No hacía falta que fuera guapo. Los guapos solían ser arrogantes ególatras que veían a la mujer como una presa. Podían servir para un fin de semana de pasión, pero a largo plazo sería preferible alguien que la entendiera, o que compartiera su temperamento artístico; un escultor, o incluso un músico.

Alguien había dejado un periódico en el asiento contiguo, así que echó un vistazo a la portada, e intentó rememorar el italiano estudiado en el instituto. Por lo visto, habían robado un cuadro poco conocido, de Monet, de un museo de El Cairo. La foto publicada era de muy mala calidad, solo se distinguían unos juncos y un par de nenúfares.

Su italiano no estaba a la altura de entender los detalles, así que dejó el periódico y se tumbó en la fila de asientos. Cerró los ojos y se obligó a concentrarse en el futuro.

Estaría en Positano, donde nadie sabía que once meses antes, en la sucursal del Unity Bank de Balmain, un hombre con pasamontañas le había puesto una pistola en la sien, haciéndola creer que iba a morir. Ese pequeño drama había cambiado toda su vida. Una mujer sin miedos, que disfrutaba de su hombre, de sus amigos, de su trabajo y de su creciente fama, había pasado a ser un pelele.

Después del incidente, todas las pequeñas ansiedades y precauciones normales de la vida se habían transformado en fobias monstruosas.

Nadie habría adivinado que eso podía ocurrirle a una fémina segura y atrevida. Había empezado a darle miedo caerse, ahogarse, cruzar la carretera, envenenarse con lechuga mal lavada, ser comida por los perros y morir joven. Y, por supuesto, temía a los hombres grandes con pasamontañas.

Pia Renfern, paisajista y retratista en alza, aceptada como pintora en sociedad, se había rendido al miedo. Pero la peor tragedia había sido perder su capacidad de pintar.

Solo pensarlo hacía que se le revolviera el estómago. Luchó contra la náusea. Necesitaba ser positiva y ver el vaso medio lleno. Los tiempos terribles habían pasado, volvía a ser fuerte y la mayoría de sus ansiedades habían vuelto al redil.

Le faltaba superar el bloqueo de la pintura y, gracias a Lauren, Positano le daría el empujoncito necesario. Estar rodeada de belleza la inspiraría.

No llevaba más de cinco minutos así cuando sintió una presencia junto a ella. Supo quién era sin necesidad de mirar. Se le desbocó el pulso.

Abrió los ojos y tuvo que entrecerrarlos para no deslumbrarse con ese pelo negro, cejas anchas y ojos oscuros y chispeantes. Miguel Ángel se habría enorgullecido de tallar esos labios, esos rasgos masculinos. Durante un segundo, su resolución de buscar solo hombres sensibles se tambaleó. Pero luego su memoria hizo acto de presencia.

—El hombre que interfiere —dijo, sentándose.

—Valentino Silvestri —inclinó la cabeza y la miró con ojos serios—. Estoy a punto de salir hacia Positano —miró su reloj de pulsera, revelando una muñeca morena y tendinosa—. Dependiendo del tráfico, espero llegar poco después del mediodía.

—¿Por qué me lo dice? —Pia se esforzó por dejar de mirar esa muñeca salpicada de vello oscuro.

—Necesita transporte. Soy italiano y el deseo de nuestra nación es dar la bienvenida a los turistas y hacerles felices. ¿Entonces…?

—Dudo que pudiera hacerme feliz.

—Ah, *signorina*. Me anima a probar —soltó una risa profunda y sexy. Sacó las llaves del coche y las movió ante su rostro—. Al menos, déjeme rectificar por haberla dejado sin coche de alquiler.

Ella empezó a sentirse más dispuesta a perdonar. Sin embargo, no dudó la respuesta.

—No, gracias.

—¿Segura? ¿Coche rápido, buen conductor?

Ella negó con la cabeza. Él, tras un momento de silencio, la miró con ojos chispeantes.

—¿He mencionado que mi tío, mi tía y mi prima vendrán con nosotros? —indicó con un gesto al grupo familiar que ella había visto con él minutos antes. Estaban a unos metros de allí, junto a su equipaje, mirándola con curiosidad.

—¿Ellos? —Pia los miró dubitativa, pero sintió un destello de esperanza—. ¿En serio?

Unos meses antes, ir en coche con unos desconocidos, obligada a hacer conversación, habría sido su idea del infierno, pero… La familia parecía la esencia de la respetabilidad y solidez. Era su oportunidad de escapar del aeropuerto a un mundo de hierba, cielo y aire fresco.

—No sé… —miró a Valentino, preguntándose si lo motivaba el remordimiento u otra cosa—. ¿Seguro que no sería una intromisión?

—Sería un alivio —hizo una mueca divertida.

—¿No les importará?

—Les fascinará.

—No querría coartar la conversación familiar…

—No podría aunque lo intentara.

—Bueno, entonces, sí —se levantó, se alisó la ropa y agarró el bolso—. Muchas gracias. Pero solo será eso, Valentino. Nada más.

—¿*Scusi*, *signorina*? ¿Qué más podría ser? —enarcó una ceja y ladeó la cabeza con expresión de curiosidad cortés.

—Solo quería dejar claro que entiende… que…

El rostro de él adquirió expresión seria y digna, como si estuviera insultando su honor, su reputación y hasta su alma. Pia casi tuvo que pellizcarse. ¿Era ese hombre el mismo diablo que había flirteado con ella media hora antes?

—Mire, necesito que esté claro que no es ligue.

—¿Ligue? —la miró con desconcierto y juntó las cejas—. ¿Eso es una expresión australiana?

—No, no —se sonrojó y movió la cabeza—. Es

cuando… —de repente, se dio cuenta de que hasta ese momento el hombre había demostrado tener un inglés excelente. Miró con suspicacia su rostro y captó el brillo de sus ojos—. Sabe perfectamente lo que quiero decir, ¿verdad?

—Podría saberlo, *signorina* —soltó una carcajada y sus ojos chispearon al ver su perturbación.

—Bien —resopló exasperada—. Bien. Mientras que entiendas que acepto que me lleves porque es una emergencia. Me llamo Pia.

—Pia —repitió él—. Bella. Encantado —le ofreció la mano, sonriente.

Ella la aceptó, pero en cuanto las palmas se rozaron, las células de su piel parecieron saltar como peces voladores. El contacto fue breve, pero siguió sintiendo un cosquilleo mientras iban a reunirse con la familia que esperaba.

—Bien, siempre que esté claro que quien conduce soy yo —aseveró él con firmeza.

—Menuda sorpresa —rezongó ella, pero por dentro sentía un auténtico torrente en las venas.

Capítulo 2

VALENTINO Silvestri conducía rápido, cambiando de carril a carril y culebreando entre el tráfico sin ningún respeto por los nervios de sus pasajeros. Pia se aferraba al cinturón de seguridad, soportando la penetrante voz de la tía e intentando no pensar en las probabilidades de morir en la juventud.

La tía había protegido a sus hombres sentando a su marido delante y colocándose entre Pia y el huraño adolescente. Pia envidiaba los auriculares del chico, pero no sacó los suyos para no ofender.

Durante un breve lapso en la conversación, los ojos de Valentino buscaron los de Pia en el espejo.

—¿Cómo es que has venido a Italia desde Australia, Pia? —preguntó con su delicioso acento.

—He venido a cuidar la casa de mi prima —contestó ella—. Lauren es fotógrafa. Está en Nepal con un equipo de filmación, fotografiando al leopardo de las nieves. Tal vez la conozcas. ¿Lauren Renfern?

—Hace tiempo que no voy a Positano —Valentino movió la cabeza—. ¿Llegó hace mucho?

—Vive allí desde hace poco más de un año.

—Hay tanta gente nueva que no conocemos nuestra propia ciudad —intervino la tía—. Pero te gustará. Irás a Pompeya, claro. Ercolano también merece la pena. Y subir al Vesubio, ¿verdad, *amore*? Es una experiencia maravillosa.

—Y Capri —añadió su marido, volviéndose hacia Pia—. Todos los turistas van a Capri. Te encantará.

—Shhh —siseó la tía, frunciendo el ceño y señalando a Valentino con la cabeza—. ¿Es que no tienes ningún respeto? —murmuró.

Pia miró a Valentino con sorpresa. Se preguntó qué tenía de malo hablar de Capri. Miró el espejo y vio que él apretaba los labios levemente. Un segundo después, sus miradas se encontraron y Pia lo olvidó todo menos el siseo de sus venas.

Justo cuando la Bahía de Nápoles aparecía ante su vista, sonó el teléfono móvil de la tía. Su adorada hija Maria se había puesto de parto y era imprescindible que corriera a su lado de inmediato.

No hubo más opción que alterar el itinerario. Dejaron la autopista en la primera salida disponible y condujeron hasta Nápoles. Valentino ayudó con el equipaje y acompañó a la familia a la entrada del edificio de pisos donde vivía Maria.

Pia se quedó sentada donde estaba, disfrutando del delicioso silencio, pero con los nervios tensos. Iba a estar a solas con él y se preguntaba qué ocurriría. Se estremeció de anticipación.

Valentino volvió al coche y se quedó parado con la mano en la puerta. Vio que su pasajera seguía en la misma esquina. ¿Tanto miedo tenía de él? Entró en el coche, arrancó el motor y se volvió.

Los ojos azules, casi desafiantes, se encontraron con los suyos. Se le aceleró el pulso. No quería hacer que se sintiera vulnerable, pero era tan bonita que no habría sido humano si la situación no lo excitara. Arqueó las cejas.

—¿Vas a quedarte sentada ahí? —preguntó.

Pia hizo un esfuerzo para controlar la tensión de sus músculos. Se dijo que los hombres eran como los caballos y los perros, lo peor que se podía hacer era dejarles notar el nerviosismo. Si admitía la amenaza, esta se haría realidad.

Además, no había razón para estar nerviosa. Que la hubiera mirado un par de veces como si fuera un pastelito de fresa no implicaba que fuera a llevarla a un lugar solitario para aprovecharse de ella. Él no había planeado lo ocurrido. Que el bebé se adelantara unos días había sido cosa del destino.

Así que bajó del coche y se sentó junto a él. Cuando se inclinó para ayudarla a encontrar la hebilla del cinturón de seguridad, captó su aroma masculino y especiado. Al aceptar el cinturón, tuvo cuidado para no rozar sus dedos.

Valentino captó el latir de una vena en su sien y tuvo que controlar el deseo de tocarla. Era natural que ella sintiera cierta preocupación. Cualquier mujer la sentiría. Al fin y al cabo, él era un hombre. No serviría de nada decirle que era el tipo más respetuoso del planeta y que defendía la ley en ciento ochenta países. Pensó en qué decir para tranquilizarla, pero no encontró nada adecuado.

—Siento el cambio de planes. Por lo visto los *bambini* siguen sus propias reglas —dijo, incorporándose al tráfico—. Queda poco más de una hora de viaje. Lo justo para presentarnos como Dios manda —esbozó una sonrisa tranquilizadora. Dime —siguió con voz aterciopelada—, ¿qué piensas hacer en Positano?

Pia comprendió que se estaba esforzando para hacer que se sintiera cómoda, quizá para luego aprovecharse de esa falsa sensación de seguridad. Por suave y educado que fuera, no podía olvidar que pertenecía al género masculino, era un lobo.

—Verlo todo. Absorber la belleza —respondió, colocando las manos juntas sobre el regazo.

—Ah. ¿Estás de vacaciones?

—Sí. Y tú, Valentino, ¿vives en Positano o vienes de visita?

Valentino titubeó. Demasiada información conduciría inevitablemente a desvelar su trabajo. Y cuando lo hiciera, ella se cerraría en banda. Le había ocurrido con demasiadas aventuras en potencia. Oían la palabra Interpol y se desvanecían como humo. Encontrar y perseguir a criminales de altura era un trabajo más arduo que romántico, pero ya era hora de que su organización tuviese mejor prensa, más sexy, al menos.

—Mi familia está allí, pero trabajo en otro sitio.

—¿Sí?

—Sí —cambió de tema—. Creo que disfrutarás en Positano. Es muy pequeño, pero no te costará encontrar diversión. ¿Eres aventurera, Pia?

Pia lo miró. Él escrutaba su rostro con una sonrisa sexy, retadora. Supo que había utilizado esa palabra a propósito. Era un hombre, típico.

—No, no lo soy —dijo, echando un jarro de agua fría a cualquier intento de flirteo—. En absoluto.

—¿No? —alzó una de sus espesas cejas negras—. No es lo que habría pensado —su sensual boca se curvó levemente, con una sonrisa meditativa.

Pia se preguntó si había captado la esencia de la mujer valiente e indestructible que había sido en otro tiempo o si era una mera técnica de seducción.

—Has cruzado el mundo sola, a mí me parece que eso requiere coraje y espíritu aventurero —su mirada era sincera y amable, y Pia supo que había malinterpretado sus intenciones—. ¿No?

—Ah, sí… supongo —sonrió con cautela y encogió los hombros, como si el viaje no tuviera importancia, a pesar de que había sido un manojo de nervios los primeros cuatro mil kilómetros.

—Es útil estar en forma en Positano —siguió él—, pero no hace falta ser muy aventurero para disfrutar de las rutas de montaña y explorar las grutas. Necesitarás un guía. Si vas a la agencia de turismo, te ayudarán.

Pia se avergonzó de sus sospechas. Tenía que dejar de pensar lo peor de los hombres. Era hora de dejar atrás su angustia y empezar a aceptar a la gente, a los hombres, sin prejuicios. No todos pensaban en sexo y violencia cada minuto del día. Se relajó un poco. Ese hombre había tenido la amabilidad de acudir en su rescate y ella se lo agradecía pensando que intentaba aprovecharse.

Además no era un tipo cualquiera. Era guapísimo. Se había arremangado la camisa y sus antebrazos eran tan fuertes y morenos como ella había imaginado. Correosos, casi.

Desde un punto de vista artístico, ofrecía una buena composición. De hecho, era difícil dejar de mirarlo. Las bien definidas líneas de su perfil, escultural, la dejaban sin aliento.

Valentino notó que ella lo miraba y dio gracias

a los dioses. La química era indudable. De repente, se alegraba de estar vivo y de ser un hombre libre.

Por primera vez en mucho tiempo, la oficina, las reuniones y las constantes exigencias de luchar contra el crimen le parecían estar a años luz. Además, el sol brillaba, el coche iba de maravilla y la preciosa rubia empezaba a relajarse.

Si conseguía que volviera a sonreír, pronto estarían flirteando y la señorita Pia Renfern estaría lista para iniciar una aventura de verdad.

—¿Tu familia siempre ha vivido en Positano? —preguntó Pia para romper el silencio.

—Siglos, por lo que sabemos. Mis padres fallecieron, pero mi abuelo sigue allí —la envolvió con una mirada que a Pia le pareció embriagadora como una copa del mejor coñac—. ¿La tuya ha vivido siempre en Sídney?

—No siempre. Uno o dos siglos. Siento lo de tus padres —hipnotizada por la luz ambarina de sus ojos oscuros, sintió que sus instintos se rebelaban. Mientras que el cerebro había alzado las barreras de seguridad, otra parte de ella quería bajarlas, una parte femenina que se estaba ablandando y que se sentía atraída hacia él como si fuera un imán.

—¿No hay un guapo australiano echando de menos a su bella *ragazza*? —preguntó él.

—No especialmente —una mujer no tenía por qué confesar ciertas cosas. Por ejemplo, que el guapo australiano que había creído el amor de su vida la había dejado por una contable de pelo lacio.

—Increíble. No me extraña que se les dé tan mal el mejor deporte del mundo.

—¿Qué deporte es ese?

—Esto es una tragedia —la miró incrédulo al principio, con expresión compasiva después.

—¿Es algo italiano? —preguntó ella, inocente.

—*Mio Dio* —alzó las manos un segundo y volvió a posarlas en el volante—. El fútbol. ¿Algún australiano ha oído hablar del fútbol?

Ella sonrió para sí. Las mujeres australianas, como todas, vivían rodeadas de competiciones deportivas que sus hombres adoraban.

Él estrechó los ojos al comprender que le había tomado el pelo. Soltó una carcajada y su rostro se iluminó. Pia rio con él. No había nada equiparable a un momento de humor compartido con un guapo napolitano para que una chica se relajara.

—Es una suerte que hayas venido a un país civilizado donde aprenderás a vivir. ¿Cuánto tiempo te quedarás?

—El tiempo que haga falta.

—Que haga falta, ¿para qué?

—Bueno… —movió las manos—. Me refería al tiempo que Lauren esté fuera… o lo que sea —por ejemplo, el tiempo que tardara en volver a pintar.

—Esperemos que Lauren tarde en volver.

Ella no contestó y Valentino se preguntó si había metido la pata. No quería apresurarla. No buscaba una seducción rápida, aunque cedería si lo tentaban. Se le aceleró el corazón al pensarlo. Era vergonzoso pensar eso; era un hombre disciplinado, un profesional de la lucha contra el crimen, un defensor de los inocentes.

Por curvilínea y femenina que fuera, por cerca que estuviera, un hombre de honor nunca contravenía ciertas normas de comportamiento.

La miró de reojo. Tenía la frente arrugada y se mordía el labio. Un tentador labio rosado.

Pia tenía la sensación de que él escuchaba con atención cada una de sus palabras. Deseó que no le hiciera demasiadas preguntas sobre su trabajo. Odiaba mentir. A la larga, las mentiras siempre se descubrían, y cabía la posibilidad de que volvieran a verse, ya que iban a estar en la misma ciudad.

No quería admitir ante nadie que había estado a punto de desintegrarse. Perder a Euan había sido malo, pero perder su capacidad de pintar había sido como perder su identidad.

Para Euan que hubiera perdido el deseo sexual era un castigo que sufría él. Para ella, no poder pintar equivalía a no poder respirar.

Gracias a Dios, esa pesadilla era parte del pasado. Se estaba recuperando y volvía a sentir destellos de creatividad. En cuanto al deseo…

Miró los largos dedos de Valentino sobre la palanca de cambios y los músculos que tensaban sus vaqueros. Lo del deseo estaba por ver.

—¿Dónde vive tu prima? —preguntó él.

—En Via del Mare. Consiguió un buen contrato con un canal de televisión, así que compró un apartamento. ¿Conoces la calle?

—Debe de haber sido un contrato fantástico —murmuró él—. Conozco la calle bien, podríamos ser vecinos. Conveniente, ¿no? —le lanzó una mirada que la derritió—. ¿Te gusta viajar?

—Casi me avergüenza decir que es la primera vez que salgo de Australia.

—¿La primera? —levantó las manos del volante—. *Molto bene.* Has elegido el mejor sitio. La primera vez tiene que ser excepcional. ¿No crees?

Su sonrisa seductora hizo que a ella le diera un bote el corazón.

—¿Qué tipo de trabajo haces?

—De todo. Cosas temporales —pensó que era un hombre de lo más inquisitivo—. ¿Va bien el aire acondicionado? —preguntó, mojándose los labios con la lengua—. ¿En qué trabajas tú, Valentino?

Él ajustó el dial del aire acondicionado. Las espesas pestañas negras ocultaron sus ojos.

—Trabajo para una multinacional que hace de todo: comunicaciones, recopilación y análisis de datos. Nos relacionamos con empresas locales para maximizar el éxito de sus operaciones.

Sonó a retahíla repetida cientos de veces. Pia lo miró. Estaba en forma y exudaba la energía de un hombre de acción, no parecía un oficinista.

—¿Trabajas en una oficina?

—A veces —replicó él—. Sobre todo, viajo.

—¿Dónde está tu sede?

—En Lyon, aunque varía. Milán, Roma, Atenas. ¿Qué trabajo temporal es ese que haces?

El hombre no solo era guapísimo, era tenaz. No era fácil distraerlo para que no preguntara.

—Ah, ya sabes. Trabajo administrativo o en restaurantes cuando necesito algo de dinero. Tú debes de pasar mucho tiempo lejos de casa. ¿No echas de menos Positano?

—A diario. Ojalá pudiera pasar más tiempo allí. Aunque tal vez me gusta más por eso mismo. Es una pena cansarse de algo que se adora, ¿no crees?

—A mí no me pasa eso —suspiró ella—. Me lanzo de cabeza a las cosas que me gustan —la habían acusado de hacerlo en exceso, y era verdad. Amaba demasiado. Quería a la gente, confiaba en ella, creía que la querían. Al menos así había sido. Antes del incidente del banco—. En general —corrigió, para no darle una impresión falsa.

—Ah. El mejor tipo de mujer —buscó sus ojos con mirada sensual—. ¿Cuáles son esas pasiones?

—La belleza. El arte. La música —enumeró ella tras pensarlo unos segundos—. La amistad, claro.

—Añade la comida y el vino a la lista y hablarás como una auténtica italiana.

Ella se echó a reír, dejándose llevar por su buen humor y empezando a creer que la pasión seguía viva e intacta en algún lugar escondido de su ser.

—Y las tuyas, Valentino, ¿cuáles son?

—La belleza, sin duda. La honestidad. La integridad en la vida pública. Y, humm, déjame pensar. El mar.

—¿El mar?

—Sí. Fui carabinieri de la marina, antes de dedicarme a… lo que hago ahora.

—¿Los carabinieri no son policías? —lo miró sorprendida.

—Sí y no. Es un cuerpo militar por derecho propio. ¿Has oído hablar de los marines?

—¿Los de Estados Unidos? Claro.

—Bueno, pues algunos carabinieri forman parte del ejército, como los marines. Yo me uní a la marina. Soy marinero de corazón.

Eso explicaba que tuviera cuerpo de atleta. Pia no pudo evitar sentirse impresionada, por mucho que tuviera intención de centrarse en hombres más artísticos y gentiles. Él era un simple marinero: sofisticado, experimentado y seductor.

Le parecía que le faltaba el aire, pero no era una sensación desagradable. Estaba disfrutando de coquetear con un tipo encantador. Había sido uno de los placeres de la vida, antes de lo del banco.

Después, esa parte de ella que disfrutaba avanzando y retrocediendo en el juego de la guerra de los sexos se había cerrado en banda. Pero estaba empezando a reaccionar como antes. La vieja Pia Renfern seguía viva y coleando, aunque algo polvorienta por falta de uso. Tal vez necesitara solo un cierto tipo de estímulo para activarse.

Temió que la fantástica sensación de estar volviendo a la normalidad, de disfrutar de la compañía de un hombre y volver a sentirse un ser sexual se le estuviera subiendo a la cabeza. Se sentía agradablemente femenina, con ganas de estirarse y ronronear como una gatita.

—Entonces, ¿eres muy apasionada Pia? —no la miró, pero el retador deje aterciopelado de su voz no dejaba duda sobre la expresión de sus ojos.

—Cuando quiero algo de verdad —agitó las pestañas—. ¿Y tú?

—Muy apasionado —dijo él con voz grave que la derritió de arriba abajo—. *Molto appasionato*.

El musical acento italiano era como un afrodisiaco. Una oleada de calor recorrió el cuerpo de Pia, que se imaginó sobre la cama, enredada con ese cuerpo moreno, viril y ardiente. Desvió el rostro, acalorada y con el pulso desbocado. Tenía que calmarse y evitar darle alas o animarlo.

—¿Tienes más contactos en Positano, aparte de tu prima? —preguntó él con tono educado.

—En realidad no. Lauren tiene amistades en Capri, y puede que se pongan en contacto conmigo. Eso estaría muy bien. Capri —suspiró con anhelo—. ¿Es tan bonito como dicen?

—Es una isla… bella, sin duda —contestó él tras

un breve silencio. Lo dijo sin entusiasmo, pero Pia pensó que se debía a que la gente no solía apreciar los tesoros de su propia tierra.

—¿Tienes familia en Positano, además de tus tíos? —preguntó Pia, tras comprobar que en sus manos morenas no había marcas de alianzas.

—Mi abuelo. Es un viejo encantador —sonrió e hizo un gesto con la mano—. Nos llevamos muy bien —su voz adquirió un tono suave y afectuoso.

A ella le agradó. El aprecio por los vínculos familiares, era buena señal en un hombre. Por lo visto no había una mujer esperándolo en Positano, pero no iría mal saber si la había en otro sitio.

A Pia siempre le había gustado saber lo que había tras el rostro que quería retratar. Pero Valentino Silvestri no le daba la oportunidad de indagar. En cuanto podía, centraba el foco en ella.

—Háblame de ti, Pia. ¿Quién forma parte de la vida de una mujer tan bella como tú?

Pia pensó que, si era bella, estaba claro que la belleza no servía para nada. Lo importante eran la calma y la fuerza; cuando no las había, la gente se marchaba, al menos en su experiencia.

—Por ejemplo, ¿has estado casada? —añadió él.

—¿Cuántos años crees que tengo? —Pia lo miró con sorpresa—. Pregúntamelo dentro de treinta años. Entonces será cuando empiece a pensármelo.

—¿Y hasta entonces…? —una sonrisa sensual curvó sus labios.

A ella, que estaba admirando la estructura ósea de su rostro, la emocionó saber que, si hubiera tenido un carboncillo a mano, estaría dibujando.

—¿Sabes lo que pienso, Valentino?

—¿Qué piensas? —su sonrisa se amplió.

—Que eres muy cotilla.

—¿Demasiado curioso? —la miró divertido.

—En exceso. Pero ya que te interesa, me tomo la vida tal y como llega. Provengo de un entorno familiar maravilloso. Tengo madre, hermano y hermana. Tíos, tías, primos y de todo.

—¿No hay novio? ¿Ni prometido?

—Oh, oh —movió la cabeza—. ¿No te has fijado? —agitó la mano desnuda de anillos ante él—. ¿Qué clase de detective eres?

—Evidentemente, malo —se rio—. Así que será mejor que me lo cuentes todo. Empieza por el mes y el año de tu nacimiento.

—Caramba —Pia lo miró atónita—. No te rindes. Soy Virgo y tengo veintiséis años. ¿Satisfecho? Soltera y sin compromiso, se podría decir —sonrió—. Adivino que tú eres un hombre mucho más experimentado en cosas del mundo. *Molto*.

—*Molto* —aceptó él, sonriente—. Treinta y cinco años de experiencia —no dijo nada sobre su estado civil. Ella se preguntaba cómo averiguar ese dato sin demostrar un interés excesivo cuando él le lanzó una mirada sensual—. ¿No te interesa saber si estoy libre de compromiso?

—¿Debería interesarme?

—Eso es que no te interesa —aseveró él.

—Ahora, sí —agitó las pestañas—. Pero solo porque tú has sacado el tema.

—Es muy sexy hablar con una mujer lista —dijo él, riendo—. Gracias a Dios, en este momento soy un hombre libre, con la conciencia tranquila.

Ella se sintió resplandecer, aunque sentirse tan bien por coquetear con un hombre a quien acababa de conocer no decía nada bueno de su conciencia. Pero le gustaba sentirse deseada y que él se la comiera con los ojos. Le templaba la sangre.

La vegetación había cambiado. Se veían higueras, olivares y colinas con limoneros y melocotoneros plantados en bancales. El cálido aire primaveral olía a verbena y albahaca. La carretera se estrechaba por momentos y pronto tuvieron acantilados a un lado y vistas del mar al otro. Valentino no había exagerado el peligro, el tráfico era denso y abundaban los camiones y autobuses.

Empezó a sentirse agradecida por no tener que conducir. Aunque empezaba a controlar sus fobias, el miedo a la altura y el vértigo persistían.

—La carretera es aún más estrecha al otro lado de Sorrento —comentó él—. La llamamos *Nastro Azzurro*, la Cinta Azul, diríais vosotros. Entenderás por qué cuando la veas —esquivó a un coche que parecía a punto de abalanzarse sobre ellos—. Mira. El Vesubio.

—Fantástico —gimió ella, con el corazón en la boca. No se atrevía a mirar las vistas, daba miedo.

Sorrento era un pueblo pintoresco y bellísimo, que parecía derramarse sobre el acantilado. A Pia le habría gustado pasar allí un rato, explorando las bonitas calles con sus paredes cubiertas de buganvillas.

Dejaron el pueblo atrás y la carretera se convirtió en una estrecha cinta de curvas cerradas con caída libre a un lado. Parecía imposible que fuera de doble sentido, pero a Valentino no parecían preocuparle los camiones que venían de frente ni las curvas ciegas en forma de «U».

La vista de la bahía era impresionante, pero Pia era demasiado consciente del precipicio para disfrutar del paisaje. Tenía miedo, pero hacía meses que se había librado del pánico y no iba a recaer en él delante de Valentino Silvestri. Cerró las manos en puño y se concentró en respirar.

—¿… Pia?

Sobresaltada, ella volvió al presente. No sabía cuánto tiempo hacía que él le hablaba. Se preguntó hasta qué punto había desvelado su personalidad.

—Disculpa. ¿Qué decías?

—Te preguntaba si te encuentras bien —su frente arrugada expresaba preocupación.

—Sí. Claro. Perfectamente —su único problema era que le costaba respirar cuando bordeaba un precipicio de seiscientos metros de altura en compañía de un hombre de lo más sexy.

Poco después, una curva de la carretera reveló

una zona de aparcamiento, junto a un mirador. Valentino aparcó bajo unos árboles.

—Puedes dejar de aferrar el asiento. Ven. Necesitas un poco de aire fresco. Deja que te enseñe las vistas.

Capítulo 3

SUS piernas no estaban por la labor, pero Pia habría hecho que se movieran aunque estuvieran rotas. Se obligó a bajar del coche y siguió a Valentino hasta el mirador. El aire, seco y cálido, olía a romero y a otras hierbas silvestres.

Pia se aferró la barandilla, tenía la garganta seca. La panorámica era espectacular y, cuando consiguió controlar el vértigo, la dejó sin aliento. Acantilados y mar azul que se fundía con el cielo. Un azul intenso e inexplicable: índigo fundido en cobalto, bordeado de aguamarina y turquesa.

Se dijo que podía resistirlo. Aunque estuvieran a gran altura, tenía los pies en tierra firme y estaba con un hombre grande y fuerte que no llevaba pasamontañas. Bloqueó ese pensamiento.

Se concentró en absorber el azul y dejar que sus propiedades curativas la relajaran. Valentino estaba apoyado en la barandilla. Moreno y con la camisa blanca remangada y abierta al cuello, era la viva imagen del hombre templado y viril.

Pero si ella lo hubiera pintado, el fuego del color habría hecho que la página ardiera.

—¿Ves esas islas de allí? —él señaló con los dedos una zona del mar—. ¿Recuerdas a Ulises y las sirenas que atraían a los marineros?

—¿Ese es el sitio? —preguntó ella con voz ronca.

—Sí. Y lo que asoma tras el acantilado es Capri.

—Oh, es una belleza —exclamó ella. Lo decía en serio, era más que bello, era un paraíso.

—¿Estás mejor? —preguntó él, ladeando la cabeza para observarla. Su voz sonaba preocupada.

—Estoy bien, en serio. No sé qué me ocurrió. No tendrías que haberte preocupado —no se atrevió a mirarlo por miedo a ver el desdén que había visto en Euan una vez que le confesó su nerviosismo.

—Estabas pálida.

—Bueno, estoy cansada —encogió los hombros, quitando importancia al asunto—. Llevo treinta y seis horas viajando. Es normal que esté pálida.

—No tanto. Pero has mejorado. Ahora tus labios tienen color —se acercó y los tocó con el nudillo del dedo índice—, el color de las cerezas.

A ella le dio un vuelco el corazón cuando él se inclinó y unió los labios a los suyos de forma tentativa, exploradora. La pilló por sorpresa. Habría puesto fin al beso si hubiera podido, pero sus labios parecieron rendirse a un hechizo. Él la atrajo y ella llevó las manos a sus hombros.

Era una delicia estar en brazos de un hombre fuerte. Su olor especiado, su sabor, tan masculino y único, asolaron sus sentidos, embriagándola.

La besó con pasión y sensualidad, acariciando el interior de su boca con la lengua, drogándola con su sabor y pericia, hasta el punto de que dejó que su cuerpo se amoldara al de él, buscando contacto.

Él deslizó las manos hasta sus senos, provocándole una llamarada de deseo. Entonces se dio cuenta de que estaba perdiendo el control. Apoyó las manos en su pecho y empujó para apartarlo, liberándose del abrazo.

—No, nada de esto —jadeó, con voz ronca.

—¿*Cosa*? —él la miraba sorprendido como si no entendiera lo que veía en su rostro.

—No quiero que me beses, ¿entiendes? —jadeó.

La ira y la excitación se mezclaban en sus venas a partes iguales. Estaba en el mirador de una carretera endiablada, con un desconocido al que había estado a punto de entregarse. Tenía que haber perdido el sentido.

Él parpadeó, como si se sintiera desorientado.

—Yo no … —su voz sonó espesa como hierro fundido—. No pretendía… Quería calmarte.

—Ah. Calmarme. ¡Por favor!

Un atisbo de rubor oscureció los pómulos de Valentino. Dijo algo intenso y cantarín en italiano, acompañado de un gesto de orgullo que denotó claramente que su acusación lo había ofendido.

El problema de Pia era que, a pesar de la ira que sentía, la elocuencia y lirismo de su negativa la hechizaban. Intentó hacerse la dura.

—No necesito que me calmen. Además, yo no definiría así lo ocurrido. Yo lo definiría como un hombre aprovechándose de una mujer.

Él dio un respingo. Incluso a ella la sorprendió la ferocidad de sus palabras. Desde el incidente del banco había tenido mucho cuidado para no irritar a los miembros del sexo opuesto.

—No soy de la clase de hombres que se aprovechan de una mujer —su acento italiano se hizo más fuerte—. Abrazarte y besarte me pareció una respuesta natural a tu inquietud. Intentaba tranquilizarte —se puso rojo, como si él mismo se diera cuenta de lo vacua que sonaba la excusa.

—Eso dicen todos.

—*Mio Dio*, ¿por quién me tomas? —dio un paso hacia ella que, tensa, retrocedió—. Pia, no tengas miedo —alzó las manos—. Soy un hombre civilizado. No ataco a las mujeres, *perdio*.

—No tengo miedo —le espetó ella, aunque

temblaba como un junco—. Siento decepción, eso es todo. He tenido un viaje muy largo. Eres un desconocido y no estoy de humor para que me besen —se le cascó la voz al final.

Pero empezó a aceptar que él no pretendía atacarla. Con la seguridad, creció la ira y la necesidad de expresarla.

—No tendrías que haber asumido que quería besarte.

—Vale, vale... —él alzó las manos y farfulló algo en italiano—. No hace falta que te expliques.

—Y no lo hago —necesitaba desahogarse—. Me mortifica que me consideres el tipo de mujer que permite... que deja...

—Que la besen.

—Como si estuviera hecha para eso, para ser besada por cualquier hombre que tenga ganas de hacerlo. «Me gusta tu aspecto, Pia, así que voy a besarte». Como si yo tuviera que disfrutar de...

—Pues durante un momento tuve la clara impresión de que sí disfrutabas. Estabas muy receptiva. Cuando te abrazaba percibí la excitación de tu cuerpo. Aún la siento, en los brazos, en la sangre, en los huesos —intervino él.

—Tonterías —refutó ella, volviendo la cabeza para ocultarle el rostro arrebolado—. No era excitación, era enfado —mintió.

Puso rumbo hacia el coche, sintiéndose casi culpable, a pesar de era él quien la había besado. Si fueran a juicio, podría acusarla de haber flirteado con él durante el viaje. Pero flirtear no era un contrato vinculante, desde luego.

—Siento haberte incomodado, Pia —se disculpó Valentino, alcanzándola—. Si hubiera comprendido que tus gemidos eran por...

—¡No he gemido! —protestó ella, enrojeciendo.

—Sí, sí, te oí gemir —su voz se espesó—. Y eso me excitó mucho, me puso... *Molto, molto caldo.*

—Déjalo Valentino. Por favor —las palabras de él la estaban afectando a su pesar, eran como un afrodisiaco. Al contemplar su guapo rostro, tan moreno e intenso, se sintió furiosa, lista para golpearle—. No digas una palabra más.

—Vale, vale —alzó las manos—. No soy un tipo de esos que discuten hasta imponerse. Has dicho que no más y así será. Nada más. *Niente.*

—Y no creas que vas a conquistarme utilizando palabras italianas —le dijo ella por encima del hombro, ya casi junto al coche.

Él le abrió la puerta con cortesía elaborada. Pia inspiró profundamente antes de hablar.

—Mira, Valentino, si por alguna razón has pensado equivocadamente que...

—No he pensado nada. Tienes todo el derecho del mundo a decir «no» —contestó él con orgullo y dignidad. A ella la alivió que fuera tan civilizado.

—Mira, gracias por ser tan... —hizo un gesto con las manos, sin saber qué decir.

—Olvídalo —se encogió de hombros—. Una mujer bonita tiene derecho a cambiar de opinión.

Por suerte, el resto del viaje a Positano fue corto y bastante silencioso. Con una amabilidad casi hiriente, Valentino iba indicando los puntos de interés mientras conducía por la serpenteante carretera. En Positano, le mostró la plaza mayor, el mercado y las tiendas situadas en intrigantes callejones con una voz increíblemente cortés.

Una auténtica tortura.

Peor aún que el beso, si podía haber algo peor, era la exhibición que había dado en el coche, al quedarse paralizada de miedo. El recuerdo arruinó su deleite al ver por primera vez el viejo pueblo que se derramaba en cascada por el acantilado.

Él condujo casi hasta el mar y aparcó en una pequeña plaza, ante una iglesia. Sacó el equipaje del coche y emprendió la marcha por un laberinto de callejones estrechos que daban paso a empinadas escaleras talladas en la roca. Finalmente, empujó una verja que daba a un patio.

Había varios apartamentos en fila, de estucado rosa pálido, cada uno con su balcón techado. Pia miró los números; el de Lauren estaba al final. Se echó la bolsa de lona al hombro, y Valentino subió la maleta por la escalera que daba al balcón.

—¿Tienes la llave? —preguntó él.

—Lauren dijo que estaría encima del tejadillo —estiró el brazo pero él se había adelantado y sus manos se rozaron. Valentino le dio la llave. Ella abrió y le cedió el paso para que metiera la maleta.

Apenas se fijó en el interior del piso, solo era consciente de él, que lo llenaba todo. Cuando él volvió a salir al balcón, listo para marcharse, ella buscó algo que decir para aliviar la tensa atmósfera.

—¿Dónde dijiste que vivías? —le preguntó.

—Ahí —señaló hacia abajo.

Ella abrió los ojos de par en par. Era una elegante casa blanca con una amplia terraza, jardín y huerto, con parras, limoneros y melocotoneros. En la zona de terraza había una piscina de forma irregular que brillaba bajo el sol de mediodía; detrás se veía el mar.

—Oh —exclamó, tragando saliva—. No suponía que estarías tan cerca.

—No demasiado cerca, espero —murmuró él.

—Bueno… gracias por todo —rebuscó en el bolso y sacó unos billetes—. Me gustaría colaborar con el gasto de gasolina.

—Por favor —cuadró los hombros—. Somos vecinos. En Positano, los vecinos abren el corazón y ofrecen hospitalidad.

Ella se sonrojó. Parecía que su ofrecimiento había contravenido las normas de la cortesía. Él dio un paso hacia la escalera y luego se volvió.

—Dime. ¿Siempre has tenido tanto miedo de los hombres? —preguntó, escrutándola.

—No tengo miedo, de nada. En absoluto. Estoy abierta a… Disfruto con… —tartamudeó.

Al ver que él ladeaba la cabeza y la miraba con expresión compasiva, supo que su verborrea no funcionaba. Arqueó una ceja con altanería.

—Sencillamente, prefiero sentir atracción por el hombre al que beso.

Con una sonrisa fría, casi cruel, entró en el piso y le cerró la puerta en las narices.

Capítulo 4

Capítulo 4

CON el ceño fruncido, Valentino empujó la verja de hierro fundido y caminó bajo el emparrado hasta la entrada lateral. Dejó la maleta y el maletín en el suelo mientras buscaba la llave.

Estaba de mal humor. Sentía el corazón demasiado pesado para hablar con Nonno. Antes tenía que pensar. Si Nonno lo veía en ese estado…

Mujeres.

Para templar los nervios y no preocupar al anciano innecesariamente rodeó la piscina y fue a echar un vistazo al jardín. Inevitablemente, alzó la vista hacia el balcón vecino.

Pia Renfern era una mentirosa. Estaba seguro

de que había sentido atracción, y si no fuera una mujer tan volátil, impredecible y difícil, habría disfrutado demostrándoselo una y otra vez.

Sintió una punzada de remordimiento. En conciencia, no tendría que haberla besado. Pero no era de piedra, había querido reconfortarla y ningún hombre con sangre en las venas podría haberse resistido al verla tan pálida y vulnerable, simulando coraje.

Además, ella había coqueteado, sus miradas habían sido un claro mensaje.

Sin embargo, se había fallado a sí mismo. Había arruinado la confianza que había ido construyendo durante el viaje y lo reconcomía que una mujer tuviera una opinión tan baja de él. Ariana lo consideraba un bastardo por haber antepuesto siempre su trabajo a ella. Pero nunca habría dicho que Valentino Silvestri, agente consultor de las fuerzas policiales de veintisiete países, era capaz de aprovecharse de una mujer…

Solo pensarlo le dolía. Sentía vergüenza al recordar el destello de miedo que había visto en los ojos azules de Pia Renfern. Apretó el puño y golpeó la pared. No debería haberla tocado.

Cerró los ojos y revivió los deliciosos momentos iniciales del beso, cuando las suaves curvas se habían amoldado a él. Había percibido su pasión. Dijera lo que dijera, su instinto y experiencia le decían que ella lo había deseado.

A su pesar, su incorregible sangre empezó a

bullir. Si se escondía deseo en ese esbelto cuerpo, tal vez solo fuera cuestión de sacarlo a la luz.

Suspiró. Era mejor olvidarlo. Ella implicaba problemas. No quería conocer a la mujer que había tras ese rostro. La experiencia le había enseñado que entender lo que ocurría dentro de la cabeza de una mujer equivalía a implicarse emocionalmente.

Antes de que uno se diera cuenta, le estaban tomando medidas para el traje de novio y exhibiéndolo ante la familia como un toro de feria.

Se preguntó por qué no podía ser como otros tipos, que se sentían atraídos por mujeres sin complicaciones, mujeres que aceptaban la atracción como lo que era y estaban dispuestas a disfrutar del sexo sin más parafernalia.

Fue hacia la entrada y entró en la casa.

—Nonno —llamó—. ¿*Dove sei*?

Un minuto después el anciano llegó desde la cocina, sonriente y con los brazos abiertos.

—Tino, mi chico. Por fin. Bienvenido, *ragazzo*, bienvenido a casa, diablillo. Han pasado tres años. ¿Cómo has tardado tanto?

Valentino rio y lo abrazó con remordimientos. Tres años era mucho tiempo. Nonno parecía haber encogido, y aunque sus ojos brillaban como siempre, lo notó más frágil de lo que recordaba.

—Acabo de enterarme de que podía venir. Por favor, no te emociones demasiado, Nonno. Es posible que solo pueda quedarme unos días.

Nonno no dejó de sonreír, pero se le humedecieron los ojos.

—No importa. Para un viejo como yo es bueno saber que te molestas en venir a verlo de vez en cuando. Ven, siéntate —exclamó—. Bebe algo —le ofreció una cerveza y empezó a preparar queso, pan, aceitunas y tomates de su propio huerto—. ¿Qué tal el viaje? ¿Has venido conduciendo desde Francia? ¿Qué tiempo hacía allí?

No le daba la oportunidad de contestar a sus mil y una preguntas, mientras ponía la comida en la mesa y contaba sus novedades, pasando de una a otra como una cabra que saltara de roca en roca.

—Espera a que te cuente lo del nieto de Mirella —cacareó—. ¿Y te acuerdas de la cuñada de Lorenzo Corelli? No te imaginas lo que dicen en la *piazza*.

Valentino escuchó los cotilleos locales, consciente de que hubo un tiempo en que él, o al menos su joven y encantadora esposa, habían sido el tema de las habladurías. Mientras él realizaba una operación en el norte, Ariana había estado en Capri, con antiguas amistades dedicadas al cine, que la habían animado hacerse actriz.

El desenlace había sido inevitable. El rostro de Ariana sonreía desde la gran pantalla y ya no ocupaba la almohada contigua a la de Valentino. Las continuas separaciones y los cambios en Ariana, sobre todo su relación con ciertas actividades ilegales, habían dañado su relación irremediablemente. Valentino había dedicado demasiado tiempo a luchar contra el tráfico de drogas; no podía aprobar que su esposa las consumiera con sus sofisticados amigos.

Por primera vez en su vida, la sordidez del crimen había rozado a su familia. Aunque fuera la ilegalidad casual de los muy ricos, seguía siendo un crimen. Y, por lo visto, los que habían seducido a su esposa para que se uniera a su deslumbrante mundo eran intocables. Su deseo de hacerlos trizas esgrimiendo la espada de la ley se había visto frustrado. El resto era historia.

Separación. Escándalo. Rumores de la aventura de Ariana con un director argentino, que ella no pudo negar. Más escándalo, paparazzi siguiéndolo a todas partes, como buitres. E igual que la noche sigue al día: deshonra pública. Divorcio, vergüenza y un vacío duradero y abismal.

Se estremeció. No volvería a pasar por eso. Ni siquiera un ángel celestial lo tentaría a recorrer ese camino de nuevo. Por suerte, la Interpol tenía la base de datos más eficaz y extensa del planeta.

Si por alguna extraña confluencia estelar volvía a llegar a la peligrosa encrucijada del matrimonio con una mujer, no se conformaría con confiar en ella. Investigaría sus antecedentes en el sistema. Por supuesto, si llegaba al punto de tener que hacer eso, sabría que estaba enfermo y que era hora de poner pies en polvorosa.

—¿... no, Tino?

—Perdona, Nonno. ¿Qué decías?

—Una jovencita agradable —repitió Nonno con paciencia—. Una bella *ragazza* que endulce tu almohada y te libre de cocinar. ¿No crees que ya es hora de un nuevo principio.

Valentino hizo una mueca. No era tan sencillo. Nonno no sugería una solución moderna, hablaba de esposas, y Valentino prefería algo menos permanente. Encuentros puramente físicos en un terreno neutral. Sin promesas. Sin remordimientos.

Sintió una opresión en el pecho. No sabía cómo exculparse por su actitud con Pia Renfern. Al ver que su abuelo arrugaba el rostro con preocupación, hizo un esfuerzo por sonreír.

—No me importa cocinar, Nonno. Me da tiempo para pensar —dio una suave palmada en el hombro del anciano—. ¿Qué vamos a cenar, abuelo? Me apetece inventar alguna salsa.

En su primera incursión en busca de comida, Pia se enamoró de las largas y estrechas escaleras, las bonitas laderas y las casas pintadas de colores pastel, cuajadas de buganvillas de color púrpura.

Casi consiguió dejar de pensar en la acusación de Valentino Silvestri. Casi. La verdad era que, a pesar de su ira y sensación de sentirse insultada, sabía que había expuesto sus puntos más débiles a la primera persona que había conocido en Italia. Se sentía como si el progreso de los últimos meses, su coraje para organizar el viaje, subir al avión y cruzar el mundo volando, no tuvieran valor. Ya fuera por la fatiga, el cambio horario o la ridícula atracción que había sentido por él, se había permitido una momentánea regresión a la cobardía, y Valentino Silvestri la había visto.

Era injusto.

El primer hombre atractivo que conocía en meses y había bastado un poco de estrés para que se desmoronara de la peor manera posible. Si no volvía a ver al señor Silvestri, mejor que mejor.

En Positano no la conocían. Era una localidad turística y no llamaría la atención. Nadie esperaba de ella que pintase; si olvidaba el trabajo y disfrutaba de su estancia en el anonimato, probablemente recuperaría la inspiración.

Mirara donde mirara veía escenas que merecían ser plasmadas en un lienzo. Era muy esperanzador.

Encontró el mercado y una verdulería, y compró lo básico. A esa hora no quedaba mucho pan para elegir, pero consiguió dos panecillos.

Subió los escalones de vuelta al piso y disfrutó llenando el frigorífico y acomodándose.

El apartamento era sencillo y chic, muy al estilo de Lauren. Era antiguo, de techos altos y suelo de baldosas azules y amarillo limón. Tenía un dormitorio amplio y una sala de estar con las paredes llenas de libros, alfombras en el suelo, dos sillones de orejas, y un cómodo sofá. Había varias fotos de

Lauren colgadas, y había cubierto una pared entera con fotos de sus amigos y de ella misma. Siempre había sido una mujer muy social. Nunca había tenido miedo de nada ni de nadie.

Pia tampoco lo tenía, en realidad no. La incomodaban las alturas, tal vez, pero en cuanto a tener miedo de los hombres… Inspiró profundamente. Sabía lo que Valentino había querido insinuar: miedo al sexo.

La idea era ridícula. Había tenido novios y una relación seria, aunque tenía que admitir que Euan no había sido un amante fantástico. Ya antes del incidente del banco había sido desconsiderado y presuroso. Cuando Pia empezó a ser incapaz de responder, había insinuado que la culpa era suya.

Una cosa buena del beso de esa mañana había sido descubrir que sí podía responder. Había sido un beso de lo más estimulante. Irónicamente, aunque le había puesto fin, le resultaba difícil no rememorarlo. A pesar de su brevedad todo su cuerpo parecía haberlo absorbido. Como había dicho Valentino, casi lo sentía en los huesos.

Estaba hechizada por su sabor y su aura de virilidad. Estaba segura de que la había acusado de temer a los hombres para excusar su culpabilidad y porque había insultado a su ego.

Era una pena que un hombre tan atractivo, inteligente, con un acento tan encantador, hubiera intentado dar la vuelta a la situación para culparla. Besaba de maravilla, eso era indudable, pero no tenía nada más a su favor. Aparte de su aspecto, y sus cejas, y tal vez sus manos.

Por desgracia, la decisión de Pia de buscar un hombre de físico discreto, pero humilde, honorable y sincero, empezaba a tambalearse peligrosamente. Tenía que recordarse que una relación de ese tipo le daría tranquilidad. Incluso podría conocer a ese hombre, su alma gemela, en Positano.

Tal vez estuviera de paso, como ella. Un sensible crítico de arte, o un millonario que entendiera a las mujeres, supiera expresar sus emociones y besara como, por ejemplo, Valentino. Alguien que entendiera que para ella el arte era lo primero.

Estaba colgando la ropa en el armario cuando sonó el timbre de la puerta. La imagen de Valentino apareció en su mente. Tenía que ser él, nadie más sabía que estaba allí.

Con el estómago encogido, se preguntó qué podía querer. ¿Volver a insultarla por su cobardía? ¿O justificarse por haberla atacado como un lobo?

Se miró en el espejo de Lauren. En su opinión, la ropa la favorecía. Aunque la falda era bastante corta, le iba bien a sus piernas.

Ya en la puerta, titubeó, preguntándose si sería mejor simular que no estaba. Pero si hacía eso no descubriría qué buscaba él. Así que abrió.

Aunque suponía que era Valentino, verlo en carne y hueso la impresionó. Parecía más alto, más recto y serio que antes. Aunque se había duchado y puesto ropa más ligera, incluyendo una camiseta que tensaba sobre su pecho, era fácil imaginárselo con un tieso uniforme naval de color blanco.

Él la miró de pies a cabeza, deteniéndose en sus muslos. A ella se le aceleró el pulso.

—Siento interrumpirte —dijo él con formalidad, capturando su mirada—. He venido a… Hay algo que… —abrió las manos como si le costara mucho esfuerzo hablar—. Quería pedirte disculpas.

—¿Qué? —lo miró atónita.

—He estado pensando en lo que dijiste —apretó la mandíbula—. Acepto que no tenía excusa para besarte. Me porté mal.

Ella, sin dar crédito a sus oídos, esperó una coletilla que criticara su inteligencia, su coraje o algo. Que un hombre admitiera un error parecía cosa de un universo paralelo. Pero él no dijo nada.

—Oh, bueno. En ese caso, aceptó tu disculpa. No dudo que, probablemente, te arrepientes de tu inapropiada acción.

—¿Arrepentirme? —alzó una ceja negra. Sus ojos se iluminaron y lanzó una larga parrafada en italiano, musical y espeso como chocolate fundido.

—¿Disculpa? —Pia tenía la sensación de que había negado arrepentirse—. Me temo que mi italiano es muy limitado. ¿Qué has dicho?

—Solo que lo lamento si te he causado aflicción, Pia. No soy un carroñero. Soy consciente de que el que una mujer sea bella y huela como un prado en primavera no es excusa para que un hombre la tome en brazos y la bese.

—Oh —Pia se sintió desconcertada, al tiempo que agradecida porque admitiera ver su punto de vista. Se le secaron los labios por completo al rememorar el beso de nuevo—. Bien. De acuerdo, entonces.

—Incluso si su boca sabe a vino.

Esas palabras la atravesaron como chispas de un meteoro, pero Valentino no le dio tiempo a componer una respuesta. Clavó su intensa mirada en su rostro, paseándola por sus labios, luego alzó una mano en gesto de despedida, bajó los escalones y cruzó el patio hasta la verja.

Ella volvió a entrar en la casa, con el corazón golpeteándole en el pecho. Sentía un gran alivio y habría bailado de alegría por haber superado la desagradable situación. Habría sido terrible iniciar su vida allí con un enemigo como vecino. Al menos ahora podrían saludarse si se veían por la calle.

Sonrió al recordar que había dicho que su boca sabía a vino. El hombre debía de ser uno de esos napolitanos de palabra fácil.

Lo que la sorprendía, e incluso emocionaba, era su sinceridad. Tenía la impresión de que su ira lo había afectado de verdad. Ella no podía negar que, tal vez por lo guapo que era, había asumido de inmediato que era un seductor sin corazón.

Pero su disculpa demostraba que era un hombre de principios.

No pudo evitar preguntarse cómo sería besarlo de verdad. Con ganas, de corazón a corazón. Ser amada por alguien como él. Al menos, ya sabía que no había razón para tenerle miedo, y eso la alegraba muchísimo.

Si le daban otra oportunidad, si volvían a ofrecerle la guinda del pastel, por decirlo de alguna manera, no la rechazaría por sistema. Tal vez decidiera disfrutar del momento.

Capítulo 5

PIA llevó la tortilla y la ensalada al balcón, para disfrutar del ocaso. Las luces se fueron encendiendo en el pueblo, y le parecieron tan bonitas que se le hizo un nudo en la garganta.

Oía las voces y risas de los paseantes, de camino a cenar o buscando entretenimiento. Pronto la brisa le llevó el sonido de la música. En algún sitio, tocaba una banda.

Se preguntó cómo estaría pasando la velada Valentino. La villa estaba iluminada como una tarta de cumpleaños, como si diera la bienvenida al hijo pródigo. Se preguntó si habría reunido a un grupo de amigos para beber y ver un partido de fútbol, como solía hacer Euan. O si estaría con una mujer especial, una bella italiana encantada de volver a recibirlo en sus brazos.

Prefirió no pensar en eso último.

Después de recoger las cosas de la cena no supo qué hacer. A pesar de que había sido un día largo y ajetreado, estaba demasiado animada para pensar en acostarse. El ruido de la calle parecía aumentar, en vez de disminuir. Decidió bajar a la plaza para ver qué había y participar en la diversión. Lauren había descrito Positano como el lugar más seguro del mundo y, con tantos turistas a mano, había pocas posibilidades de que un asesino en serie eligiera precisamente a Pia Renfern.

Se puso un vestido de tirantes, de seda azul celeste, y un echarpe sobre los hombros. Agarró una linterna que había en la cocina y salió. Unos pasos después, ya tenía un grupo de gente a su espalda. Demasiado tarde para arrepentirse y volver a casa, no le quedó más remedio que seguir bajando por la estrecha escalera.

La plaza estaba brillantemente iluminada y rebosante de gente. Frente a la iglesia habían montado un escenario, y una banda cubana estaba en plena actuación. Un grupo de gente joven bailaba con ganas. La música era tan pegadiza que Pia empezó a mover los pies siguiendo el ritmo.

Solo llevaba allí un minuto cuando un enorme escandinavo agarró sus brazos e intentó llevarla a la zona de baile.

—No, gracias —dijo. Pero el tipo la apretó aún más—. No —gritó con fiereza, liberándose.

El tipo se echó el pelo hacia atrás, rezongó algo y se marchó con aire ofendido.

Afectada y nerviosa, miró a su alrededor buscando refugio. Vio una mesa vacía en una de las cafeterías y fue hacia allí. Se sentó, pidió un helado al camarero, y se centró en escuchar al cantante y observar a los bailarines.

El escandinavo estaba bailando salsa con otra mujer, sonriendo de oreja a oreja, feliz. Ella se felicitó por haberse defendido tan bien. Sin embargo, empezó a odiar la idea de subir las escaleras hasta el apartamento en la oscuridad.

Sabía que era una locura e intentó razonar para olvidarse del tema. Un asesino no la acecharía en la escalera, le sería mucho más fácil entrar en el apartamento y esperarla allí, o, mejor aún, esperar un rato y entrar cuando todos durmieran.

Probó el helado, una deliciosa mezcla de fruta de la pasión y vainilla. De repente, tuvo la sensación de que la observaban. Giró la cabeza y se quedó sin aire. Valentino estaba apoyado en la pared de uno de los callejones, observando la plaza, vestido con vaqueros negros y camiseta.

Miró en su dirección y, de inmediato, desvió la mirada. Eso la desconcertó. Le había parecido ver un destello en sus ojos oscuros, pero parecía que iba a simular no haberla visto. Era lógico que no quisiera charlar con ella; sabía que, si no

andaba con cuidado, se disparaba como un cohe-
te.

La siguiente vez que miró, de reojo, él no estaba. A su pesar, sintió una punzada de desilusión.
Al menos era una persona conocida con la que habría podido hablar. Como se había tomado la mo-
lestia de ir a pedirle disculpas, había asumido que,
si volvían a verse, podrían empezar desde cero.
Hablar como amigos.

Amigos platónicos. Él no se atrevería a volver
a besarla, de eso no cabía duda.

Valentino emprendió el camino a casa. Dentro
de él se libraba una batalla. Su cabeza le decía que
se fuera y dejase las cosas como estaban, otra parte, más primitiva y visceral, compuesta básica-
mente de lujuria, tentación y anhelo, hacía que le
pesaran los pies.

Había algo más. Ya fuera por el calor, por la
excitación de la gente en la plaza, o por haberla
visto sentada sola, como un melocotón maduro
listo para ser recolectado, tenía la sangre revuelta,
instigándolo a hacer algo peligroso. Peligroso
pero… infinitamente deseable.

Cuanto más andaba, más fuerte era el impulso
de volver atrás.

Se dijo que necesitaba disciplina. Había muchas
mujeres deliciosas abiertas a la posibilidad de una
aventura. Los bares estaban llenos. Solo tenía que

invitar a una mujer a una copa, decir algo amistoso, sugerir un baile...

Sus pies pararon en seco.

Pia apartó la copa de helado. Allí no había
nada ni nadie para ella. Sería mejor que volviera a
casa a dormir. Escaleras arriba. Intentaba reunir
coraje para enfrentarse a los asesinos que encontraría por el camino cuando la silla que había frente a ella se movió.

—¿*Posso*? —Valentino la miraba con deseo en
los ojos y un atisbo de sonrisa en los labios.

—Sí. Desde luego —sonrió abiertamente, sin
poderlo evitar—. ¿Qué haces aquí?

—Estudio el efecto de la luz de las estrellas en
los turistas —bromeó él, mirando a la multitud.

—¿En serio? —consiguió decir ella. Era guapísimo—. ¿Qué efecto esperas que tenga?

—Creo que provocará mucho *amore* —sonrió
y ella se derritió por dentro.

Pia sabía que era ilógico que la afectara tanto.
Sin duda era por el alivio de tener a alguien de
confianza con quién hablar. Que la camiseta negra
hiciera que sus ojos parecieran aún más oscuros y
realzara sus músculos no tenía nada que ver.

Él se sentó y ella notó que miraba con aprecio
el escote de su vestido.

—¿Estoy perdonado? —puso expresión contri-
ta.

—Puede que llegue a perdonarte en el futuro —contestó ella, bajando las pestañas.

—Eres muy dura —le dedicó una mirada divertida y cálida a un tiempo—. Haces bien. Fui muy desconsiderado. ¿Puedo invitarte a beber algo? ¿Vino? ¿Café?

—Gracias —titubeó—. Un vino estaría bien.

—*Va bene* —alzó una ceja y un camarero se acercó a toda prisa.

Tras susurrarle algo, Valentino se recostó en la silla.

—¿No querías bailar con tu admirador sueco?

—No estaba de humor.

—Ah, claro. Prefieres que te consulten.

—Vas aprendiendo.

—Para aprender, la motivación lo es todo —curvó los labios y le lanzó una mirada muy sensual.

El corazón de ella dio un bote y se preguntó a qué motivación se refería. Pero él no se explicó. La conversación no tenía nada de platónico, nada en absoluto. El deseo flotaba en el aire como un virus, y no sabía si quería dejar que la afectara.

En ese momento, llegó el camarero con el vino.

—Chin, chin —Valentino levantó la copa.

Pia iba a chocar la copa con la suya cuando él alzó un dedo y se lo impidió.

—Prueba otra vez. Al decir las palabras tienes que mirar a la persona a los ojos. Una mirada profunda, hasta el alma. ¿Preparada?

Ella sostuvo su mirada, una experiencia letal que la dejó sin aire, y repitió las palabras.

—Chin, chin, chin —dijo él con voz suave y ojos cálidos como la caricia de una llama—. Estás bella con tu vestido color zafiro.

—Gracias —ella se sonrojó—. Pero... espero que recuerdes lo que dije.

—Seguro. No quieres que te bese. Y no quieres que te toque —bajó las oscuras pestañas.

Al ver esa mirada sensual y levemente burlona, y la sonrisa que cosquilleaba en sus labios, ella no estuvo tan segura de eso. ¿Lo había dicho en serio?

—¿Está permitido que te hable?

—Claro. Claro que sí.

—Ah, gracias a Dios. Aunque no sé ni lo que digo, porque se me acelera el corazón al mirarte —abrió las manos—. ¿Aceptarías bailar conmigo?

Pia estuvo a punto de derretirse. Si Euan le hubiera dicho cosas tan románticas... Miró a los bailarines. Algunos parecían profesionales, pero también los había normalitos, como ella. Lo que estaba claro era que todos balanceaban las caderas poseídos por el ritmo sexy de la música.

Era impensable que una mujer se resistiera a una invitación como esa. ¿Acaso iba a pasarse el resto de la vida mirando la acción desde fuera?

—*Per favore* —Valentino se inclinó hacia delante, agarró su mano y la miró a los ojos.

Ella se levantó y, con el corazón desbocado,

permitió que la llevara a la zona de baile. Ya entre la gente, él tomó sus manos y empezaron a moverse despacio, hasta que sus cuerpos se acostumbraron al hipnótico ritmo de la Habana. Entonces él puso las manos en sus costillas.

Estaba claro que había bailado esa música antes. Al principio la guió, hasta que ella adquirió confianza y se dejó infectar por el sensual bamboleo de caderas, olvidando sus inhibiciones. La falda de su vestido revoloteaba de forma provocativa cada vez que él la hacía girar.

De repente, él le dio la vuelta y se apretó contra su trasero, de modo que sus caderas se movieron al unísono, son un erotismo tan flagrante que a ella le costó creer que estuviera ocurriendo. Justo cuando su sangre adquiría el punto de ebullición, él le hizo girar de nuevo, sin perder un paso, y volvió a unir las caderas a las suyas.

Bailar envuelta por su mirada de terciopelo, sintiendo esa pelvis dura y angulosa clavarse en la suya, era tan sugerente y erótico que Pia se sentía mareada. Mareada y excitada.

Cuando acabó la canción, Valentino la soltó. Los músicos saludaron y todos aplaudieron con entusiasmo. Mientras volvían a la mesa, algunas personas saludaron a Valentino, mirándola de reojo.

Era surrealista que en su primer día allí estuviera en compañía de un hombre, dejándose llevar por los acontecimientos. Sin duda, tenía que poner fin a la deliciosa velada, era muy fácil dejarse embrujar cuando brillaban las estrellas. Aunque se había planteado disfrutar del momento si volvía a presentarse, necesitaba reflexionar. Las cosas iban demasiado rápido. Se puso el echarpe.

—¿No te apetece quedarte más? —preguntó él—. Habrá fuegos artificiales dentro de un rato.

—Oh, es una pena, pero ha sido un día muy largo. Dos días muy largos. Estoy agotada. Quédate y disfruta de los fuegos artificiales. Ya nos veremos. Gracias por el vino, y por todo.

—No, no. Te acompañaré —en sus ojos danzaba una llamita que hizo que ella temblara por dentro. El erotismo del baile flotaba en el ambiente.

Pia miró las escaleras en sombras, negras como la pez en la parte de arriba. Se estremeció, a pesar de las farolas, el ruido y las risas de la plaza. Vio un destello, tal vez de la luna reflejándose en una navaja. Sabía que pensar eso era una tontería.

—Probablemente no haga falta que me acompañes —dijo—. No estoy nerviosa. Pero, bueno, si insistes. Es un detalle… amistoso.

—Soy un tipo amistoso —señaló los escalones—. *Andiamo*.

Apenas hablaron mientras ascendían. La verdad era que Pia no sabía qué ocurriría cuando llegaran al apartamento. Las posibilidades eran muchas.

La calidez de la noche, el aroma del mar y la presencia de un hombre que la había besado hacía

unas horas habían exacerbado sus sentidos. Abrió
la verja de hierro, cruzaron el patio y subieron al
balcón cubierto de buganvilla. Pia se preguntaba
qué decir. Si permitir que ocurriera algo o no. Era
el viejo dilema de siempre.

Tenía que admitir que, en ese momento, viendo la luna reflejarse en los ojos de Valentino, aún
envuelta en la intimidad engendrada por el baile,
no recordaba haberse sentido nunca tan atraída
por un hombre. Tocarlo habría sido fácil. Y besarlo.

Pero ella, con su actitud, había conseguido que
eso se convirtiera en algo imposible. Cuando llegaron a la puerta, sacó la llave.

—Bueno, Valentino… Ha… sido… —balbu-
ció.

—Te deseo una *buona notte*, Pia —dijo él con
expresión seria.

Ella lo miró fijamente. ¿Buenas noches? ¿Ni
un beso en la mejilla, ni un roce de manos? Aunque era un alivio, no le gustaba despedirse de forma tan abrupta. No estaba bien que la hubiera excitado bailando para luego dejarla así, sin más.

Cuando bajara los escalones se quedaría sola.
Por lo que ella sabía, el apartamento de Lauren
podía estar lleno de asesinos en serie, o de ladrones, al menos. No sería tan extraño. Los ladrones
vigilaban a los turistas, y era una mujer sola. Sintió un escalofrío recorrer su espalda.

Contempló el poderoso cuerpo de Valentino,

puro músculo. A veces un hombre grande reconfortaba. Si entrase en la casa con ella...

—*Buona notte* —dijo—. Oh, espera un momento. Perdona, pero la llave gira mal. ¿Te importaría...?

Él la miró, aceptó la llave y abrió la puerta. Ella había dejado todas las luces encendidas, para ver la sala desde la entrada. Todo parecía estar igual que cuando había salido. Pero ningún asesino en su sano juicio la esperaría en la sala.

Valentino se volvió hacia los escalones.

—Gracias —dijo ella desde el umbral. Le daba vergüenza insistir, pero el empuje del miedo era más fuerte que nada—. Una cosa más antes de irte. Me cuesta bastante encender el gas de la cocina. ¿Te importaría entrar y poner agua a hervir?

—¿Agua a hervir? —los ojos de él chispearon.

—Sí —se apartó para cederle el paso—. Si no te molesta, claro.

Él titubeó un segundo. Escrutó su rostro con una mirada especulativa y después entró en la casa. Se detuvo en la sala y miró a su alrededor con interés. Fue hacia la pared cubierta de fotos.

—¿Esta es tu prima? —estudió las fotos y frunció el ceño—. ¿Trabaja alguna vez?

—Claro que sí. Esas deben de ser fotos de vacaciones. O fines de semana. Las fiestas no van en contra de la ley aquí, ¿no?

—¿Quién ha hablado de la ley? —sonó irritado, pero luego hizo un gesto amistoso y sonrió—. ¿Es por ahí? —inclinó la cabeza hacia la cocina.

—Sí. Por esa puerta.

Ella esperó en la entrada, pero no oyó gritos ni nada que indicara una pelea con un asesino en serie. Sí oyó el grifo abrirse y cerrarse, y el ruido de la pava al chocar con algo.

—El agua está puesta —dijo Valentino con seriedad—. ¿Eso es todo?

—Sí, gracias, fantástico. Ay, no, espera, solo una cosita más.

—¿Sí? —sus ojos chispearon y curvó un lado de la sensual boca—. ¿En qué más puedo ayudarte?

Ella tomó aire y habló tan rápido como pudo.

—Si no es una inconveniencia terrible, ¿te importaría ir al dormitorio y ver si he dejado las zapatillas debajo de la cama? Después de tanto baile, me están matando los pies, y tengo un dolor de espalda terrible.

Él soltó una carcajada y fue al pasillo que conducía al dormitorio. Los vaqueros negros se amoldaban perfectamente a sus atléticas nalgas. Para el ojo artístico, era una visión muy atractiva.

—¿Quieres que busque algo en el baño? —preguntó él desde el dormitorio—. ¿Compruebo si el jabón está en su sitio?

—No seas bobo —farfulló ella. El cuarto de baño era diminuto y la mampara de la ducha era de cristal. Allí no podía esconderse nadie.

—No he encontrado zapatillas. Debajo de la cama, solo había polvo —dijo él al volver—. Pero encima de la cama había un bonito camisón.

—Habré dejado las zapatillas en otro sitio —Pia enrojeció—. Espero que no pienses…

—Pienso… —se acercó a ella.

Se acercó tanto que Pia notó el calor de su enorme cuerpo. Sin embargo, no sintió ni atisbo de pánico. En vez de retroceder, tuvo el impulso de besar sus pestañas. Eso para empezar.

—Pienso que tal vez te sientas sola en un país extraño —su acento se hizo más fuerte— .Y eso me recuerda una cosa que quería preguntarte.

—¿Ah, sí? —miró con deseo la boca masculina—. ¿Y qué es?

—Si te agarrara con suavidad, así… —puso las manos sobre sus hombros y empezó a deslizarlas por sus brazos, con un movimiento hipnótico—. ¿Te parecería inapropiado?

—Creo que no. Sería… absolutamente… —jadeaba tanto que le resultaba imposible mantener la coherencia. Cuando los fantásticos labios se acercaron a los suyos casi se le paró el corazón—. Sería… muy…

Las luces se apagaron. Quizá porque la besó. Pero ambas cosas ocurrieron al unísono.

Tal vez tendría que haber protestado. Él no estaba obedeciendo sus órdenes, y estaba agotada. Pero a veces un beso merecía una segunda oportunidad en una noche estrellada, aunque solo fuera por salvaguardar la plenitud cósmica. Así que sus lenguas se encontraron y ella, protegida por la oscuridad, fue mucho menos tímida que la primera vez. Se entregó a su sabor y aroma como una flor del desierto a la lluvia.

Cuando sus manos ardientes le masajearon los senos y se inclinó para succionar cada pezón a través del satén azul, el deseo se transformó en una llamarada incontrolable que la dejó sin oxígeno.

Él la apretó contra la puerta abierta devorando su rostro, su cuello y su escote con labios abrasadores. Lo único que impedía que ella se desmayara de placer era el delicioso y perverso latir que sentía entre las piernas.

Las fuertes manos exploraron sus curvas con urgencia. Por una vez, ella agradeció la oscuridad. Le daba licencia para animarlo y esperar que llegara a mucho más. No había duda de que estaba excitado; sin pensarlo acarició el bulto que lo demostraba. Él se estremeció y agarró su mano, impidiendo que siguiera moviéndola.

Un segundo después respondió introduciendo la mano bajo su vestido y acariciando el punto más sensible e íntimo de su cuerpo. Ella gimió.

Las exquisitas caricias le provocaron oleadas de placer que irradiaban todo su cuerpo, era un puro éxtasis. Oyó en su mente la voz de su abuela, que le decía que no debía permitirlo; eso la convenció de que no debía parar. De repente, fue como si el cielo se rasgara con explosiones de color iridiscente. Se aferró a él, besándolo, prisionera del placer prohibido.

Las luces se encendieron, poniendo fin al hechizo. Valentino la soltó y dio un paso atrás, jadeando. Sus ojos oscuros llameaban.

—Eres exquisita —farfulló con voz ronca. Puso las manos en sus brazos y la atrajo hacia él.

Pero un pitido atronador, que tal vez llevara tiempo sonando, atravesó por fin la neblina de placer del cerebro de Pia, que se apartó de él.

—Oh, lo que pita es el hervidor de agua. Disculpa —corrió a la cocina tan rápido como le permitieron sus piernas temblorosas y apagó el gas, poniendo fin al infernal ruido. Mientras ellos se entretenían, el agua casi se había consumido.

Pia se alisó el vestido, preguntándose qué ocurriría ahora que su dilema había pasado a la fase siguiente. Un hombre muy excitado la esperaba en la sala, y tenía expectativas que ella no había hecho nada por apagar. Pero...

Por un lado, acababa de conocerlo. Por otro, era guapísimo y ella era libre, tenía veintiséis años y nada que perder, excepto su corazón. Era hora de arriesgarse, como haría cualquier otra mujer.

Valentino, en la sala, no tenía dudas. Por peligrosa que fuera la tentación, era irresistible. Se frotó el mentón, para comprobar que no pinchaba y echó un vistazo a las fotos expuestas en la pared.

Le llamó la atención una foto de Capri. La prima de Pia parecía tener un círculo de amigos muy amplio. Gente sonriente en playas, bares y restaurantes, bailando, comiendo, paseando. Lauren en una exótica piscina en una villa de montaña, saludando desde un yate, del brazo de una elegante pareja.

Esa pareja.

Se inclinó hacia la pared con un nudo en el estómago. No había duda: eran Giancarlo Fiorello y su esposa. Y aparecían en muchas otras fotos. Reconoció una y otra vez la casa que odiaba: Villa Fiorello. La piscina interior, la piscina exterior, los balcones y terrazas, los viñedos, el tejado.

El escenario de la traición de Ariana. De su primera traición, que él supiera. ¿Qué tenía que ver Lauren Renfern con esa gente?

Se resistió al batiburrillo de ideas que asolaban su cerebro. Las amistades de la prima de Pia no tenían importancia. No podían influir en su placer, en su dulce anticipación. Sin embargo...

Lauren y Pia Renfern. ¿Cómo de unidas estaban las primas? ¿Cuánto se parecían?

Su deseo se apagó igual que si se hubiera dado una ducha helada. Seleccionó un primer plano de Lauren, despegó la foto de la pared y se la guardó.

Pia regresó a la sala envuelta en una nube de adrenalina. Aunque solo había pasado un minuto, notó de inmediato el cambio en el ambiente. En vez de bullir de lujuria, Valentino miraba las fotos.

—Ah —dijo él dándose la vuelta al oírla—. ¿Conoce bien tu prima a esta gente?

—¿A quién? —se acercó al mural de fotos.

—A ellos. Giancarlo y Lola Fiorello —dijo él, señalando a una pareja que salía en varias fotos.

—Ah, así que esos son ellos —reconoció los nombres—. Lauren es muy amiga de Lola, creo. Va a visitarlos a Capri a menudo. Lauren dijo… —dejó de hablar. Valentino la escrutaba no como un napolitano que anhelara seducirla, sino con ojos velados y expresión distante—. ¿Algo va mal?

—No, en absoluto —bajó las pestañas—. Pero temo que tengo que irme. ¿Ya te sientes segura?

—¿Segura? Claro que me siento segura —Pia solo sentía nervios y expectación por lo que iba a ocurrir. Pero, para su asombro, él alzó la mano en gesto de despedida y fue directo hacia la puerta.

—*Bene*. Hablaremos mañana —dijo él. Y se fue.

Valentino subió la escalera sin hacer ruido. Hizo una pausa ante la puerta de su abuelo y escuchó el ritmo pausado de su respiración.

Ya en su estudio, encendió el escáner y envió la foto de Lauren Renfern a su equipo del turno de noche en Lyon, con una nota pidiendo prioridad. En las antípodas sería de día, buen momento para investigar las bases de datos australianas.

Partidas de nacimiento y defunción, datos policiales y militares, pasaporte, educación, salud, historial de crédito… La Interpol podía acceder a casi cualquier transacción realizada por una persona a lo largo de su vida. Y eso sin investigar la impronta dejada en Internet. Si Lauren Renfern estaba involucrada en algo ilegal con los Fiorello, su equipo lo encontraría. Y si Pia Renfern había ido allí para unirse a ellos, entonces…

¿Qué? ¿Iba a impedírselo o a detenerla?

No estaba obligado a investigarla. Cabía la posibilidad de que su prima fuera trigo limpio. ¿Y si se permitiera disfrutar de la conexión que había establecido con Pia? Algo de romance y de placer físico. Días al sol. Noches… Intimidad y risas. Odiaba la idea de investigar los antecedentes de una mujer que podía convertirse en su amante.

Ella apenas le había dicho nada sobre sí misma y eso le convenía; él no quería saber demasiado. Era mejor no complicarse, hablar solo del presente y no dejar que el pasado se entrometiera.

Lo asaltó la fuerte tentación de olvidar sus dudas y acostarse con ella sin darle más vueltas, pero se recordó quién era y a qué se dedicaba.

Era mejor aclarar cualquier sospecha antes de involucrarse más. No se le escapaba la ironía de su situación. El riesgo de saber más de ella era tan grave como el de no saber nada. Mientras hubiera la más mínima duda, no debía acercarse a ella.

Si era deshonesta, su integridad le exigía llamar a los carabinieri y meterla entre rejas sin dudarlo. La expresión «conflicto de intereses» empezó a resonar en su cerebro. No podía permitir que la historia se repitiera, pero esperaría a tener una foto de ella antes de dar el paso siguiente.

Fue a la ventana y abrió la cortina. El apartamento estaba a oscuras. Se había acostado.

Suspiró al imaginar ese cuerpo de costado, con el camisón de gasa que había visto. Aún sentía la suavidad de sus senos bajo las manos. No había visto sus pezones desnudos, pero sentir su firmeza a través de la ropa lo había excitado mucho. Eran como frambuesas, dulces, firmes y comestibles.

Se obligó a cambiar el rumbo de sus pensamientos. Si Pia Renfern era la mujer inocente que parecía ser, alguien debía defenderla. Una mujer vulnerable en un país extranjero corría el riesgo de que se aprovecharan de ella.

Por suerte, él estaba alerta.

Capítulo 6

PIA despertó de un largo y profundo sueño con sensación de recelo. Cuando su mente se aclaró y recordó la velada anterior, sintió desconcierto.

¿Qué había ocurrido en realidad? Había pasado de creer en la magia y esperar una noche de pasión a, un instante después, ver como todo se quedaba en una abrupta despedida.

¿Era posible que no hubiera interpretado bien las señales? Tal vez era ella quien no había comunicado bien las suyas. Recordó los eventos que habían llevado al beso, y el beso en sí. El entusiasmo de Valentino había sido claro. Hasta que el pitido del hervidor los había interrumpido.

Entonces había cambiado todo. Era como si, al salir ella de la habitación, Valentino hubiera tenido tiempo de pensárselo mejor. Tal vez, al recordar lo ocurrido en el mirador, él había decidido no arriesgarse a más. O tal vez fuera un caballero que quería esperar hasta que se conocieran mejor.

Arrugó la cara, pensando en lo improbable que era eso último. Ella había cometido algún error; tal vez había tardado demasiado en volver de la cocina y él había asumido que tenía miedo.

Esa opción era tan humillante que se estremeció. No era raro que él hubiera cambiado de tema y estudiado las fotos de Lauren con tanto interés. Intentaba poner fin a la escena sin avergonzarla. Ningún hombre se interesaría por las fotos de unos conocidos, eso era obvio.

Cerró los ojos e inspiró con fuerza. Todos sus encuentros con Valentino Silvestri habían acabado mal. Lo mejor que podía hacer era olvidarlo, dejar de revivir ese beso, no pensar en bailes, ni en luz de luna, y centrarse en su razón para estar allí.

Con el empeño de aferrarse a esa idea positiva, fue al cuarto de baño. Mientras disfrutaba de la ducha, tuvo la intuición de que estaba a punto de pintar, tal vez un opulento paisaje al óleo. Notaba el cosquilleo creciendo en su interior, las puntas de los dedos casi le pedían agarrar un pincel. El momento se acercaba. Quizá pudiera empezar un retrato. El de un hombre delgado y duro, con elegantes manos morenas y cejas hirsutas.

Impaciente por empezar, se saltó el desayuno. Se puso su vieja camisa de pintar, sacó el cuaderno de bocetos a la terraza y se enfrentó al día.

El mundo era de una belleza deslumbrante.

Durante la noche un enorme yate había echado el ancla en el puerto. Estaba lejos, pero podía distinguir una pista de aterrizaje y despegue de helicópteros en proa. Alguien era muy rico.

Se apoyó en la barandilla. Abajo, un anciano trabajaba en el huerto. Supuso que era el abuelo de Valentino. Estaba cavando, y de vez en cuando se inclinaba para sacar algo de la tierra.

Ante una escena tan cargada de contradicciones era imposible no sentirse inspirada.

Llenó un cuenco de cerámica azul de limones y lo puso en la mesa del balcón. Con el pincel en alto, inspiró profundamente para llenar sus sentidos con la esencia del entorno. La cascada de villas en las laderas, el mar soleado, las ásperas baldosas de cerámica bajo sus pies, el olor a limón, las hojas de parra enredándose en los arcos…

Hacía un llamamiento a la inspiración cuando captó un destello blanco por el rabillo del ojo.

Maldijo para sí. Valentino estaba en su terraza.

Con el pulso acelerado, se inclinó hacia delante para verlo mejor por entre los huecos de la balaustrada. Llevaba pantalones cortos y una camiseta de tirantes, lo que le permitía lucir sus fabulosos hombros y largos muslos morenos.

Lo vio bajar los escalones hacia el huerto. El anciano lo saludó con la cabeza y se limpió la frente con el dorso de la mano. Valentino le dio una palmadita en el hombro y el anciano dejó la pala clavada en la tierra y fue hacia la casa.

Pia contempló a Valentino agarrar la pala y cavar rítmicamente unos minutos, pura poesía en movimiento. Después se quitó la camiseta, la tiró sobre un melocotonero y volvió a la tarea.

Una calidez sensual invadió a Pia, que lo miraba hipnotizada. Le sudaban las manos y oía los latidos de su corazón. La innegable belleza del cuerpo fuerte y musculoso, brillante de sudor, resultaba embriagadora. Jadeando, se arrodilló contra la barandilla para verlo mejor. Valentino Silvestri era espectacular y volvió a preguntarse por qué no había querido quedarse con ella.

Un rato después, el anciano se asomó y lo llamó. Valentino dejó la pala y entró en la casa, poniendo fin a la función.

Pia se levantó y recogió la paleta y los pinceles, sabiendo que ya no podría concentrarse. Se puso una blusa campesina de mangas afaroladas y escote fruncido, falda y sandalias, agarró la cámara y salió del piso.

La fotografía muchas veces le había servido para reactivar su creatividad, y en ese paraíso no faltaban cosas que fotografiar. Descubrió que no era la única que disfrutaba de tanta belleza; junto a la playa un artista había montado su caballete y pintaba cuadros para los turistas. Pia envidió su confianza y lo contempló unos minutos. Le habría gustado estar allí haciendo eso mismo, aplicar manchas de color con la espátula o el pincel, entregada a la sensualidad del entorno.

Inmortalizó al artista con su cámara y luego sacó varias fotos más. Cuando volvía de la playa la tentó un callejón estrecho, medio sendero, medio escalera, que se separaba de la calle principal. Estaba sacando una foto del verdín incrustado en el viejo cartel del nombre de la calle cuando vio a Valentino subir con expresión ensimismada.

Él alzó la cabeza y, de inmediato alerta, miró con interés masculino la falda y la bonita blusa.

—Oh, Valentino —dijo ella—. Hola.

Tenía aspecto de estar recién duchado y llevaba vaqueros y una camisa blanca abierta al cuello que realzaba el tono oliváceo de su piel morena.

El abrazo interrumpido de la velada anterior vibraba en el aire y Pia deseó pedirle explicaciones de una forma discreta y que no la comprometiera.

—Pia —dijo él, bajando la espesas pestañas.

—¿Cómo estás? ¿Todo bien? —escrutó su rostro.

—Todo bien.

—¿Tanto mental como físicamente?

—Todo funciona de maravilla —una lucecita brilló en sus ojos—. ¿Y tú? ¿Has dormido bien? ¿La cama y la almohada son blandas? —las negras pestañas no ocultaban la admiración sensual de sus ojos. Si le había parecido tan poco atractiva como para huir el día anterior, no lo demostraba.

—Oh, sí. La almohada y la cama. Muy cómodas. Blandas, pero elásticas a la vez. No sé si puedes imaginarte la sensación —le dijo, con voz risueña.

Los ojos de él oscurecieron aún más, mientras miraba su cuello, sus piernas. Cuando habló, su voz sonó más grave, ronca casi.

—La estoy imaginando —miró su cámara—. ¿Eres fotógrafa, como tu prima?

—No. Me temo que soy una aficionada.

—Dame —extendió la mano—, te sacaré una foto.

—Oh —no le gustaba que le sacaran fotos, pero no quería ser descortés—. Bueno, gracias —le dio la cámara, sin tocarlo, y miró a su alrededor—. Ahí estará bien, delante de la pared rosa.

Se situó ante la pared como si estuviera ante un pelotón de fusilamiento. Aunque sonrojada e incómoda bajo su mirada, sentía un extraño calor en las venas. Casi podría llamarse excitación.

—Tienes que relajarte un poco —dijo él con voz aterciopelada y una sonrisa, bajando la cámara.

—Estoy relajada —mintió ella, sonriente.

—*Bella* —inspeccionó el resultado de la foto y se acercó para enseñárselo. Ella apenas la vio.

En cuanto sintió el roce de su antebrazo, le pareció que entraba en caída libre. Él le devolvió la cámara y sacó el teléfono móvil.

—Una más —antes de que ella entendiera lo que quería decir, le sacó dos fotos que examinó con satisfacción. Pulsó una tecla y guardó el teléfono—. Te has ruborizado como una rosa. No te preocupes, no voy a besarte aquí. Cuando pruebe tus dulces labios estaremos solos, en un lugar privado. En este pueblo se cotillea demasiado.

—Te equivocas, Valentino, no me preocupaba —tenía los labios resecos, pero contuvo el deseo de lamérselos—. Me sorprende que estés tan seguro de que habrá más… eso —hizo un ademán.

—¿Eso?

—Ya sabes. Besos, etcétera.

—¿Tú no esperas más besos? ¿Etcétera? —divertido, le dirigió una mirada sensual.

—No te aconsejo que cuentes con ello. Dependerá de cómo me sienta, ¿no crees?

—También podría depender de cómo me sienta yo —dijo él, sonriente—. Pero te aseguro que, por lo que vi ayer, me haces sentir de maravilla.

—Sin embargo, te fuiste corriendo —dijo ella, enarcando una ceja.

—Eso hice. ¿Te molestó? —preguntó él.

La había dejado plantada después de excitarla. Pia sintió una oleada de indignación, pero consiguió esbozar una dulce sonrisa.

—En absoluto Agradecí tu consideración. Fue un detalle que entendieras lo cansada que estaba.

—*Prego* —Valentino sonrió. Conseguiría que ella ardiera de deseo por él, que suplicara—. Me alegra que estés descansada —se acercó, puso las manos en sus brazos y la atrajo, excitándose al sentir la suavidad de sus senos y de sus muslos, al captar el aroma de su cabello. Ella no se apartó y él supo que volvía a tener la victoria a su alcance.

Su boca era la más deseable que había visto nunca. Agachó la cabeza para besarla, buscando solo un roce de labios, pero fue incapaz de retirarse hasta que su sangre empezó a hervir y ella se derritió entre sus brazos, temblorosa.

El sonido de unas voces los alertó de que se acercaba gente e interrumpieron el beso. Él dejó caer las manos y se separaron, aunque Pia sintió que el deseo los unía de forma invisible.

—Esta tarde —dijo él con voz ronca—, te llevaré unas frambuesas a juego con… tu lengua.

Ella parpadeó. ¿Su lengua? ¿Esa tarde?

—Ven a la *piazza* conmigo —agarró su mano.

Ella se preguntó por qué en la vida real las cosas nunca salían como uno pretendía. Había decidido resistirse a él y, sin embargo, había tardado segundos en rendirse. Y a juzgar por el brillo de los ojos de Valentino, él era muy consciente de ambas cosas.

No podía negar que era agradable que un hombre apasionado le dijera cosas extraordinarias. ¿Cuándo había comparado Euan su lengua con frambuesas? Decidió convertir el estilo italiano en su punto de referencia para con los hombres.

Llegaron a la plaza de la parte más alta del

pueblo. Valentino agarró su codo y la llevó a la terraza de un café. Un camarero lo saludó por su nombre, los llevó a una mesa, volvió con una jarra de agua y esperó a que pidieran.

—*Capuccino, per favore* —dijo ella. Valentino soltó una risita y ella arqueó una ceja—. ¿Qué tiene eso de malo?

—Solo los bárbaros beben capuccino tan tarde —la acarició con la mirada, como si no le disgustara.

—¿Ah sí? —sonrió al camarero—. Perdone, por lo visto soy una bárbara.

El camarero le aseguró que no era problema. Estaba acostumbrado a los turistas.

—Pia, te presento a Tony —dijo Valentino—. Tony, ella es la *signorina* Renfern.

—*Buonguiorno* —le ofreció la mano a Tony—. ¿No te vi anoche en la plaza?

—Claro, estaba allí —exclamó Tony—. Y yo la vi bailando —movió las caderas—. La música estuvo bien, ¿eh? ¿Le gustaron los fuegos artificiales?

—Oh, los fuegos artificiales —sintió calor en la nuca—. Sí, fueron… —miró a Valentino, que la observaba con expresión seria y ojos velados.

—Fantásticos —intervino él.

—Sí. Sí que lo fueron —susurró ella. El camarero se marchó y Pia se abanicó con la carta.

—Esta noche habrá más —comentó Valentino—. Más fuegos artificiales.

—¿Lo sabes a ciencia cierta, o es lo que tú

querrías? —Pia consiguió ocultar el escalofrío de excitación que había recorrido su cuerpo.

—Podría decirse que ambas cosas —las esquinas de su boca se alzaron con una sonrisa sensual—. Siempre me ha interesado la pirotecnia.

Era tan atractivo que ella sintió que se derretía por dentro. Se preguntó si debía darle otra oportunidad tan pronto. ¿Hasta dónde pretendía llegar él esa tarde? ¿Y adónde quería llegar ella?

Llegaron los cafés y Pia cerró los ojos para disfrutar aún más del aroma, luego tomó un sorbo.

Valentino se bebió el expreso en dos tragos. Estaba relajado, contemplando a la gente que paseaba por la calle, pero muy consciente de su acompañante. La tentación de estirar el brazo y tocarla era extrema. Le ardían los dedos con el deseo de soltar el lazo del escote de la blusa campesina y acariciar la suave piel de sus senos.

La tensión que percibía en ella lo atraía como un imán. Durante la larga noche había examinado y reexaminado su necesidad de resistirse a ella, pero allí estaba, dejando que la bestia de la lujuria asumiera el mando. Tenía que dejar de mirar e imaginar; pero sus manos recordaban demasiado bien el tamaño y forma de sus senos. Tan suaves y elásticos, tan fáciles de excitar…

Volvió a sentir el pinchazo de su conciencia. Tenía que controlarse. Desde que la había visto en el callejón se había preguntado si tendría fuerza para resistirse si descubría algo negativo.

El recorrido por las bases de datos no había desvelado nada sospechoso sobre su prima, aparte de su necesidad de viajar a menudo. Y su instinto le decía que Pia era lo que parecía: una joven aprovechando la oportunidad de disfrutar de unas vacaciones al otro lado del mundo.

Aun así, tenía que aprovechar ese rato con ella para obtener información, no para seducirla.

—¿Hace mucho que no ves a tu prima? —preguntó, con voz algo más fría.

—No demasiado —le echó un vistazo, como si hubiera percibido el cambio de temperatura—. Vino al funeral de mi padre.

—Oh. ¿Cuánto tiempo hace que tu padre…?

—Fue el año pasado. Tuvo… un infarto.

—¿Estabais muy unidos? —preguntó él, notando algo extraño en su voz.

—Sí, lo estábamos —Pia volvió el rostro hacia la calle, pero tenía los ojos tan nublados que no veía nada. Con esfuerzo, controló las lágrimas.

Valentino captó el brillo de sus ojos y se le encogió el corazón. Comprendió que la pérdida era reciente y ella no la había superado aún. Le dolió ver su fragilidad, pero intentó no dejarse llevar.

—Nada te prepara para el impacto —dijo ella con una leve sonrisa—. Crees que te adaptarás, porque llevas toda la vida esperándolo inconscientemente, pero cuando ocurre te das cuenta de que una parte muy importante de lo que eres, tus cimientos, se ha ido, y nunca… —alzó los ojos azules hacia él, avergonzada—. Disculpa. Además, tú debes de saber lo que se siente. Perdiste a tus padres, ¿no?

—Sí, claro —intentó evitar su mirada y apretó las manos. Estaba recibiendo demasiada información. Y él no quería involucrarse emocionalmente.

Pia notó su distanciamiento y se mordió el labio. Había hablado demasiado. El incidente del banco había ocurrido poco después del funeral y suponía que en realidad no había tenido tiempo de procesar la pérdida de su padre antes de sumirse en el abismo. Inspiró profundamente. No era el momento ni el lugar para pensar en esas cosas.

—Eh, Valentino.

—Mira —hizo que Valentino mirara hacia la calle, agradeciendo la interrupción—. Creo que te llama a ti.

Un hombre mayor, vestido con traje y gorra de color blanco, camisa colorida, ancha corbata de seda y zapatos de cuero blanco, agitaba el bastón en el aire. Valentino se levantó de un salto y el anciano se acercó hasta la mesa para abrazarlo.

Tras un cálido intercambio de saludos, Valentino lo presentó como Luigi, gran amigo de su abuelo, y lo invitó a sentarse. Luigi saludó a Pia con un inglés titubeante y luego inició una rapidísima conversación en italiano con Valentino.

Pia escuchó un rato, esforzándose por captar alguna palabra o expresión que conociera. Era un momento valioso, aunque apenas entendía; le parecía estar participando en la vida de Positano desde dentro. Metió la mano en el bolso y sacó el lápiz y el cuaderno que llevaba siempre.

Con Valentino centrado en su amigo, le fue posible escrutar sus rostros. El anciano y el joven. Realizó unos trazos rápidos para captar lo esencial y empezó con Valentino. Desde el nacimiento del pelo al pómulo y a la mandíbula, la fuerte columna de su cuello, el triángulo moreno de pecho que dejaba ver su camisa. Luego se centró en las cejas.

Su mano volaba sobre el papel mientras sus ojos hambrientos devoraban a Valentino, cada curva y oquedad, cada movimiento de las largas pestañas, la arruga que ascendía desde la esquina de su boca, memorizándolo para luego.

Después empezó con el anciano, sus arrugas y valles, grietas y fisuras. Captó el parecido bastante bien, aunque era un dibujo apresurado.

La conversación finalizó, Luigi se puso en pie y se despidió. Antes de irse la señaló con la cabeza y comentó algo que hizo sonreír a Valentino.

—¿Qué estás haciendo? —miró el cuaderno.

—Solo garabateando —cerró el cuaderno y lo guardó en el bolso—. Luigi parecía contento de verte. Tu abuelo debe de estar encantado con tu visita.

—He estado fuera demasiado tiempo —hizo una mueca—. Nonno siempre ha sido fuerte, como si fuera a vivir eternamente, y ahora, cuando no estoy mirando… —se enderezó y veló la mirada—. Olvídalo. No es nada. Hablemos de eso de lo que ambos queremos hablar.

—¿Y qué es? —alzó la cejas, simulando curiosidad, pero el pulso se le había acelerado.

—De nosotros —acercó la silla más, de modo que sus manos casi se tocaban sobre la mesa.

—¿Es que hay un nosotros?

—¿Tienes un *amore*? —él escrutó su rostro.

—En este momento no.

—Deja que adivine —la miró con ojos cálidos pero agudos—. Alguien te ha hecho daño.

—¿Cómo puedes saber eso? —ladeó la cabeza, burlona, huyendo del escrutinio de sus ojos.

—¿Por qué ibas a estar sola si no?

—¿Por qué ibas a estarlo tú? —le devolvió ella.

Sonrió para ocultar el rubor que ascendía por su nuca. Se recostó y jugueteó con la cucharilla, haciéndose la indiferente. De ninguna manera iba a confesar lo que le había ocurrido en el último año.

—Además, no sé por qué quieres saberlo.

—Yo tampoco lo sé —alzó los anchos hombros—. Pero la verdad es que quiero —se formaron dos arrugas entre sus fantásticas cejas—. Me hace falta.

A ella la alarmó su súbita seriedad. Sintiéndose presionada, desvió la mirada un momento.

—Todo el mundo sufre desilusiones en la vida. ¿Estabas pensando en contarme todas las tuyas?

—No. Soy un caballero —sonriente, le agarró la mano —. Entonces… ¿Pia?

Cuando las palmas se tocaron, ella sintió la corriente eléctrica de su virilidad recorrerla de arriba abajo, encendiendo una chispa irresistible. El contacto entre piel y piel se intensificó, pero ella no supo quién había incrementado la presión. Pero no apartó la mano. No podía.

—No tiene por qué ser como una cacería, ¿verdad? —alzó un hombro con indiferencia—. ¿Acaso no es posible que la gente se junte durante el tiempo que encuentren placer el uno en el otro, y luego se digan «adiós» con una sonrisa?

—¿Sin promesas ni recuerdos del pasado? —él examinó su rostro con atención.

—¿Por qué complicar las cosas? ¿Qué tiene que ver el pasado?

—Como filosofía suena muy bien, pero habría pensado que… —estrechó los ojos—. ¿Siempre has sido un espíritu tan libre? ¿De verdad?

Ella titubeó. Su instinto le decía que hablar sería un terrible error. Lo último que debía hacer era contarle sus penas al mejor ejemplar de la virilidad napolitana que iba a encontrar en su vida.

Por otro lado, un tipo la estaba invitando a abrirse. Un tipo con deslumbrantes ojos negros que podían ser cálidos y amistosos, ardientes o fríos como el acero. Pero optó por medir sus palabras.

—Al fin y al cabo, las personas sienten atracción, después descubren cosas unas de otras y… cambian de opinión. ¿No es esa tu experiencia?

—Podría decirse que sí —sonrió él.

Valentino estiró las piernas. Le dio la vuelta a su mano y la estudió. Era grácil pero fuerte, con dedos delgados y uñas cortas, sin pintar. Hizo una seña a Tony para que llevara la cuenta y entretanto charló de naderías, casi en estado de shock.

Esa mujer había llegado a la misma conclusión que él. El amor era mejor como acuerdo temporal. Sin pasado, sin futuro, sin cadenas.

Pia Renfern era perfecta. Perfecta. No entendía por qué sus palabras lo habían impactado tanto.

Capítulo 7

PIA cerró la puerta al peligroso pensamiento. Si permitía que entrara en su mente, la sensación fantástica, excitante y terrible de estar colgando de un acantilado se haría realidad. Una realidad que no podía permitirse.

Las personas que estaban recuperándose de un síndrome postraumático necesitaban equilibrio. Orden, rutina, disciplina. Ya tenían bastante con controlar sus emociones para encima ena…

¡No! Había estado a punto de pensarlo.

Enfangarse, esa era la mejor definición. Enfangarse era para chicas ingenuas con sueños de alianzas, no para artistas con un don recibido de las diosas, al que estaban destinadas a entregarse.

Pia Renfern podía permitirse pasión. Mientras siguiera sintiendo lujuria por Valentino Silvestri, por el vello de sus antebrazos, sus sólidas pantorrillas y muslos poderosos, estaría en el camino directo hacia la salud física y mental.

El fango, en cambio, era antiartístico. Llenaba a una mujer de nudos internos, la empapaba en lágrimas y la estrujaba como a un trapo. Por eso, cuando caminaba hacia la *pasticceria* con Valentino, se concentró en el lóbulo de su oreja derecha, planteándose morderla. Cualquier cosa para poner fin a esa sensación mágica, excitante y cálida que le oprimía el corazón cada vez que él se volvía para decirle algo, o sus brazos se rozaban.

Cuando salieron de la tienda, se detuvieron para probar las pastas que ella había comprado. Valentino se comió la suya y miró a Pia burlón.

—¿Qué ocurre si un espíritu libre decide que se está perdiendo las cosas buenas de la vida?

—¿Qué tipo de cosas?

—Estatus, posesiones… —la miró de reojo y curvó la boca—. *Bambini*.

—¿Bromeas? —Pia casi se atragantó—. *¿Bambini*?

—Sí —abrió las manos—. Conoces a mi tía. Es como el noventa y cinco por ciento de las mujeres de aquí. Están locas por los *bambini*. Cuando llega el virus, no hay escapatoria. No paran hasta tener uno. ¿Por qué iba a ser Pia Renfern diferente?

—Vayamos por orden. Por estatus supongo que te refieres a un esposo, ¿correcto?

—*Certamente* —encogió los hombros—. Así es como funciona el mundo.

—Bueno —enarcó una ceja, disconforme—. La respuesta es sencilla. Conseguiré mi propio estatus, y me contentaré con él. En cuanto a los *bambini*… —se limpió el azúcar en polvo de los dedos y los agitó en el aire—. Si me atacara el virus, supongo que sería como todas las otras.

—¿Qué otras?

—El noventa y cinco por ciento que no para hasta tener uno.

—Ajá —sus ojos se iluminaron—. Entonces estarás obligada a tener el esposo.

—No, no lo creo —sonrió al ver su expresión atónita—. No necesariamente. Es increíble lo que puede conseguir una mujer sola hoy en día.

—*Per carita* —gimió él, escandalizado.

—¿No crees que eres un poquito puritano, Valentino?

—En cuanto a los niños, mucho —afirmó él—. Pero en el caso de las mujeres… —sonrió y sus ojos chispearon— puedo ser más tolerante.

—Eso es muy magnánimo. Sé lo que Lauren diría al respecto de eso.

—Lauren —Valentino la miró con ojos duros—. ¿Sabes cómo se involucró con esa gente?

A ella la sorprendió la frialdad de su voz.

—¿Te refieres a…? Yo no diría que está involucrada con ellos, son amigos. Lola tiene una galería y Lauren es artista. No estoy segura, pero puede que consiguiera el contrato con la televisión a través de Giancarlo. Lola da muchas fiestas, y...

Él curvó la boca con sorna y ella calló.

—¿Por qué? ¿Qué tienen de malo?

—¿Hasta qué punto confías en tu prima?

—¡Valentino! —lo miró con incredulidad—. ¿Qué clase de pregunta es esa? ¿Qué insinúas?

Él se tensó. Las arrugas de su rostro se acentuaron y su mirada se volvió impenetrable.

—Te informo por tu propio bien, Pia. Esa gente no es buena. Ni para tu prima, ni para ti —su voz sonó suave, pero con mucho más acento italiano.

—¿Por qué? ¿Qué tienen de malo? —preguntó ella, atónita.

—¿Es que no puedes aceptar mi palabra al respecto? Deberías evitarlos —se dio la vuelta y empezó a subir los escalones con la agilidad de alguien nacido y criado en Positano.

Pia, paralizada por la sorpresa, se quedó observando su marcha. ¿Qué acababa de ocurrir?

Volvió al piso lentamente, con el corazón inquieto, intentando descubrir qué había fallado. Un rato antes se había sentido energética y excitada. Al borde de un delicioso cambio, que empezaría con la pasión prometida para esa tarde. Un romance, un amante. El principio de un vibrante capítulo en su vida. Había adorado tomar café con él, y que la presentara como a una amiga.

Pero la mención de Lauren y sus amigos había hecho que todo estallara. El patrón se repetía. La noche anterior él había estado loco de deseo por ella, y de repente había salido corriendo. ¿Qué problema tenía? No entendía a Valentino Silvestri.

De vuelta en el piso, sacó el cuaderno y examinó el boceto, rememorando la conversación.

Ella no dudaba de la integridad, valor y profesionalidad de su prima. Y aunque él se refiriera a los Fiorello como personajes siniestros, no imaginaba a Lauren relacionándose con gente de mala reputación. Se preguntó si habría alguna vieja *vendetta* entre los Silvestri y los Fiorello.

Abrió el bloc de dibujo por una página limpia y empezó a transferir el boceto con un lápiz blando. Líneas y sombras, sin olvidar las sutiles arrugas que rodeaban sus ojos cuando sonreía.

Deseando tener una buena foto que refrescara su memoria, siguió dibujando el resto de la mañana. El impulso artístico se parecía al de otros tiempos y la animó saber que sus dotes seguían intactas. Por fin tenía la certeza de que el pozo de creatividad al que había recurrido toda su vida, volvía a estar lleno y revitalizado. Su confianza en sí misma alzó el vuelo.

Independientemente de Valentino, Euan o cualquier otro hombre que apareciera en su vida, tenía eso. Nadie podía quitarle ese don de forma permanente, por fin estaba segura. Ni siquiera un tipo con un pasamontañas podía robárselo.

Sonó el timbre de la puerta y, con el pulso disparatado, dejó el lápiz, cerró el bloc de dibujo y lo metió en su funda protectora.

Se preguntó qué la esperaba. ¿Otra disculpa? Esperaba de él al menos una explicación por su súbita partida. Le exigiría una. A pesar de su resolución, le tembló el pulso cuando se estiró la falda y fue hacia la puerta. Tras el súbito final de lo que había empezado como un encuentro de lo más sexy, tenía que recibirlo con cierta frialdad.

—¿Sí? —dijo, abriendo la puerta. La sorprendió ver a una atractiva mujer de pelo oscuro de treinta y pocos años. Llevaba un exiguo vestido azul con la falda anudada a la cadera y zapatos de tacón.

—¿Eres Pia? —los carnosos labios rojos se curvaron con una sonrisa.

—Sí.

—Soy Lola Fiorello, la amiga de Lauren. Le prometí venir a dar la bienvenida a su prima —le ofreció la mano. Parecía tan amistosa que Pia ocultó su inquietud y la saludó como si no tuviera ningún indicio de que podía ser la bruja mala.

—Lola, claro. Hola. Me alegro de conocerte.

Lola la abrazó y besó sus mejillas, al estilo europeo. Después, abrió su gran bolso y sacó una botella de vino tinto y un paquete de fragante café.

Pia aceptó los regalos y la invitó a entrar. Se ofreció a abrir el vino, pero Lola no quiso.

—Siempre bebo té cuando vengo aquí —explicó.

Mientras Pia ponía agua a hervir, Lauren la bombardeó con preguntas sobre su viaje y sus primeras impresiones del pueblo.

—¿Has conocido ya a alguien? Aparte de los turistas, quiero decir.

—A un par de personas —dijo Pia—. A uno de los vecinos y… a Tony, del café de la *piazza*. Y a un anciano encantador llamado Luigi.

—Ah, será Luigi Salvatore. *Sì, sì* ——. Es muy agradable. ¿Llevaba el traje de los domingos?

—¡Sí! —exclamó Pia—. ¿Cómo lo has sabido?

—Va a misa todas las mañanas, así que se pone el mismo traje todos los días.

—Bueno, estaba guapo —Pia se rio—. ¿Conoces a toda la gente del pueblo? Eso es que vienes de visita muy a menudo.

—Conozco a la gente porque crecí aquí.

—¿Y te dedicas a la industria del cine?

—No, ese es Giancarlo. Yo soy empresaria. Colecciono obras de arte. Cuadros y esculturas para mi pequeña galería de Anacapri. Tienes que venir a verla. Por eso conozco a Lauren. Por cierto, me ha dicho que tú también tienes mucho talento.

Pia puso la bandeja del té sobre la mesita. No

quería hablar de su trabajo, no mientras siguiera convaleciente, por decirlo de alguna manera.

—Me alegro mucho de que hayas venido —dijo, para cambiar de tema—. Tengo muchas preguntas que hacer —pensó que no le iría mal saber cómo pensaban los típicos hombres italianos.

—Solo, por favor —Lola se recostó en el sofá—. Fantástico. Oh, me encantan estos bollitos, el relleno de limón es tan… —dio un mordisquito y su expresión de éxtasis lo dijo todo—. Bueno, quiero invitarte a comer el día veinticuatro. Enviaré a Dominico para que te recoja en el muelle a las doce —rebuscó en su bolso, sacó una libreta pequeña y garabateó algo—. El barco es el *Sirocco*. Llama a este número si hay algún problema. Toma —arrancó la página y se la dio—. Ah, y trae tu cepillo de dientes. Será una fiesta de fin de semana con gente de la industria del cine, un poco de relax y diversión; necesitamos muchas chicas guapas —sonrió de oreja a oreja.

—Es muy amable de tu parte… —Pia parpadeó.

Aunque sonreía, sus sensores de riesgo habían entrado en alarma roja. Una fiesta en Capri, en casa de un rico director de cine, era emocionante, sin duda; comer era una cosa, pero un fin de semana entero… ¿En una isla con desconocidos?

Su cobardía afloró en grado sumo. Se suponía que tenía que socializar pero, a pesar del encanto de Lola y de que parecía un plan divertido, ¿estaba preparada Pia Renfern para tanta diversión?

Buscó una excusa creíble con desesperación. Lola no parecía el tipo de mujer que aceptara un no como respuesta. Seguía charlando de la fiesta cuando volvió a sonar el timbre.

Pia dio un respingo. Esa vez solo podía ser Valentino. Se puso en pie, preguntándose qué diría él, si le pediría disculpas, y qué le contestaría.

Armándose de valor, abrió la puerta. Valentino estaba apoyado en la balaustrada, con el pulgar metido en el bolsillo de los vaqueros, tan serio y tan guapo que ella sintió un torbellino de anhelo. Se recordó que era pura lujuria. No fango.

—¿Tienes tiempo para hablar? —preguntó él.

—Sí. Claro. Desde luego —su cerebro volvió a funcionar. Casi se sintió culpable al acordarse de Lola, pero se dijo que no tenía por qué pedir disculpas por las amistades de su prima—. Ahora mismo tengo visita. Es Lola —aclaró. Al ver que el rostro de él se ensombrecía, siguió hablando—. Pero eres bienvenido. Por favor, únete a nosotras —abrió la puerta de par en par.

Él frunció los ojos, pero entró en la casa.

—Lola, ¿conoces a Valentino? —dijo Pia. Lola alzó la mirada y sus ojos se ensancharon.

—Vaya, Tino —exclamó un instante después—. Menuda sorpresa. Así que por fin has vuelto a casa. ¿Estás de vacaciones? —sonrió, mientras su mirada aguda iba de Valentino a Pia y de vuelta.

Pia notó que el rostro de Valentino se endurecía, aunque aceptó la silla que le ofreció.

—Podría decirse eso —contestó él—. ¿Y tú, Lola? Sigues haciendo… ¿lo que haces? —su voz sonó seca y Pia vio que sus ojos eran puro hielo negro.

—Sí, Tino —Lola bajó las pestañas—. Mi pequeña galería va muy bien, gracias. Y tú… ¿sigues en la marina? ¿Persiguiendo piratas y contrabandistas?

—Ya no. Ahora estoy en una empresa internacional —sonrió con frialdad aparente.

—Tu abuelo, ¿está bien? —preguntó Lola, tras un breve lapso de silencio.

—Todo lo bien que se puede esperar de un anciano que ha sufrido el dolor y la tragedia de la deshonra pública —repuso Valentino con cortesía. El rostro de Lola se tensó y se volvió hacia Pia.

—¿Estás trabajando en algo ahora, Pia? Lauren me dice que has tenido éxito con los retratos.

—Un poco —Pia se sonrojó al notar la mirada de Valentino—. Pero no me limito a los retratos. He probado un poco de todo —hizo una pausa—. Y no, ahora mismo no estoy trabajando.

—Ah, pero creo que lo harás estando aquí —Lola alzó una ceja y sonrió—. Espera a venir a Capri. Te inspirará. Es un lugar perfecto para pintores. ¿No estás de acuerdo, Tino?

—No lo recomiendo —afirmó Valentino, sosteniendo la mirada de Lola.

Ella enrojeció y soltó una parrafada en italiano, a la que Valentino respondió con voz gélida. Hablaban tan rápido que Pia no entendía nada. Hasta que Valentino dijo «*Ariana*» y Lola pareció enfadarse mucho, porque recogió su bolso y se puso en pie.

—¿Qué quieres decir, Valentino? ¿Por qué no lo recomiendas? —intervino Pia, molesta por la grosería de Valentino con una persona que, al fin y al cabo, era su invitada.

—Eso, Tino —dijo Lola—. ¿Por qué no? Muchos artistas visitan nuestra casa. Capri lleva miles de años inspirando a artistas, ¿Por qué no a Pia?

—No te gustaría —le dijo Valentino a Pia, ignorando la sonrisa retadora de Lola.

—¿Por qué no? —preguntó ella.

—Porque te dan miedo las alturas —afirmó él tras un leve titubeo—. Tienes que admitir, Lola, que tu casa cuelga precariamente de un acantilado.

—Oh, ¿es cierto eso? —Lola se volvió hacia Pia.

—No, n-no… Bueno… —la recién recuperada seguridad de Pia estalló en pedazos al pensar que los rumores sobre su síndrome podían extenderse por el pueblo. Por suerte, su orgullo dio un paso al frente. Miró a Valentino con indignación—. No sé de dónde has sacado esa idea, Valentino. Se podría decir que este edificio está precariamente colgado, igual que todo el pueblo —se volvió hacia Lola—. Me encantará ir a la fiesta, gracias por invitarme.

—Fantástico, querida —Lola lanzó a Valentino una mirada triunfal—. Valentino puede quedarse aquí preocupándose por lo que harás —con una risita metálica, fue hacia la puerta—. *Ciao*. No olvides el pijama, si es que usas —añadió con otra risita. Lanzó una mirada traviesa a Valentino—. Nuestras fiestas son famosas, ¿verdad, Tino? ¿Por qué no vienes tú también? Sabes que eres bienvenido en Villa Fiorello —le guiñó un ojo.

Valentino, ignorando las pullas de Lola, miraba fijamente a Pia, que evitaba sus ojos. Aún atónita por lo ocurrido, acompañó a su invitada afuera y bajó con ella hasta el patio. Se sentía traicionada. ¿Qué clase de hombre gritaba la ansiedad privada de una persona a los cuatro vientos? ¿Acaso no sabía que la gente tenía sentimientos?

—Ten cuidado con él, cielo —dijo Lola con voz suave cuando llegaron abajo—. Es un hombre peligroso. Puede hacerte daño.

—¿De qué manera? —preguntó Pia.

—La típica de los hombres. Si quiere algo, si persigue algo, es incansable. Pero nunca te amará.

Capítulo 8

PIA subió las escaleras hirviendo de rabia. Se enfrentó a Valentino con los ojos nublados de ira.

—¿Cómo has podido? —la voz le temblaba por la emoción—. ¿Por qué tenías que decirle eso a Lola? ¿Es que no tienes la más mínima sensibilidad?

—¿Sensibilidad? —enarcó las cejas y levantó las manos—. Sí, la tengo. Soy sensible a la verdad.

—¿Por qué tuviste que mencionarlo? —ver su falta de remordimientos alimentó su cólera—. Solo porque estaba cansada tras el vuelo cuando corrías por esas carreteras tan estrechas…

—No corría —se puso rígido—. Nunca excedo

el límite de velocidad; soy un hombre responsable que cumple la ley. Si eres sincera, admitirás que los ratos que no estuviste flirteando conmigo, estabas más nerviosa que un gatito.

—¿Flirteando? —escupió la palabra—. Eso son imaginaciones tuyas. No flirteo con desconocidos.

—¿Son imaginaciones mías que después de bajar del coche me besaras como si te fuera la vida en ello? —dio un paso hacia ella, que retrocedió hacia la pared—. ¿Fue cosa de mi imaginación que anoche tuvieras miedo de entrar aquí? ¿O que cinco minutos después estuvieras derritiéndote en mis brazos como mozzarella? Me habrías ofrecido más que besos para que me quedara contigo.

—Vale, búrlate si quieres —los comentarios laceraban su sensibilidad herida, pero no podía dejar de notar el calor de sus fuertes muslos, a pocos centímetros de los de ella. Si daba un paso más, la aplastaría contra la pared. A pesar de su orgullo e ira, algo primitivo y profundo hacía que sus zonas eróticas vibraran sin control—. Puede que estuviera algo nerviosa. Pensé que lo entenderías. Es obvio que me equivoqué —su voz sonó ronca por la emoción—. Había empezado a pensar que eras distinto. Alguien en quien podría confiar. Pensé que eras… agradable.

Él se quedó inmóvil, como un leopardo que dejara de comer atraído por una presa más interesante. A ella se le desbocó el corazón. Captó la sombra de barba en su mandíbula, la sensualidad de sus labios. Estaba tan cerca que sentía el calor que desprendía su enorme cuerpo.

—Y yo pensé que tú eras agradable —dijo él con voz grave—. Sigo pensando que eres… agradable —en su lengua, la palabra adquirió un sesgo sexual.

El aire se espesó y ella sintió un cosquilleo en los pechos y otras partes íntimas de su cuerpo. Valentino cerró las manos sobre sus brazos; podría haberse liberado de ellas, pero no lo hizo.

La atrajo contra su cuerpo y atrapó su boca con una posesión apasionada que la dejó sin aire. Su orgullo se rindió al asalto sexual, sucumbió.

El sabor de sus labios, su aliento, la dureza de su cuerpo, se emborrachó de su masculinidad. No se limitó a rendirse. Con un gruñido, le devolvió el ataque con labios y manos, con el cuerpo, que fundió contra el suyo poro a poro.

Él interrumpió el beso, justo a tiempo de evitar que ella muriera por falta de aire.

—¿Ahora qué? —gimió ella. Jadeó un par de veces—. ¿Es ahora cuando te…? —iba a decir «marchas», pero él no esperó a que acabara.

La alzó en brazos y la llevó al dormitorio. Demasiado sorprendida en un principio, para cuando Pia recuperó el habla, él la sostenía en el aire, encima de la cama.

—¿Qué crees que estás haciendo? —su voz sonó casi como un gemido, porque en el fondo el anhelo inflamaba su cuerpo de pies a cabeza.

Él la dejó caer en el centro de la cama y se libró de camisa, vaqueros y calzoncillos. Ella bebió la belleza de su ancho pecho, su estómago firme y caderas estrechas, ensanchando los ojos en cada etapa, hasta que vio su majestuosa erección. Sin ningún pudor, él sacó un paquetito del bolsillo de los vaqueros, lo abrió con los dientes y se sentó en la cama para ponerse el preservativo. Después, se lanzó sobre la cama y la sujetó.

—Esto es lo que estoy haciendo —el deseo destellaba en sus ojos como fuego—. Comprobar si la cama es tan blanda y elástica como has dicho.

Deshizo la lazada del escote de la blusa y la abrió. Ella tuvo que ayudarle con el cierre del sujetador, pero cuando sus pechos quedaron libres, el entusiasmo de él resultó muy halagador.

—*Mio Dio*. Tienes unos pechos bellísimos. Tan maduros y dulces… Me vuelven loco.

Los besó con un interés admirable. Después, alzó su falda y le bajó las bragas hasta los tobillos. Con ojos ardientes, examinó su cuerpo mientras ella, febril, se estremecía y jadeaba, deseosa…

—Ahora veremos cómo puedo hacerte feliz.

Ella sintió un pinchazo de duda. ¿Era posible? Tal vez, con su historial, debería prevenirlo.

Él empezó a acariciar las zonas más sensibles y delicadas de su cuerpo, provocando corrientes de excitación en todas sus terminaciones nerviosas. Ella ardía de deseo, pero su conciencia la obligaba a avisarlo, por si acaso la pasión desaparecía en el momento crítico. Inspiró lentamente.

—Hay una cosa que…

—Te preocupas demasiado —dijo él, escrutando su rostro con ojos tiernos.

Con absoluta confianza en sí mismo, se situó sobre ella y, apoyándose en los brazos la penetró con un movimiento fluido y potente.

A ella la encantó escuchar su gemido de placer. Fue un alivio. Él hizo una pausa para que se acostumbrara a la invasión.

—¿Estamos bien? —le preguntó.

Un examen rápido de sus síntomas le dijo que se encontraba maravillosa y voluptuosamente suspendida en un lugar perfecto. Le sonrió.

Él hizo un seductor movimiento. Ella sintió un cálido dulzor. Delicioso, pero quería más. Mucho más. Él empezó a mecerla, con suavidad al principio, adquiriendo ritmo y fuerza por momentos, provocándole un placer increíble.

—Me encantas —gruñó él—. Nunca había deseado tanto a una mujer.

Esas palabras tan halagadoras dieron pie a varios rayos de placer divino y devastador, y ella colaboró con pasión, rodeándolo con las piernas.

Embistió y embistió, dando alas al orgasmo que, lento al principio, y como una tormenta después, hizo que ella estallara con un clímax glorioso, espectacular. Delirante.

Un segundo después, Valentino se rindió al placer en sus brazos, con toda convicción.

Después siguieron tumbados en la penumbra,

un revoltijo de brazos y piernas. Él era aún más bello de lo que había soñado, y en ese momento el perfil tallado, los planos y ángulos del musculoso cuerpo estaban a su disposición.

A veces, él besaba su hombro, su seno. Envuelta en una dorada nube de felicidad y alivio, ella saboreaba cada momento. Gracias al cielo la maldición se había terminado. No recibía recriminaciones, solo ternura, afecto y una vibrante conexión que casi daba miedo.

Valentino no dejaba de mirarla, festejando los ojos con su belleza. Su boca suave, rosada por los besos, la dulce curva de sus pechos, el delicioso triángulo de su pelvis y las esbeltas y pálidas extremidades. Su conciencia le decía que había hecho mal pero, al fin y al cabo, era humano.

Una mujer con asociaciones intolerables se había cruzado en su camino y había sucumbido. Pero solo una vez. Si Lola no hubiera aparecido allí ese día, habría confiado en su instinto y disfrutado de Pia Renfern en todo su esplendor. Si ella se hubiera negado a ir a la fiesta… Él la había avisado, había hecho cuanto estaba en su mano.

—¿Qué ocurre? ¿Por qué estás tan serio? —se apoyó en un codo para mirarlo y deslizó un dedo por el vello de su pecho—. ¿No te estoy prestando suficiente atención? —sonriendo, se inclinó para besar su pezón, con mirada seductora.

Él se estremeció y notó la reacción de su cuerpo. Los labios de ella siguieron bajando hacia su

ombligo. Allí se detuvo y lo miró con ojos risue-
ños, cargados de promesa y de algo más. Algo que
él no podía permitir que existiera allí.

—¿No te alegras de haberte quedado?

La tentación batalló con la conciencia de Valentino. Estaba volviendo a excitarse, pero un
hombre honorable no utilizaría sexualmente a una
mujer de la que tenía que alejarse.

Aún podía minimizar el daño. Con un esfuerzo
sobrehumano, se incorporó y tocó su rostro.

—Pia, tesoro…

Ella lo miró desconcertada cuando bajó las
piernas de la cama y agarró su ropa.

—Oh, ¿te marchas? —su voz sonó dolida.

—Me encantaría quedarme, tesoro, pero tengo
algo que hacer hoy —dijo, evitando sus ojos.

El silencio que siguió le dejó clara la impresión
que estaba dando. Que había buscado un revolcón
rápido y frío antes de cenar. Vio de reojo que ella
se envolvía en la sábana, como si se avergonzara
de su desnudez. Se visitó a toda prisa, incómodo.

—No hace falta que lo sientas —dijo ella, con
estudiada indiferencia—. Solo ha sido sexo.

—Pia, tú no piensas así. Dudo que tengas esos
sentimientos —dijo él sintiendo una punzada de
culpabilidad. Sus ojos se encontraron.

Ella, con la sábana apretada contra el pecho,
ocultándolo a su vista, alzó la barbilla.

—¿Lo dudas, Valentino? ¿Cómo sabes lo que
pienso o lo que siento? —lo dijo con tono de bur-

la, poniendo los ojos en blanco, pero él supo por su voz que se sentía herida.

—Tengo que ser sincero —era preferible dejar las cosas claras antes de que fueran a más—. No estoy en posición de ofrecer nada a una mujer. Viajo mucho en mi trabajo... estaré aquí pocos días.

—Ah, entonces no encargaré las invitaciones de boda aún —dijo ella rezumando sarcasmo—. Mira que pensar que había atrapado a un tipo.

Él se sintió como si lo estuviera arrastrando por encima de unas brasas. Se devanó los sesos buscando algo digno que decir.

—Por favor, no pienses... No eres cualquier mujer. Eres bella, encantadora, inteligente... —al ver que ella se sonrojaba, supo que lo estaba haciendo fatal. Se sentía como carroña.

—No te preocupes, Valentino. Estoy bien. He venido como turista, no para entregar mi corazón a uno de los nativos. Nunca cometería ese estúpido error. Sigue tu camino, amigo, y sé feliz. Es lo que preferimos los espíritus libres.

A pesar de su sonrisa y el tono risueño de su voz, él sintió otro pinchazo de culpabilidad. Lo atenazó el deseo de abrazarla, pero si hacía eso...

—Vete, por favor. Rápido —agitó la mano y él comprendió que necesitaba dejar de verlo—. No querrás llegar tarde.

—Ya nos veremos —besó su mejilla. Después, sintiéndose como un criminal, huyó de allí.

Capítulo 9

PIA rumiaba lo ocurrido.

¿Por qué tenía que importarle que un hombre por quien se sentía locamente atraída la utilizara sin más? Hasta pasar esa fantástica hora en sus brazos, ni siquiera había estado segura de haber recuperado la normalidad por completo.

Ahora que sabía que sí, tendría que estar viendo el lado positivo. Sin embargo, estaba anhelando, lamentando y reviviendo lo ocurrido. Repasando cada palabra. Especulando sobre la hostilidad existente entre Lola y él. Y en cuando a la advertencia de Lola…

Las advertencias nunca funcionaban. Deseó haber tenido la oportunidad de pedirle a Valentino que le explicara su asombroso comportamiento con Lola. Lo único que se le ocurría, lo más lógico, era que habían sido amantes en otros tiempos y que la ruptura había sido amarga.

Pero Lola estaba casada y los viejos amores no eran explosivos durante años. Ella misma, por ejemplo, se había desilusionado con Euan y había sentido dolor algún tiempo tras su marcha, pero la ira requería demasiada energía para prolongarla.

Valentino parecía demasiado hostil con la mujer, cierto, pero desde el punto de vista de Pia, Lola debería dejar de agitar las pestañas ante él. De hecho, si no fuera una mujer pacífica, le habría gustado arrancarle las pestañas a Lola. Una a una.

Pasó un día o dos en su balcón, trabajando en una acuarela, cuando era obvio que Positano exigía la sensualidad del óleo. Entonces se dio cuenta de que estaba recuperando el hábito de la evitación. Intentando evitar la vida y sus gloriosas miserias.

Evitando a Valentino.

Lo triste era que el dolor de no verlo era más intenso de lo que habría sido el de verlo y no poder estar con él. O eso pensaba.

Pero su vaso estaba medio lleno. Al menos le había gustado unas horas, aunque él no hubiera querido ir a más. Aunque no fuera la mujer que elegiría para llevársela a una isla desierta, le servía para un revolcón antes de cenar. ¿Cuántas mujeres podían decir eso?

Decidió olvidar a Valentino Silvestri y entregarse a la vida plenamente a partir del día siguiente. Si lo tenía todo en cuenta, a pesar del fango, su recuperación no iba nada mal.

El deseo había vuelto con creces, la pintura estaba en vías. Había otras cosas a las que podía enfrentarse para afirmar su confianza. Conquistaría la navegación cuando fuera a Capri, y allí sin duda la esperarían otros retos. Los acantilados formaban parte de sus paseos diarios.

Nadar era otra opción.

No era ninguna atleta, pero el tiempo era cálido y siempre le había gustado bañarse. No se arriesgaría a hacer el ridículo en la playa principal, llena de turistas, pero había visto una pequeña cala bajando unos escalones tallados entre las villas. Podía ponerse a prueba allí, metiéndose hasta las rodillas para empezar, tal vez incluso hasta la cintura, todo lo que pudiera sin morirse de miedo.

Por suerte, en un momento de optimismo, había metido el bañador en la maleta. Lo sacó y lo puso sobre el respaldo de una silla, esperanzada.

Su resolución flaqueó un poco durante la noche, pero, tras un leve titubeo, se levantó muy temprano. Tiritando con el frescor del amanecer, se untó crema protectora, se puso el bañador, pantalones cortos y camiseta y agarró una toalla de Lauren.

Era demasiado pronto para la mayoría de los turistas, excepto algunos maniáticos del ejercicio.

En la villa Silvestri no se veía ningún movimiento. Bajó las escaleras y salió por la verja lateral.

Los escalones que bajaban a la playa, entre las casas, eran muy empinados. Pasó junto a la verja negra de la casa de Valentino conteniendo la respiración. Dio la vuelta a la última curva y tras un último escalón, se encontró en la pequeña playa de arenisca. En realidad apenas podía llamarse playa, era un hueco en la base del acantilado.

El espacio estaba ocupado. Poderosamente ocupado. Valentino, sentado en la arena con los brazos apoyados en las rodillas, miraba al mar.

De repente, giró la cabeza como si hubiera percibido su presencia. Se quedó quieto al verla.

El primer impulso de Pia fue volver escalera arriba. No quería que él pensara que lo perseguía. Pero él alzó las gafas de sol, como si fuera a decir algo. Los buenos modales la retuvieron y perdió la oportunidad de escapar.

Dio un paso y las imágenes de la pasión compartida parecieron dominar el espacio y absorber el aire. Tuvo la sensación de que él también estaba pensando en ellos dos desnudos.

Él estaba sin afeitar y la barba resaltaba la sensualidad carnosa de su boca.

—Hola —Pia se mojó los labios.

—*Buonguiorno* —dijo él al mismo tiempo.

Se levantó y se agachó para recoger la toalla. Ella intentó no mirar más abajo de su barbilla, y agradeció que llevara una camiseta bastante larga.

No quería recordar placeres pasados que no volverían. Pero era imposible no ver su pecho viril a través de la camisa mojada. Los rizos de vello negro que ella había retorcido entre los dedos.

El vello que había rozado sus pechos desnudos.

Él, en cambio, la miró de arriba abajo con franca admiración sexual, como si sus curvas fueran su atributos más significativos. Hombres.

—No esperaba verte. Dijiste que estarías aquí pocos días.

—¿Cuántos son pocos? —encogió los hombros—. Un segundo después, añadió—: Ayer no te vi por ahí. Me pregunté si habías ido a algún sitio.

—No —bajó la cabeza—. Estuve trabajando.

—¿Pintando?

Ella asintió y movió unas piedrecitas con la punta de la sandalia. Él se acercó un paso.

—Te vi dibujar en la cafetería. Debe de ser maravilloso ser un artista. Tener esa habilidad.

—A veces es maravilloso —admitió ella—. La mayor parte del tiempo, no —podría haber añadido que era igual que la vida, o que enamorarse.

—No dijiste que eras artista durante el viaje —la miró interrogante y ella se encogió de hombros.

Se dijo que no estaba siendo demasiado amistosa, sino más bien fría, pero era incómodo saberse un apaño temporal. Una distracción de segundo orden, por decirlo de alguna manera.

—¿Pintas en tu balcón? —perseveró él con una

sonrisa sexy—. Me pareció ver tu pelo rubio la
otra mañana, brillando al sol como el de Giulietta.

—¿Qué Julietta? —alzó una ceja.

—Giulietta… la de Shakespeare.

—Ah, ella —hizo una mueca—. Mejor que no.
Murió muy joven, ya sabes.

—Ah —abrió las manos con gesto de disculpa—. No ha sido un buen ejemplo. Tal vez, si tuvieras el pelo más largo, podría llamarte Rapunzel.

—Por suerte para mí, prefiero el pelo corto —
le dirigió una larga y gélida mirada.

Siguió un silencio. Él miró hacia el mar y ella
notó su tensión. Sintió lástima de él. Se estaba
portando como una bruja sicótica, fría y cruel.

—¿Vas a nadar ahora? —preguntó él.

La recorrió con su mirada sensual, sin duda radiografiando su ropa para ver si llevaba bañador.

—¿Nadar? Bueno, sí, es decir, no necesariamente nadar. Supongo que pretendo…

—¿Sí? —interrumpió él—. ¿Te consideras buena nadadora Pia?

Ella lo miró sorprendida. Él pareció aprovechar
la oportunidad para examinarla de nuevo, tal vez
para evaluar su tono muscular, flotabilidad y capacidad pulmonar, pero más probablemente para recordar los senos, caderas y demás, que habían servido para distraerlo durante una hora.

La asaltó otra sospecha: que al verla pálida y
desvaída le pareciera poco atlética. Eso aguijoneó

su orgullo. Había ganado la medalla de plata en las pruebas de natación para menores de dieciséis años, en las pruebas de carnaval.

—Por supuesto —contestó con voz altanera—. Pero no entiendo por qué lo preguntas, Valentino.

—Deberías saber que el mar aquí tiene corriente muy fuertes.

A ella no se le había escapado que tenía el pelo mojado y gotitas de agua brillaban en sus muslos morenos. Sintió una oleada de ira. Era obvio que no era temeraria, más bien una auténtica cobarde, pero ¿tenía que restregárselo por la cara?

—Gracias por tu preocupación —dijo, bajando las pestañas y dejando escapar una risa—. Aunque creo que el mar tiene corrientes fuertes en todos sitios.

—Adelante, entonces, si no tienes miedo —apretó los labios, encogió los hombros y señaló el mar como si fuera un regalo personal.

—No tengo miedo —replicó ella, airada.

Él alzó los brazos con un gesto que indicaba que lo había intentado, pero era imposible razonar con ella. Extendió la toalla y volvió a sentarse. Pia lo miró desconcertada. Había supuesto que iba a marcharse pero, por lo visto, iba a observarla.

Echó un vistazo al agua. Inmensa y turbulenta. Las olas golpeaban la pequeña cala y se retiraban siseando. Sospechaba que en algunas zonas, junto al acantilado, el agua era profunda. Muy profunda.

Si él se quedaba allí, tendría que bañarse. No chapotear, como había pensado, sino nadar.

Caminó por la playa, poniendo unos metros de distancia entre ellos, con la esperanza de que él captara la indirecta, después perdió algo de tiempo simulando estudiar la piedras y las rocas que había junto a la base del acantilado. Decidió adentrarse un par de metros, muy despacio. Con suerte, cuando el agua le llegara por las rodillas, él se habría ido.

Otra opción era ignorarlo y volver a casa. No tenía por qué importarle lo que él pensara. Aunque anhelaba huir, aún le dolía que hubiera mencionado su cobardía. Se armó de valor.

Lo peor era tener que quitarse la ropa, aunque llevara un bañador de una pieza. Sentía la mirada de él abrasándola desde el otro lado de la playa.

Lo mejor era acabar con el asunto cuanto antes, así que se quitó la camiseta, bajó la cremallera del pantalón y dejó caer las prendas al suelo. Tendría que haberse puesto crema autobronceadora o algo, nada parecía más desnudo que la piel blanca.

Aunque sentía su mirada en la espalda como un lanzallamas, giró la cabeza para comprobar si la estaba mirando. Y sí la miraba. De hecho, se había quitado las gafas de sol para verla mejor. Se encontró con su mirada sexy y divertida, como si supiera que la estaba poniendo nerviosa.

Pia sintió un relámpago de cólera. Era un descarado. «Muy bien, *signore*», siseó para sí, apretando los dientes. Se estiró todo lo que pudo, cuadró los hombros, metió la tripa y estiró los brazos para darle una perspectiva de cada una de sus curvas. Disfruta de la vista, Valentino Silvestri.

Dejó la ropa sobre la toalla y caminó hasta la orilla. La arena era de color gris azulado y carbón, como piedra pómez triturada, y se clavaba en los pies. Pero ese era el menor de sus problemas.

El primer contacto con el agua le pareció frío, pero siguió adelante. Hervía de ira y solo pensaba que cuanto más se adentrara, menos vería Valentino. El suelo tenía bastante pendiente y, para su sorpresa, en pocos pasos el agua cubrió sus rodillas, y luego sus caderas. Seguía furiosa, inmersa hasta la cintura, cuando se acabó el repecho pedregoso y se hundió en el mar.

El agua apagó su grito al cerrarse sobre su cabeza. Pataleó y forcejeó para volver a la superficie. Durante un terrible momento, sintió que se sofocaba, luchando contra la corriente.

Por fin consiguió salir a la luz antes de que sus pulmones explotaran. Tomó aire y volvió a hundirse, pero esa vez su cerebro inició automáticamente el movimiento de nadar.

Debería haber preguntado si había tiburones en el mar Tirreno, pero al menos no se estaba ahogando. Manteniendo la cabeza por encima del agua, se dio cuenta de que se había alejado mucho de la costa en poco tiempo. Valentino seguía allí, observándola, alerta. Todo era culpa suya.

—Vete —le gritó con todas sus fuerzas—. Vete…
—una ola cayó sobre ella.

Cuando dejó de toser, vio que Valentino estaba de pie y la miraba atentamente. Empezó a nadar a braza, para demostrarle que podía volver a la orilla, pero no parecía avanzar. Dejándose de tonterías empezó a nadar con todas sus fuerzas pero notó que el agua la arrastraba hacia los acantilados rotos que había al final de la playa.

El ya familiar pánico atenazó sus pulmones. Intentó dominar la situación cambiando a crol y variando la dirección, pero era difícil respirar con pánico, había tragado agua y le faltaba fuerza para luchar contra la corriente.

Estaba dispuesta a admitir ante cualquier hombre que quisiera burlarse de ella que sí había corriente. Una fuerte corriente que la arrastraba hacia el acantilado, cada vez más próximo.

Algo raspó su rodilla y gritó. Después sintió que algo rodeaba su cintura. Asustada, giró para ver qué animal la tenía en sus fauces. A través de una cortina de agua, vio el rostro de un hombre.

Él la atrajo contra su pecho. Eso desató en ella un extraño reflejo que la llevó a forcejear y darle un puñetazo con todas sus fuerzas.

—Calma —rugió él, agarrando su mano—. Voy a rescatarte. Date la vuelta y mueve las piernas.

La puso de espaldas y, en la clásica postura de salvavidas, la llevó hacia la orilla.

La ayudó a salir del agua y le dio palmadas en

la espalda cuando cayó de rodillas y tosió como una loca. Se había tragado medio mar.

—Estoy bien —dijo ella con voz débil, cuando por fin controló el ataque de tos.

Valentino le apartó el pelo y le secó la cara con la toalla. Luego se la puso sobre los hombros y murmuró palabras tranquilizadoras en inglés e italiano. Se arrodilló a su lado y siguió dándole palmaditas y frotándole la espalda. Si hubiera seguido mucho rato más, ella habría ronroneado.

—¿Estás bien, Pia? ¿Puedes ponerte en pie?

—Claro —dijo ella—. Estoy bien. Perfectamente —hizo un tembloroso esfuerzo por ponerse en pie—. No me pasa nada —gimió, mientras él la sujetaba.

Le castañeteaban los dientes y apretó la toalla contra el pecho. Él la miraba con preocupación.

—No hacía falta que me rescataras —dijo, avergonzada—. Habría conseguido salir.

Los ojos de Valentino chispearon y observó, con media sonrisa, cómo recogía su ropa y sus sandalias. Ella lo miró y vio que tenía un corte bajo el ojo, y lo que parecía un cardenal. Debía de haberse raspado la cara.

—Tenemos que poner antiséptico en esa pierna.

—No es nada —dijo ella, al verse un feo raspón encima de sus rodilla, que sangraba.

Pero él ignoró su débil protesta.

Por supuesto que necesitaba antiséptico. En ese

momento miles de bacterias tóxicas estaban penetrando en su torrente sanguíneo y le causarían septicemia. Pero Pia se resistía a ese «nosotros».

—Preocúpate de ti —dijo, morada y tiritando—. Te has hecho algo en el ojo. Se está hinchando.

—¿En serio? —gruñó él. Apretó los labios.

—Parece como si alguien te hubiera dado un buen puñetazo.

—Y me lo ha dado.

—¿Quién? Oh, te refieres a… ¿yo?

—Olvídalo —dijo él cortante.

Ella se sintió totalmente avergonzada. Pia Renfern poniéndole un ojo morado a un hombre. La idea era tan surrealista que sintió ganas de reír.

—Lo siento —intentó contenerse, pero no pudo evitar el burbujeo de la risa—. Oh, perdona. De verdad. Pensé que eras un tiburón.

—¿*Cosa*? —la miró muy serio—. ¿Un tiburón?

—Sí, bueno, cuando me agarraste así… —soltó otra risa, pero se contuvo al ver la expresión de él—. Es lo que recomiendan hacer. Si les das un puñetazo en el morro, te sueltan.

—Algunos —apuntó él con voz cortante y áspera.

—Sí. Algunos —bajó los ojos, temiendo que volviera a escapársele la risa. Le dolían las mejillas por el esfuerzo de estar seria. Decidió llenar el silencio parloteando—. Estas piedrecitas machacan los pies. En Australia tenemos arena de verdad. Largas playas de arena blanca y suave, muy blanda…

—Díselo al Vesubio —interrumpió él—. *Andiamo*.

Si hubiera tenido más de energía, ella habría protestado por el tono autoritario de su voz. Él la guió hacia la escalera. Una vez allí, tiritando, Pia miró hacia arriba, preguntándose si podría subir.

Era obvio que Valentino odiaba esperar. Emitió un sonido impaciente, la alzó en brazos y subió las escaleras, deteniéndose solo para abrir la ornada verja negra con el hombro y entrar.

Lo único lastimoso de estar apretada contra su vibrante, fuerte y viril cuerpo era que, con sus facultades mentales tan afectadas, no podía disfrutar del contacto al máximo.

Capítulo 10

EN circunstancias normales, Pia no entraría en casa de un hombre que la había desechado como a una colegiala enamorada. Ni se metería en su bañera, ni se acurrucaría en un enorme sillón de cuero, envuelta en una manta. Pero las circunstancias distaban mucho de ser normales.

Podría haberse roto en pedazos contra las rocas. Así que, incluso si Valentino Silvestri era un misógino despiadado que utilizaba a las mujeres y las desechaba como calcetines viejos, tenía que agradecer que hubiera saltado a rescatarla. Estaba allí para recibir primeros auxilios, nada más.

No tenía nada que reprocharse. Al menos, eso

se había dicho mientras Valentino la conducía bajo techos abovedados hasta un cuarto de baño.

—Estás en estado de shock —le había dicho, empezando a llenar la bañera—. Hay que hacerte entrar en calor. Toma, bebe esto —le puso en la mano un vasito con un líquido amarillento.

—¿Qué es?

—Limoncello. Bébelo despacio. *Piano, piano*.

Ella tomó un sorbo y fue como recibir un martillazo en la nuca. Pero el licor tenía un delicioso sabor a limón.

—Vaya —dijo, tomando un sorbo más.

—Basta —frunció el ceño y le quitó el vaso antes de que tomara un tercer trago.

Incluso para una mujer en estado de shock, el cuarto de baño parecía demasiado lleno. Aunque era muy amplio, con techo abovedado, enormes espejos y una anticuada bañera con patas, Valentino, aún en bañador, parecía absorber el espacio y el aire. Mirara donde mirara allí estaban sus largos y fuertes muslos, ya fuera en el espejo, ya junto a ella. Aunque él procuraba no rozarla, la tensión se palpaba en el ambiente.

—Te dejaré sola —dijo con voz brusca, cuando ya le había dicho dónde estaba todo y el vapor empañaba los espejos. Salió tan rápido que resultó obvio que estaba deseando escapar.

La habitación pareció llenarse de aire y espacio. Pia echó el cerrojo, y no dudó en desvestirse y meterse en el agua. Valentino no volvería; en su experiencia, los hombres siempre encontraban razones para alejarse de las mujeres necesitadas.

El raspón le escoció un poco con el agua, pero luego se relajó y sintió el calor hasta en los huesos. Un auténtico lujo. Estiró el brazo y alcanzó el vaso de licor. Tomó un sorbo, por sus propiedades medicinales. Pasaron los minutos y sus músculos se destensaron; el horror quedó atrás y empezó a flotar en una especie de trance adormilado.

Valentino, con la maquinilla en la mano, contempló su reflejo. Por encima de la espuma de afeitar, el ojo hinchado y oscuro le devolvió la mirada. Parecía el perdedor de un combate de boxeo. Era increíble que una mujercita tan dulce y femenina tuviera esa impresionante pegada.

Sonrió. No todo era malo. Al menos, a pesar de su desastrosa falta de control por haberla llevado a la cama, ella se vería obligada a hablarle de nuevo. Dio gracias a Dios por no haber cedido a la tentación de interrogarla respecto a su prima.

Los resultados en ese sentido eran desconcertantes. Había una curiosa escasez de información sobre Lauren Renfern, exceptuando su carrera fotográfica, casi como si los organismos oficiales hubieran decidido olvidarse de ella.

En contra de su buen juicio, Valentino también había investigado el pasado de Pia. No era un hombre especialmente curioso, en general. Sin embargo, la mujer lo sorprendía continuamente, y era natural que eso aguijoneara su interés. Y dado que ella no revelaba nada sobre sí misma, era lógico investigar para saber más.

No tenía por qué significar nada especial.

Pia Renfern era diferente. Demasiado complicada. Demasiado difícil para un tipo directo como él. Y eso de que fuera un espíritu libre…

Se negaba a creerlo. No era de ese estilo. Y ¿qué significaba ser un espíritu libre? ¿Creía que podía vivir feliz sin un hombre? Muchas mujeres lo hacían, sí, pero en su caso sonaba a falso.

Había estado seguro de que no encontraría nada en su contra. Pero, aun así, la espera había sido una tortura. Cuando el mensaje prioritario con archivos adjuntos destelló en su buzón de entrada, por fin, había dado un bote en la silla.

Por supuesto, en el caso de la deliciosa Pia, su instinto no le había fallado. Había una infracción de tráfico cometida cuando era mucho más joven. Pero aparte de la tendencia a conducir más rápido de lo que permitía la ley, estaba limpia.

Sin embargo, le había impresionado, y emocionado en cierto modo, saber que había sido víctima de un crimen. Una víctima reciente.

Se preguntó por qué no lo había mencionado. Algo así tenía mucho impacto en la vida de un civil. Él era un hombre razonable, amistoso, digno de confianza. Antes de que acabaran en la cama, ella había tenido oportunidades de contárselo, si hubiera confiado en él. Arrugó la frente. A su pesar, le importaba. La información de una base de datos podía ser fascinante, pero no tenía la fuerza de la que se obtenía cara a cara.

Confiara en él o no, tenía la obligación moral de prevenirla para que evitase la insalubre esfera de los Fiorello. Y lo haría por su bien.

Solo tenía que acordarse de no sucumbir a sus instintos más básicos. Nada de flirteos, ni lujuria ni seducción. El ojo morado le ayudaría en eso.

Además, ¿qué clase de canalla se plantearía siquiera practicar el sexo con una mujer a la que acaba de salvar de morir ahogada?

Pia, secándose, se preguntó qué podía ponerse además de los pantalones cortos y la camiseta. El bañador empapado no la seducía en absoluto, y se resignó a no ponerse ropa interior. Y al eterno problema femenino: ¿cómo disimular sus pezones?

Seis meses antes, en otro tiempo y lugar, la bohemia Pia Renfern se habría arriesgado a salir sin avergonzarse. Pero ¿allí? ¿Con Valentino rezumando testosterona por cada fantástico poro y campando en su territorio como un sultán?

Se oyó un golpe en la puerta, seguido por la voz grave, curiosa y casi suspicaz, de Valentino.

—¿Pia? ¿Estás bien?

—Sí, sí. Perfectamente. No tardaré.

Se vistió rápidamente y buscó en el armario de

las toallas algo que sirviera para camuflar sus pezones. Consideró la posibilidad de ponerse una toalla sobre los hombros. Podía decir que tenía frío. Pero sabía cómo funcionaban las mentes masculinas. Tendría que fijar la toalla de forma que no atrajera la mirada precisamente a lo que ella intentaba minimizar.

Un trozo de tela que colgaba sobre el borde del armario le llamó la atención. Era un tapete ligero, de gasa, pero era ancho y lo bastante largo para ponérselo sobre los hombros y atarlo con un nudo delante del pecho. Funcionaría.

Admiró el efecto en el espejo. Añadía un toque estilo regencia al conjunto de pantalón corto y camiseta. Seca, vestida, medio peinada y con los pezones ocultos, se encaminó a la sala en la que esperaba su anfitrión.

De espaldas a ella, miraba el mar a través de una columnata de arcos. Él también parecía recién bañado, y se había puesto una camisa polo y vaqueros azules que se ajustaban a su cuerpo a la perfección. Se le aceleró el corazón.

Él se dio la vuelta y bajó una bolsa de hielo que había estado sujetando contra la cara. Su ojos, incluso el que estaba medio cerrado, destellaron admiración al verla.

—Ah, tienes mejor aspecto —aprobó—. Mucho mejor. Tus labios vuelven a tener color.

—¿Y tu pobre ojo? —comentó ella—. Santo cielo, tiene muy mal aspecto.

—Bah. No es nada —fue hacia ella y la condujo a un enorme sillón mecedora—. No deberías estar de pie. Siéntate y pon los pies en alto.

—Gracias. Mira, siento lo de antes —dijo ella, dejándose envolver por el cómodo sillón—. No te di las gracias por rescatarme. Estoy muy agradecida.

Él encogió los hombros y se alejó unos pasos, frotándose la nuca. Luego giró de repente.

—¿Por qué lo hiciste? —le preguntó.

—¿El qué? ¿Te refieres a ir a nadar?

—¿Nadar? —lo dijo con tanto desdén que ella se sobresaltó—. Te lo advertí. Te avisé del peligro, ¿por qué arriesgaste así tu vida? ¿Qué te ocurre? ¿Por qué tienes que ser tan... temeraria?

Temeraria. Ella. Pia se habría reído, pero era verdad que algo en Valentino Silvestri la volvía imprudente y la llevaba a hacer locuras.

—Yo no diría que haya sido temeraria. La verdad es que no creía estar arriesgando mi vida.

—Pero te advertí —la miró acusador.

—Bueno, sí. Pero no sabía si creerte.

—¿Qué? —alzó las manos con gesto incrédulo—. ¿Tengo aspecto de ser un mentiroso?

—¡Qué pregunta! —soltó una risita tintineante y agitó las pestañas—. No, no. Tienes aspecto de... bueno, de... —de hecho, con el ojo morado tenía un aspecto peligrosamente sexy—. No sé qué aspecto tienes. No pensaba adentrarme tanto. Tendrías que haberme advertido sobre el repecho

—se estiró lujuriosamente y sonrió—. ¿Tienes más limoncello?

—¿Estás segura? —la miró con el ceño fruncido—. Te aviso que tiene veinte grados de alcohol.

—Claro que sí. Menuda pregunta. ¿Crees que en Australia no bebemos vino?

Él titubeo un segundo. Después fue al aparador en el que estaba la botella, le sirvió un cantidad minúscula de licor y volvió con la copa.

—Bébelo muy despacio —ordenó con voz aterciopelada—. *Piano, piano.*

—Eres muy generoso —dijo ella alzando la copa y mirando su contenido.

—Es muy fuerte —dijo él—. Te habría venido mejor un brandy, pero llevo fuera mucho tiempo… —encogió los hombros—. Nonno no recibe muchas visitas. Lo que necesitas ahora es comida. Pero antes nos ocuparemos de esa herida.

Pia saboreó una gota de licor mientras Valentino se inclinaba sobre ella con un botiquín y expresión firme. De repente, volvió a sentirse vulnerable, en un trapecio sin red de seguridad. Debería ponerse en pie y huir de allí corriendo.

—Veamos —humedeció un algodón con el líquido de una botella que sacó del botiquín—. Esto escocerá un poco, pero eres valiente, ¿verdad, Pia? —esbozó una sonrisa carente de malicia.

Pia pensó que el ojo morado le daba aspecto de villano. Ya fuera efecto del limoncello, o de la traumática experiencia, su lujuriosa carne anhelaba que la tocase, incluso con antiséptico. Deseaba el contacto de esos bonitos dedos.

—Creo que ya sabes lo valiente que soy —se humedeció los labios con la lengua.

—Sé que puedes dejarte llevar por la ira —bajó las pestañas y ella las vio silueteadas contra su mejilla. Larga, espesas y oscuras.

—Pero la ira no siempre es mala. Creo que puede ser muy positiva. Y sana, ¿no crees?

—Pues entonces eres una mujer de lo más sana —dijo él, sonriendo para sí.

Ella lo dejó pasar. Su médico habría dado saltos de alegría al ver la versión airada de Pia Renfern. Y cada vez que los dedos de Valentino la rozaban, se estremecía de placer. No iba a discutir.

—¿Dónde está tu abuelo hoy? —preguntó.

—Ha salido con los pescadores. Le gusta la pesca —su boca se curvó—. Aún no ha descubierto que es un anciano. Tardará horas en volver.

Alzó los ojos y se encontró con la mirada absorta de ella. El ambiente se cargó de electricidad y a ella se le disparó el corazón. Tuvo uno de esos momentos en los que todos los sentidos se agudizan, vista, oído, olfato…

Valentino se puso en pie y puso el tapón a la botella de antiséptico.

—Quería pedirte perdón por haber mencionado tu problema de vértigo el otro día. Entiendo que te enfadaras —le dijo, mirándola a los ojos.

—Oh. Bien. Disculpa aceptada —Pia sintió

una grata calidez. Era un alivio tener la oportunidad de perdonarlo. Al menos, por eso.

Él no dijo más. Nada que la animara a pensar que cabía renegociar el asunto romántico. Pero allí estaba ella, sintiéndose tan positiva con respecto a él, tan atraída y excitada que le faltaba el aire.

Llegó a la conclusión de que, si él no decía nada, no tendría más remedio que irse. Si no se iba, empezaría flirtear y a comportarse de una manera de la que tendría que arrepentirse después.

Ahora que el deseo había vuelta con fuerza y ardor, era una pena desperdiciarlo.

—Creo que debería irme —musitó, ronca—. Gracias por todo —intentó levantarse, pero se le fue la cabeza y se dejó caer de nuevo en el sillón.

—*Per carita* —tronó Valentino, alzando una mano autoritaria—. No irás a ningún sitio. Después de lo ocurrido y de tanto limoncello, necesitas comer. Además… —las pestañas oscuras velaron sus ojos—. Hay cosas de las que tenemos que hablar. Cosas importan… —calló de repente, abrasándola con los ojos.

Ella siguió la dirección de su mirada y dio un respingo. La gasa se había movido y sus pezones erectos eran más que aparentes bajo la camiseta. Iba a colocarla bien, pero Valentino se adelantó.

—Espera —dijo, tapándola—. Tienes frío…

Agarró una manta que había en el sofá y la envolvió con ella, sonriente. Pia cerró los ojos, embriagada por su aroma especiado y viril.

—Bueno —la voz espesa se convirtió casi en un ronroneo—. A ver cómo hacemos para que entres en calor —se enderezó—. No te muevas de ahí.

Ella se preguntó qué estaba haciendo. No era ninguna inválida. Tendría que levantarse, ir a casa y preparar su propio desayuno. Era obvio que él quería que se quedara, y no era tan ingenua como para creer que era porque le preocupaba su salud.

Pero… Se estaba bien allí. El sol iluminaba las baldosas y, además, él quería decirle algo. Sería muy desconsiderado por su parte rechazar la deseable mano que extendía la rama de olivo, por decirlo de alguna manera.

Se quedaría un rato, pero sin acomodarse demasiado. Resistiría la calidez que nublaba su cerebro. Además, le pesaban las piernas. La manta era suave y de tacto agradable. Se la subió hasta la barbilla y se rindió a una deliciosa languidez.

En la cocina, Valentino se puso más hielo en el ojo, mientras esperaba a que se hiciera el café.

La señorita Pia Renfern, recién salida del baño y estirándose como un gato, le había hecho salivar. Además, por mucho que hubiera intentado ocultarlo, sabía que su delicioso cuerpo estaba desnudo bajo la ropa.

Su cuerpo se endureció. Pensando en los pezones rosados y los suaves rizos rubios, preparó la leche para el café, y puso platos, pan y bollos en una bandeja, a la que añadió un par de servilletas.

Se dijo que no podía dejarse llevar. Era un profesional. Puro acero si la ocasión lo requería. El caso Renfern debía seguir bajo control.

—¿Tienes hambre?

Pia, saliendo de su ensueño, se estiró voluptuosamente bajo la manta y sonrió. Estaba muerta de hambre.

Valentino dejó la bandeja sobre una mesita de café y ella abandonó el sillón para reunirse con el en sofá, envuelta en la manta.

Contempló el festín con gusto. Había pan crujiente, queso, tomates cherry y cruasanes recién calentados al horno.

—Qué maravilla. Estoy muerta de hambre —aceptó un capuchino—. ¿Siempre tratas tan bien a la gente que pescas del mar?

—Solo si pesco una mujer bella. Y dulce —su boca se curvó con una sonrisa.

—¡Bella! —rezongó Pia, sonrojándose—. Tendrías que ir a revisarte la vista. Y no siempre soy dulce.

—La dulzura solo es buena si se atempera con acidez —dijo él, serio—. El dulzor excesivo puede ser *molto troppo*. Por eso me gusta una mujer que puede enfadarse y ser fiera para, un minuto después, tornarse apasionada como una tormenta, pero sin dejar de ser suave en sus caricias.

—Eres un adulador impenitente —dijo ella, riéndose—. Tú sí que eres suave, como jabón —abrió un cruasán y le puso mermelada—. ¿De qué es?

—*Marmellata di ciliegi.*

—¿Eso es cereza? Ah, me encantan las cerezas —dio un mordisco al cruasán y lo saboreó con deleite, mientras él la observaba. Cuando terminó el bollo, tomó un trago de café y se lamió los dedos con voluptuoso disfrute.

Él soltó una parrafada en italiano, bastante lasciva, a juzgar por su expresión. Después, agarró una servilleta, se inclinó y la pasó por su labio.

—Tienes un poco de espuma justo ahí.

—Oh —cuando entreabrió los labios para hablar, él tomó su rostro entre las manos y la besó. A ella le botó el corazón en el pecho. Sus labios, sus pezones y su sangre parecieron encenderse como llamas, mientras Valentino saboreaba su boca en un delicioso baile erótico.

—Creo que hay que librarse de esta manta —murmuró él, deslizando las manos debajo y abriéndolas para soltarla.

A ella no le importó. Se estaba derritiendo por dentro y su cerebro estaba nublado. Tenía calor. Y tuvo más cuando él desanudó el tapete de gasa y admiró sus pezones henchidos. Después los acarició, provocándole un erótico cosquilleo de placer en cada terminación nerviosa.

Por razones desconocidas, estaba hipersensible esa soleada mañana; cada roce era como una descarga eléctrica que abrasaba su piel. Tras unos minutos de besos y caricias, la pasión la dominó por completo, se convirtió en pura llama.

Él se apartó y clavó en ella una mirada tan sexual que ella dejó escapar un gemido.

—Ven —se levantó y le ofreció la mano.

Ella la aceptó, dispuesta a seguirlo al fin del mundo. Pero él con una risa triunfal, la levantó en brazos como si fuera un hombre de las cavernas. A ella le encantó. Disfrutó del contacto del cuerpo duro y anguloso, del latido de su corazón, de la promesa de erección que sentía junto a la cadera.

Él subió las escaleras y la llevó a una habitación blanca, parca en muebles, con un ventanal con vistas al mar. Cerró la puerta dándole un golpe con el pie. La depositó cuidadosamente sobre la cama, tras apartar el cobertor.

No perdió mucho tiempo en liberarse de la ropa, y ella admiró su poderoso cuerpo de pecho ancho, cintura y caderas estrechas y piernas largas y bronceadas. Ver su miembro erguido le provocó un escalofrío de excitación.

—Oh —se lamió los labios—. Date prisa.

—¿Prisa? —se sentó en la mesa y calibró su excitación escrutando su rostro—. ¿Estás segura? Acabas de pasar por una dura prueba física.

—Estoy pasando por una dura prueba física en

este momento —afirmó ella deslizando un dedo por su brazo, buscando una respuesta.

—Haré lo que pueda —gruñó él.

Ella se quitó la camiseta y dejó que él se ocupara de liberarla del pantalón corto.

—*Bella* —musitó él, devorándola con los ojos—. Eres *bellissima*. Solo pienso en ti. Por la noche por la mañana, cuando despierto y cuando duermo.

—Yo también pienso en ti —admitió ella, temblorosa.

—No puedo permitir que vuelvas a sentirte herida. Nunca más —dijo él con fiera ternura.

Ella parpadeó. Durante un instante, la escena del banco destelló en su mente, aunque no tuviera cabida allí. Era cosa de otra vida y otro mundo.

—Bueno, intentaré evitarlo —musitó.

—Tesoro, dime qué es lo que te gusta —dijo él tumbándose a su lado y agarrando sus brazos. Ella, sorprendida por la pregunta, se ruborizó.

—Bueno... me gusta que me acaricien, con suavidad y también con pasión —bajó las pestañas y su voz adquirió un tono sensual y voluptuoso—. Me gusta que me toques. La cara, el pelo, las orejas, el pecho, la espalda, las piernas y aquí... —señaló su pelvis—. Y, lo que más me gusta —puso una mano en su brazo—, es sentirte dentro de mí.

—Ah —los ojos de él habían ido oscureciéndose más con cada palabra que decía, hasta convertirse en carbones ardientes. Y su erección había adquirido proporciones majestuosas—. *Molto bene*. Pero empezaremos despacio —gruñó, sonriente.

—Fantástico —sonrió ella—. *Piano, piano*.

Él la acarició de arriba abajo, con labios y dedos, trazando senderos de fuego en su piel. Después abrió sus muslos y acarició su sexo con mano suave y firme, dándole un intenso placer.

Para su deleite, se situó entre sus piernas y besó los puntos que sus dedos habían acariciado, lamiendo y penetrando con la lengua. La sensación fue tan increíble que ella gritó de placer. Su orgasmo se desató tumultuoso, como un estallido de sol que la irradió desde lo más profundo.

Sin embargo, eso no apagó su apetito. Tal vez porque Valentino, que sonreía satisfecho por el regalo ofrecido, era una tentación demasiado deliciosa para que una mujer con sangre en las venas pudiera resistirse a ella.

Le ayudó a ponerse un preservativo y se situó a horcajadas sobre él, introduciéndolo en su interior poco a poco, para luego deslizarse sobre su dureza hasta que la llenó por completo y viajaron juntos hasta alcanzar el clímax.

Eso solo fue el principio. Valentino tenía mucho que enseñarle, sobre todo de caballerosidad y de lo erótica que resultaba la ternura masculina.

Cuando unos ruidos en la planta baja indicaron a Valentino que había llegado la mujer de la limpieza, asomó la cabeza por la puerta y le dijo que se concentrara en limpiar abajo ese día.

De hecho, habrían pasado todo el día en la cama, si no les hubiera interrumpido el sonido de una radio y de puertas abriéndose y cerrándose.

—Tino, ¿*dove sei*? —llamó una voz madura.

Capítulo 11

E S Nonno.
Valentino y Pia se levantaron de un bote, agarraron su ropa y corrieron al cuarto de baño al unísono, chocando el uno con el otro en la puerta.

—Ve tu primero.

—No, ve tú. Tranquila, hablaré con él.

Pia no se demoró en el cuarto de baño. Se lavó rápidamente y se echó agua fría en el rostro arrebolado y en los labios hinchados por los besos. Después se vistió y le tocó a Valentino lavarse y vestirse.

—¿Hay otra salida? —preguntó ella, la horrorizaba que la atraparan en flagrante delito.

—Abajo —afirmó él—. No te preocupes. Habrá empezado a guisar. Ni siquiera te verá.

—Oh, pero… —descubrió que había dejado su preciado tapete abajo, en el sofá. Le suplicó a Valentino que fuera a buscarlo.

Él accedió, divertido. Descubrió que en la sala no quedaba evidencia del desayuno, la infatigable Mirella lo había recogido todo.

Enzio lo vio y salió de la cocina, pero se quedó parado al ver el rostro de Valentino.

—*Mamma mia*, ¿qué te ha pasado?

—¿Qué? Ah, esto. Choqué con algo. No te preocupes, no es nada. ¿Qué tal la pesca?

—No ha estado mal. Langosta, calamares y alguna lubina —se acercó y estudió su ojo—. Necesitas ponerte un filete ahí. ¿Qué ha sido?

—Algo cerca de las rocas. Cuando estaba nadando —Valentino sostuvo la mirada de su abuelo. Enzio alzó una ceja, pero no dijo más.

—Bueno —se frotó las manos—. Mirella ha dejado la sopa empezada, el pescado está listo para ser cocinado y tú puedes recoger las verduras del huerto, si ves lo suficiente. Pero espera a que me lave y me cambie de ropa.

Valentino pensó que veía de sobra. Esa mañana había visto tesoros. Eso le recordó que tenía que buscar algo apropiado para Pia. Encontró su bañador colgado en el tendedero, ya lavado y seco. Juntó las cejas. Lo que hubiera pensado Mirella al encontrar un bañador de mujer en uno de los baños de los Silvestri ya sería historia antigua en Positano la siguiente vez que fuera a la *piazza*.

Sería una pena que los cotillas del pueblo se enterasen de su aventura, y sabía por experiencia que resultaría especialmente duro para Pia.

Subió el bañador al dormitorio.

A Pia le llegó el olor a comida cuando iba con Valentino hacia la puerta de entrada, por fin con un aspecto respetable. Era un aroma rico, herbal y delicioso, que le provocó pinchazos de hambre. Se estaba despidiendo en el umbral cuando vio aparecer a un anciano detrás de Valentino.

Por fin se encontraba cara a cara con el hombre al que veía trabajar en el huerto casi todas las mañanas. Tenía un rostro notable, que el tiempo había surcado con arrugas de humor y tristeza, fuerza y sabiduría. Unos ojos marrones, brillantes y curiosos, la escrutaron de pies a cabeza.

Valentino se hizo cargo de la situación.

—Nonno, esta es Pia Renfern, nuestra vecina. Pia, te presento a Enzio Silvestri, mi abuelo.

—Ajá —el anciano alzó las cejas—. Nuestra vecina —confirió a la palabra una mezcla de sorpresa y comprensión, como si lo explicara todo. Como por ejemplo que estuviera besando a su nieto en el umbral. Pia se preguntó si lo había visto.

—*Signore* —Pia extendió la mano.

Él la aceptó y se inclinó para rozar sus mejillas con las suyas.

—Pia, ¿dónde dices que estás viviendo?

Ella señaló la colina y explicó su estancia en el piso de Lauren.

—Sí —el hombre la escuchó atentamente—. Sé dónde dices. Es posible que haya visto a tu prima. ¿Es la del pelo largo?

—Sí, esa será Lauren. Pelo castaño muy largo.

Enzio sonrió y su mirada aguda fue de uno a otro. Pia se preguntó si la pasión que pulsaba entre ellos resultaba evidente para otras personas.

—Tino, deberías invitar a tu amiga. Pia, por favor, come con nosotros.

Pia titubeó y miró a Valentino. El instinto le decía que saliera corriendo de allí. Recién salidos de la cama, podría resultar incómodo estar con una tercera persona. Además, Valentino tenía los ojos velados y su lenguaje corporal sugería reticencia.

—Es muy amable, *signore* —dijo rápidamente—, pero no quiero molestar. Me encontré con Valentino antes, nadando, y he pasado por aquí a charlar —apenas se sonrojó—. Tendría que estar en casa, trabajando.

—Ah, nadando —repitió el abuelo—. ¿Habéis estado nadando? —asintió, meditativo—. *Sì, sì, sì.*

Pia notó que los hombres intercambiaban una mirada, severa la de Valentino, solemne la de su abuelo. Valentino murmuró algo en italiano y Enzio lo discutió con vigor. Al final, su nieto le dio una palmadita en el hombro y, con una mueca divertida, se volvió hacia Pia.

—Insiste y te lo suplica. Sería un gran honor que comieras con nosotros dentro de una hora —sus ojos chispearon—. Quiere que te asegure que somos buenos cocineros y que el pescado nunca estará tan en su punto como está hoy.

Imposible no aceptar. Pia agradeció contar con una hora para componerse. Supuso que sería capaz de aguantar toda la cena sin tocar a Valentino.

Volvió al piso y se dio una larga ducha. Después se puso un vestido de verano, sandalias y unos toques de maquillaje en el rostro.

Los australianos no solían llegar a una casa con las manos vacías, así que decidió llevarles la botella de vino, que le había regalado Lola.

Valentino la recibió en la puerta y la escoltó al interior, donde su abuelo la esperaba. Enzio la besó como si no acabaran de verse hacía una hora escasa, y aceptó su regalo con cálida aprobación.

—¿Puedo ayudar? —ofreció—. Hacer la ensalada. Lavar la lechuga, o algo.

Ambos se negaron en redondo.

El anciano la llevó a la sala y le ofreció una copa de vino blanco y aceitunas. Ella se quedó allí rememorando con asombro los sucesos del día. Un amante italiano. Tenía un auténtico amante italiano; tierno, viril sexy y guapo.

Sirvieron la comida en un comedor bastante formal, que sospechó apenas usaban. Había pañitos almidonados en los respaldos de las sillas y fotos de boda en la paredes, tanto de Enzio y su esposa como de los padres de Valentino.

En un aparador había más fotos familiares y ella deseó examinarlas de cerca. Desde su asiento distinguía a un Valentino muy joven, de uniforme.

La comida empezó con una deliciosa sopa de verdura. Siguió una bandeja de mejillones, berenjena asada con hierbas y parmesano y pescado frito en aceite de oliva, con salsa de limón y alcaparras. La ensalada se sirvió al final.

Aunque Enzio fue quien más habló, ella tuvo la sensación de que Valentino estaba al mando. Fue él quien sirvió la comida y se encargó de la transición entre platos. El anciano pedía su opinión a menudo y la voz de Valentino se suavizaba siempre que se dirigía a su abuelo.

Enzio, por otro lado, solo tenía ojos para Pia. Todo lo que decía y hacía parecía encantarle como si fuera una princesa que estuviera de visita.

—¿Cocinas, Pia? —le preguntó.

—Lo intento —admitió ella, sonriente—. Pero no me atrevería a decirlo aquí. Mi única especialidad es la fritura estilo tai.

Enzio, desconcertado, pidió aclaraciones a Valentino. Después asintió lentamente.

—Puede que la fritura tai sea muy buena —su expresión dejaba claro que tenía sus dudas—, pero la mejor comida de todas es la italiana. Y de la italiana, la cocina de Campania es de las mejores. ¿Cuántas semanas estarás aquí?

—Cuatro o cinco. Ya veremos —le costó admitir que su visita tendría un fin. Se preguntó cómo se sentiría cuando Valentino se marchara y qué haría sin él. Sus días de sol eran de prestado.

Sintió la inteligente mirada de Valentino escrutarla desde el otro lado de la mesa y le ocultó la suya. Si él tuviera la más mínima idea de cómo se sentía, no tardaría un suspiro en galopar hacia el horizonte sobre un caballo.

—No es mucho tiempo para aprender —comentó Enzio—. Tino, tendremos que trabajar rápido.

—Nonno, Pia tiene una madre en Australia para enseñarla a guisar —dijo Valentino, risueño.

—¿Es italiana? —preguntó Enzio

—Me temo que no —admitió Pia, sonriente—. Pero los australianos adoran la comida italiana. Estoy segura de que no hay casa en la que no se haga lasaña.

Pia estaba enamorada, con amigos, la comida estaba deliciosa y quería aprovechar cada instante de felicidad, porque sabía que duraría muy poco. Además, su amante era atento y encantador.

El día había rozado la perfección. Se sentía envuelta por la calidez de Enzio, tan amable y gracioso. Cuando su nieto rellenó las copas, la felicitó por el vino que había llevado.

—Un muy buen vino de Capri —dijo, sonriente—. Has elegido como una italiana.

—Gracias, pero no me merezco el halago —confesó—. Me lo trajo una amiga que vive allí.

—¿Tienes amistades en Capri?

—No exactamente. Son amigos de mi prima. Solo he visto a Lola una vez. Lola Fiorello. Su esposo es director de cine.

La sonrisa de Enzio se borró de golpe.

—¿Fiorello? —miró a Valentino—. ¿La mujer, la amiga de Ariana?

Valentino contestó a su abuelo en italiano. Enzio miró a Pia, pero Valentino puso una mano en su brazo como si quisiera impedirle decir algo.

—¿Quién es Ariana? —preguntó Pia.

Tras un silencio, ambos hablaron a la vez.

—La esposa de Valentino.

—Mi exesposa.

Pia absorbió la información como pudo. El anciano miró de uno a otro.

—*Signorina*, ha sido un placer —se levantó de la mesa. De repente parecía pálido y frágil—. *Scusi*, estoy algo cansado. *Buona sera*, Pia, Tino.

—Nonno —Valentino se levantó de un salto y siguió a su abuelo con expresión preocupada.

Pia se quedó allí sola, esperando, pero Valentino no volvió. Tras treinta minutos de confusión, recogió y llevó los platos a la cocina.

Él había tenido muchas oportunidades para decirle que había estado casado. ¿Qué clase de hombre ocultaba eso? ¿Uno que seguía enamorado de su esposa? ¿Por qué no volvía a hablar con ella?

Con el corazón pesado como el plomo, salió y volvió andando a casa. Corriendo, en realidad.

Capítulo 12

TRAS acostarse más temprano que en muchos años, Pia estaba soñando que volaba en posición vertical cuando un timbre rasgó la neblina. Estaba en Italia, era de noche y llamaban al timbre.

Encendió la lámpara y la asombró comprobar que solamente eran las nueve y media. Salió de la cama, se echó un chal sobre los hombros y fue a abrir.

—¿Quién es? —preguntó, aunque dudaba que un asesino en serie llamase a la puerta.

—Valentino.

Abrió la puerta y parpadeó al verlo. Parecía muy serio, vestido con vaqueros negros y un fino suéter también negro. Tenía una sombra de barba en el mentón y sus ojos brillaban.

—¿Vas a invitarme a entrar? —dijo.

Ella se hizo a un lado. Él entró, oliendo a noche y a mar. Después de dio la vuelta y la atrajo contra sí, besando sus labios, su cuello. Ella percibió la electricidad de su cuerpo, y el tamborileo de su corazón sobre el de ella. Con un esfuerzo de voluntad se soltó. Lo primero era lo primero.

—¿Y tu abuelo? ¿Está bien? ¿Fue por mí que...?

—No, no. Está muy bien... —abrió las manos—. Duerme. Tiene más de ochenta años. Hoy había hecho demasiadas cosas —la miró y bajó las pestañas—. Siento haberte dejado sola.

Ella encogió los hombros con indiferencia.

Habría sido el momento para que él la abrazara, pero lo impidió anudándose el chal y yendo hacia uno de los sillones. Sin embargo, el daño estaba hecho. Ya que sentía la huella de sus labios en la boca y el cuello, su piel ardía deseando más.

Un segundo después, Valentino se sentó en el sofá. Se inclinó hacia delante, apoyó los codos en los muslos, y clavó la mirada en la alfombra con expresión inescrutable.

—Nonno tuvo un instante de debilidad mientras estabas allí —explicó—. No quise dejarle solo.

—Oh, no —exclamó Pia, consternada.

—No te preocupes. Ahora está bien. Pero no era mi intención dejarte sola tanto tiempo. Sola y desconcertada. Volví para hablar contigo, pero te habías ido —la miró con ojos agudos.

Durante un segundo, ella deseó ser una estrella porno de los años setenta, para sacar un cigarrillo, encenderlo con languidez y soltar una nube de humo. Se conformó con cruzar las piernas. Era una pena estar en camisón y no llevar tacones de quince centímetros para dar más relieve al gesto.

—¿Hablar de…?

—Tal vez estés pensando que debería haber mencionado mi matrimonio.

—¿Por qué iba a pensar eso?

—Exacto, ¿por qué ibas a hacerlo? —los ojos de él destellaron.

—No me debes nada. El pasado es pasado.

—Tampoco es como si te hubiera mentido.

—A no ser, claro, que lo consideremos una mentira por omisión —vio que él sonreía y la miraba sin vergüenza aparente.

—Todos somos culpables de guardarnos cosas, *cara mia*. Incluso cuando nos abrimos a la posibilidad de conectar con alguien que nos excita.

—Si te refieres a lo de que sea pintora, tenía razones para no querer mencionar mi trabajo —afirmó ella, ruborizándose un poco.

—Ah, claro. El temperamento artístico.

Siguió un breve silencio. Ella no quería hablar de eso. El bloqueo creativo llevaría al síndrome de estrés, y el síndrome al incidente del banco; y de ahí irían directos a los psiquiatras y a gente como Euan, que había empezado a considerarla una lunática débil y poco fiable.

—Supongo que el divorcio es reciente.

—Hace cinco años —dijo él.

—¿Cinco? —Pia sintió sorpresa y alivio—. Oh. Parecías tan enfadado con Lola que creí que sería más reciente. Me he estado preguntando si estuvo involucrada de alguna manera. Si tú y ella…

—No. Nada de eso —la miró horrorizado. Se dio un puñetazo en la palma de la mano y soltó una parrafada en italiano—. En absoluto. Lo que ocurrió fue complicado. Pero ¿qué divorcio no lo es? —abrió las manos con resignación—. No lo mencioné porque… —titubeó y tensó la mandíbula—. Porque no me enorgullezco de lo ocurrido.

—Saliste herido —aventuró ella.

—*Cosi, cosi* —giró la mano de un lado a otro, con el ceño fruncido—. Poco después de la boda tuve que embarcar varios meses. Ariana se aburría y pasaba mucho tiempo en Villa Fiorello —alzó los hombros—. Descubrió que estar casada con un anticuado carabinieri le gustaba menos que practicar juegos sofisticados con celebridades.

Su expresión denotaba tanto disgusto que la imaginación de Pia se desbordó. ¿Qué clase de juegos? ¿Desnudismo? ¿Bailes eróticos? ¿Orgías de sexo y drogas con directores de cine?

—Las historias se filtraron, como suele ocurrir, y fue un escándalo nacional. Ocupó la prensa durante semanas. La foto de mi esposa salió en primera página de la prensa amarilla de toda Europa junto con la de… gente terrible —hizo una mueca—. Al final, bueno, ahora es actriz. ¿Has oído hablar de ella? ¿Ariana da Silva?

Pia negó con la cabeza.

—Pues oirás. Dicen que tiene mucho talento —curvó un labio—. Seguir casada conmigo habría sofocado su creatividad, en opinión de Lola —sonrió con amargura—. Ahora está casada con un cineasta argentino.

Pia se había quedado muda. Tenía la clara impresión de que él había minimizado lo ocurrido, sin rozar siquiera lo que había tenido que soportar. La desgracia, la vergüenza, el deshonor.

—Lo siento mucho —le dijo, con lágrimas en los ojos—. Debió de ser horrible para ti. Devastador.

—Fue peor para Nonno, que vivía aquí y veía a sus amigos en el pueblo a diario. Ya lo has visto hoy. Aún le duele recordarlo. En mi caso… —encogió los hombros—. Renuncié a mi trabajo y busqué otro. Ahora, gracias a Dios, el episodio es parte del pasado y puedo seguir adelante.

La horrorizó comprender que el escándalo lo había obligado a renunciar a su carrera. Escrutó su rostro, preguntándose si había buscado ayuda psicológica. Sabía bien lo que era sentir vergüenza y perder la seguridad, aunque era difícil imaginar a alguien tan fuerte como él sintiéndose inseguro.

Comprendió que dentro de ese poderoso pecho

latía un corazón que podía sufrir. Que había sufrido. Sintió una intensa oleada de cariño y deseó sanar ese corazón herido. Movería montañas para hacerlo. Se lanzó sobre el sofá, lo abrazó y cubrió su rostro de besos.

—Me alegra que tengas una actitud tan positiva —le dijo—. Tras un trauma como ese se tarda tiempo en librarse de los sentimientos negativos. Te agradezco que me lo hayas contado. En serio.

—La vida sigue —sonrió y la abrazó.

—Así es.

Él observó su rostro un instante. Luego se levantó y empezó a pasear por la sala, tenso.

—No es algo que suela contarle a la gente.

—Claro que no. Es un honor que me hayas confiado tu… experiencia personal.

—Me gustaría que pudiéramos confiar el uno en el otro, Pia —dejó de moverse—. Si vamos a ser amantes verdaderos —agarró sus manos y la levantó—. ¿Es posible, tesoro? ¿Podemos estar juntos durante un tiempo?

Ella respondió agarrándose a su cuello y besándolo. Amantes verdaderos. Adoraba esas palabras. Si Euan hubiera dicho alguna vez cosas como esa…

—Sin duda, tú también has tenido experiencias en tu vida, *amore*. Cosas que te gustaría compartir.

—Oh, nada como eso —murmuró ella, vibrante de deseo—. Nada tan demoledor.

—¿Nada? —él escrutó su rostro y frunció el ceño.

Ella pensó en el incidente del banco, desde luego, pero no tenía sentido contárselo porque tendría consecuencias: lo asustaría. Además, no se acercaba a lo que él había sufrido con el divorcio.

Valentino la soltó y, un segundo después fue hacia la puerta, aún con el ceño fruncido.

—¿Te vas? —gimió ella, sorprendida.

—Ha sido un día muy largo —se detuvo con la espalda tensa—. Creo que nos iría bien dormir.

—Oh, pero… —no pretendía suplicar, pero que la soltara había supuesto una gran decepción. Abrió las manos, confusa, y el chal cayó al suelo.

—Puede que ambos necesitemos reflexionar —la miró y luego, como si sintiera una atracción magnética, la miró de nuevo. Sus ojos llamearon—. Tal vez necesitemos pensar sobre… sobre… Tienes un aspecto muy casto con ese camisón.

—¿Casto? —lo miró atónita y algo ofendida.

El camisón era blanco, con encaje, pliegues y florecitas bordadas en el corpiño, pero el tejido era muy fino. No era transparente, pero sí escotado y favorecedor, a su juicio.

—Sí —agitó las pestañas y su voz se suavizó—. Me recuerdas a una virgen, bella y deseable.

Había algo muy excitante en esas palabras, y ella se las tomó como un reto. ¿Cuántos hombres la habían descrito como una virgen bella y deseable? Oírle decirlo había hecho que se sintiera exactamente así: pura femineidad que anhelaba sus caricias.

Pero no le serviría de nada si él se iba.

—¿Sabes, Valentino? Es curioso que digas eso. Me siento como una virgen —susurró.

—¿Después de lo de esta mañana? —él alzó una ceja y el brillo de sus ojos se agudizó.

—Lo sé —el tono de su voz se volvió grave—. Increíble, ¿verdad? Pero me he bañado tantas veces hoy que me siento suave y fragante, limpia y virginal —inyectó tanta sensualidad a sus palabras que hasta ella se convenció—. Tócame. Estoy temblando —rozó su antebrazo y él se estremeció como si hubiera recibido una descarga eléctrica—. Me siento como una princesa medieval que llevara veintiséis años encerrada en una torre. Como si a ningún hombre le estuviera permitido tocarme.

—¿A ningún hombre? —él miró sus senos.

—Bueno —bajó las pestañas—. Supongo que si hubiera uno especialmente viril…

Él se echó a reír y la atrajo contra su cuerpo.

—Creo que puedo prometerte algo bastante excepcional —gruñó, frotando contra ella el enorme bulto que tensaba sus pantalones. Después, como el animal salvaje que era, la llevó a la cama.

Fue una noche larga, en la que el deseo dio paso a la pasión y la pasión se rindió al sueño poco antes del amanecer. Pero antes de que el gallo cantara tres veces, su amante se vistió.

—Tengo que ir a ver cómo está Nonno —le dijo a Pia—. Se despierta temprano y quiero estar allí —la besó. Y se marchó.

Ella se sentía cansada, así que durmió hasta tarde, se dio una larga ducha, desayunó con calma y decidió pasar el resto de la mañana trabajando en su acuarela. Aunque el escrutinio de la obra la convenció de que tenía potencial, supo que se acercaba la hora de pasar al óleo.

Intentó concentrarse en lo positivo mientras pintaba. Pero sabía que las sombras acechaban a su relación con Valentino. Recordó lo que había dicho él la noche anterior: «Juntos durante un tiempo». ¿Cómo de largo era «un tiempo»?

Al principio había asumido que se refería a los días que le quedaban por pasar en el pueblo. Eso encajaría bien con su nuevo paradigma: «Ama y olvida». Y quizás él considerara verla de vez en cuando, después de reincorporarse al trabajo.

Dejó el pincel y apoyó la cabeza en las manos. Lo cierto era que no soportaba la idea de despedirse de él. Perderlo le parecía impensable, le rompería el corazón. Cerró los ojos. Necesitaba aprovechar al máximo el tiempo que tenía.

Buscando refugio en el mar, Valentino trazó una ruta hacia Ischia y cruzó la bahía. Necesita pensar, y no había mejor sitio para ello que el escenario de su decepción. Ischia, Capri... patio de juego de los ricos, los legítimos y los otros.

En su mente, la sombra de los Fiorello y su círculo de amigos flotaba sobre las islas como una maldición. Era obvio que la riqueza de los Fiorello excedía con creces sus ingresos legales. En algún momento la Interpol montaría una operación para descubrir el juego sucio, y así vengaría su honor.

Pero ese día tenía otras cosas en mente. A pesar de la sabiduría que otorga la experiencia, volvía a encontrarse en una encrucijada con una mujer.

La otra vez que había llegado a ese punto, no había dudado un segundo. Había ido a por Ariana sin plantearse qué ocultaba la bella superficie, ni si sus corazones y mentes tenían cosas en común.

Se preguntó si corría el peligro de cometer el mismo error por segunda vez. Con Pia tenía pasión, placer, excitación y risa. Pero ¿y los vínculos necesarios para una relación duradera?

Hacía falta confianza. Afecto más allá de la lujuria. Respeto.

Que ella defendiera la teoría de ser un espíritu libre tenía más sentido desde que sabía que era artista. No quería sentirse atrapada.

La noche anterior habría jurado que sus lágrimas habían sido sinceras. Pero ella no le había revelado su historia. Tal vez él le estuviera dando demasiada importancia y esa experiencia, que aterrorizaría a cualquiera, no la hubiera afectado.

O tal vez necesitaba tiempo.

Tenía la sensación de que a él se le estaba acabando. No podía posponer indefinidamente la vuelta al trabajo. Y, si se iba sin promesas ni compromisos, la relación quedaría en nada.

Instintivamente, supo que la noche anterior había marcado un punto crucial en su relación, pero no habían sentado ninguna base. Temió que nunca lo hicieran y ella se escapara entre sus dedos.

¿Qué haría entonces?

Se dijo que seguiría haciendo lo mismo que los últimos cinco años. Sobrevivir. Llenar el vacío.

Capítulo 13

ALELUYA. Podía pintar.

En los días siguientes, Pia trabajó en su paisaje y planificó varios más, en lugares cuidadosamente seleccionados. En Positano no había tienda de arte y, obligada a reponer material, se enfrentó a un dilema. Solo porque anhelaba aprovechar la creatividad que burbujeaba en ella, se tragó el miedo y se obligó a recorrer de nuevo la carretera que llevaba a Sorrento, esa vez en autobús.

Aunque no se relajó en el viaje, la vista desde el autobús era más llevadera que desde el coche, sobre todo sentada en el lado de dentro.

Esos días se había convertido en visitante asidua de Villa Silvestri. Enzio había accedido a su petición de dibujarlo y había quedado encantado al ver los primeros resultados. Después de eso, fue fácil convencerlo para que posara un rato cada día para pintarlo al óleo.

Aunque no terminara el retrato durante su estancia en Italia, tenía muy buenos dibujos y algunas fotos que le servirían de guía. Podría terminar el óleo en Sídney. Sería un souvenir.

Como iba tan a menudo, casi siempre la invitaban a cenar con ellos.

—Hemos estado hablando —anunció Enzio una soleada mañana, en la terraza. Valentino estaba tirado en una tumbona, hojeando el periódico. De vez en cuando leía frases graciosas o hacía comentarios mordaces sobre el progreso de la investigación del Monet robado en El Cairo—. Y ha llegado tu turno. Esta noche queremos que guises tú para nosotros.

—¿Yo? ¿Seguro? ¿Siendo tan buenos cocineros como sois?

—No, no. Solo hay un cocinero excelente aquí. Y otro regular… *cosi, cosi* —corrigió con modestia.

—No sabría qué hacer —protestó ella—. No se me da bien el rissoto y no me atrevería a competir con la salsa de los ravioli del otro día.

—Nos apetece esa fritura Tai —dijo Valentino, serio—. ¿Verdad que sí, Nonno?

—Sí —afirmó el anciano—. Lo estoy deseando.

Pia soltó una carcajada por la idea, pero fue a la compra gustosa y preparó su especialidad.

Cuando tuvo la comida delante, Enzio la probó con cuidado y perseveró con precaución y cortesía, pero con expresión agónica. Para alivio de Pia, Valentino no le hizo ascos a la comida, aunque sonreía cada vez que miraba a su abuelo.

Enzio ocupaba parte del precioso tiempo de Pia. El resto era de Valentino, amigo, compañero de juegos, colaborador de día y amante de noche.

A veces recibía un mensaje de texto: *Te deseo*.

Ven a mí, le contestaba.

Cada mágica noche esperaba a oír la llave en el cerrojo, y a su amante llegar con zancadas largas y silenciosas como las de un gato hasta la cama. Se acostaba y la tomaba en sus brazos, oliendo a brisa nocturna y ardiendo de deseo.

Cada noche era una aventura, con un Valentino viril y excitante en su pasión, pero también en su ternura, siempre pendiente de satisfacerla.

Un par de veces, Valentino le había pedido que fuera ella a su cama. Había corrido escaleras abajo, hasta el patio donde él la esperaba a la luz de la luna. A primera hora, conseguía separarse de él y correr de vuelta a casa.

—¿Crees que lo sabe? —le susurró a Valentino una de esas noches, aún juntos en la cama.

—Claro que sí.

—Entonces, ¿por qué lo hacemos en secreto?

—Si lo sabe de forma oficial —sonrió—, estaré obligado a casarme contigo.

—Dios no lo quiera —ambos rieron, pero evitaron mirarse a los ojos.

Valentino había insistido hasta convencer a Pia para que fuera a navegar con él. Se había resistido al principio pero, tras comprobar su destreza manejando el barco, se había relajado y aprendido a disfrutar de esas mañanas de pesca y turismo. Él le había enseñado las grutas secretas que los turistas nunca veían, llenas de estalagmitas y misteriosas luces acuáticas que teñían las paredes de tonalidades que iban del turquesa al esmeralda.

El amor tenía a Pia embelesada. Sacaba cientos de fotos pero, consciente del paso de los días, odiando la idea de la despedida, además estaba grabando la belleza de Valentino en su memoria.

Quería saborear cada instante pasado con su amante. Guapo y atlético con su vieja ropa de playa, riendo. Asando pescado en una fogata, en una cala remota. Nadando con ella en una playa de aguas tranquilas. Un día había echado el ancla en una ensenada escondida, protegida de la vista de los barcos por grandes rocas.

—No me canso de ti —había dicho él, después de dar cuenta del picnic—. Dejarte me matará.

—Entonces, no lo hagas —dijo ella.

—¿En serio? —la besó y la meció entre sus brazos con pasión.

Pero durante un instante, ella había visto duda

en sus ojos, remordimiento tal vez, y supo que el día de su marcha se acercaba.

Para no estropear el tiempo que les quedaba, no le comentó su búsqueda de un vestido de cóctel para la fiesta de Lola. Por suerte, en Positano abundaban las boutiques. Encontró un vaporoso vestido de finos tirantes, una delicia, que no arruinó su presupuesto, y lo colgó del armario.

Valentino había evitado el tema de su visita a Capri y empezó a preguntarse si lo había olvidado.

—¿A qué hora te recoge el barco? —preguntó él de repente, la noche antes del viaje. Estaba apoyado en un codo, siguiendo las líneas de su cuerpo con el dedo, después de hacer el amor.

—A mediodía —respondió ella.

—Supongo, por ese bonito vestido que veo en el armario, que sigues pensando en ir.

—Sí. Y por tu ceño, veo que sigues oponiéndote.

—*Certamente*.

—Pero entiendes mis razones. No desprecio tu experiencia, pero confío plenamente en Lauren.

—Sí, sí. Entiendo que crees que debes ir por respeto a tu prima. Pero no me gusta —la miró con fiereza—. Me estás obligando a hacer algo que va por completo en contra de mi deseo.

—¿El qué? —lo miró con curiosidad.

—Si insistes en tu temeridad, no me dejas otra opción que ir contigo —afirmó él tormentoso.

Ella no supo si sentir alegría u horror. Por un

lado, sería un alivio tener compañía, por el otro, temía la explosiva relación entre Lola y él.

—Puede que se sorprendan —dijo con voz débil—. Igual no cuentan con una persona adicional.

—No temas —dijo él con sorna—. Procuraré no avergonzarte. Me comportaré con la cortesía que requiere la ocasión.

Pia llamó al número que Lola le había dado e informó al marinero de que Valentino la llevaría a Capri en su velero. El día siguiente amaneció espectacular, pero el viaje a través del agua turquesa fue bastante tenso, con un Valentino silencioso e inescrutable de pie junto al timón.

—Si te preocupan el sexo, las drogas y el rock and roll, estate tranquilo —aventuró ella.

—Más bien será sexo, drogas y blanqueo de dinero —gruñó él.

Ella sacudió la cabeza. No entendía por qué estaba tan nervioso. Nadie iba a obligarla a tomar drogas. Ni a empujarla por un acantilado. Ni a arrojarla a un foso de cocodrilos.

Su mayor preocupación era la parte social. No aceptaría ningún intercambio de parejas. Y tal vez su ropa no estuviera a la altura. ¿Y si la casa estaba llena de actores o miembros de la realeza?

Cuando Capri apareció ante sus ojos, admiró la gigantesca formación de roca caliza, los acantilados, el pueblo blanco que descendía hacia el puerto en el que amarraban los barcos. El enorme yate que había visto en Positano estaba anclado a unas millas del puerto.

Dominico los esperaba en el malecón, como habían acordado, para llevarlos al lugar donde esperaba un chófer uniformado.

Pia apenas tuvo tiempo para captar una impresión de calles estrechas, hoteles, restaurantes y bares rebosantes de turistas. El chófer los condujo a un pequeño descapotable que emprendió la subida por una carretera estrecha y serpenteante, con buganvillas a un lado, y unas vistas que rivalizaban con las de la carretera a Sorrento.

Por suerte, el viaje fue breve.

Atravesaron un bonito pueblo de casas blancas, más grandes y lujosas que las de abajo. Todo eran caminos estrechos, callejones pintorescos y panorámicas espectaculares de la isla y de la bahía.

—Esto es Anacapri —les informó el chófer—. Pronto llegaremos a Villa Fiorello.

Unos minutos después, volvieron a ascender. El conductor tomó una estrecha carretera que bordeaba el acantilado y atravesó una enorme verja en un muro blanco. Una avenida de cipreses conducía a una elegante y amplia villa, llena de arcos y situada en un inmaculado jardín de borduras, setos, praderas de césped aterciopelado y azaleas. En el tejado había un helicóptero.

El conductor le abrió la puerta y cuando bajó del coche y miró a su alrededor Pia comprendió que la villa realmente colgaba en un saliente del acantilado, y que los niveles inferiores estaban diseñados para estar al ras de la roca.

Necesitaba calma y control mental. Había superado su síndrome. Podía nadar, navegar y volar. No haría el ridículo delante de Valentino. Aun así, se le aceleró el corazón.

El chófer llamó al timbre y otro empleado, de chaqueta blanca, abrió la puerta. Se hizo cargo de las bolsas de ambos y los invitó a seguirlo.

Entraron a una enorme habitación blanca de paredes de mármol. En el centro había una grácil fuente bajo una claraboya, que permitía que el sol iluminara el agua. Antes de que Pia pudiera decir nada, Lola apareció en un umbral y fue hacia ellos.

—Pia, querida, Tino. El cambio de plan ha sido una sorpresa, bienvenidos —aunque su mirada a Valentino careció de calidez, le sonrió—. Algunos invitados ya han llegado. Giancarlo está con ellos en la piscina. Os enseñaré vuestras habitaciones.

Les llevó a una espaciosa y elegante habitación de muebles blancos, espejos y una ancha cama baja. Cortinas de satén cubrían una pared entera.

—Esta es una de las habitaciones más preciadas por nuestros huéspedes —Lola sonrió—. Giancarlo quería que la tuvieras tú, querida, ya que es tu primera visita.

—Es una belleza —exclamó Pia, agradecida—. Cielos, mira el tamaño del cuarto de baño. Podríamos dar una fiesta ahí dentro.

—No sería la primera —Lola soltó una risita—.
Ponte cómoda. Ahora, Valentino, tú habitación…

—Oh —Pia miró a Valentino—. Preferimos estar juntos, si no te molesta, Lola.

—Desde luego, cielo. Como tú quieras —aceptó Lola. Hizo un mohín—. Me lo había preguntado, claro, pero no quise aventurarme. El almuerzo será junto a la piscina, saliendo por ahí a la izquierda. Si quieres cambiarte, aquí hay ropa para la piscina —abrió las puertas de un armario empotrado—. Usa cualquier cosa que quieras. Y si necesitas algo, llama. Si es humanamente posible conseguirlo, el personal de servicio lo conseguirá.

Cuando se marchó, Pia se sentó en la cama.

—Mira esto. ¡Quién fuera tan asquerosamente rico! ¿Vas a estar todo el tiempo con cara de furia?

—No todo el tiempo —se tumbó a su lado—. No cuando te esté mirando a ti.

—Bien —le dio un beso en los labios y se levantó a inspeccionar el armario—. Oh, Dios mío —gimió.

Había toda una colección de biquinis, ropa informal, vestidos veraniegos, vestidos formales, zapatos, bolsos y accesorios. Las etiquetas eran una mezcla ecléctica: dominaban París, Milán y Nueva York, y Barcelona para los zapatos.

—Mira esto. La mayoría de estas cosas son de mi talla. Lola es muy considerada.

—¿Piensas ponerte algo de eso? —Valentino miró la colección con el ceño fruncido.

—No lo sé.

Lola era más que generosa ofreciéndole la oportunidad de lucir modelos de pasarela. Se preguntó si todos los invitados recibían el mismo trato. ¿Y después? ¿Tendría que llevar la ropa al tinte? ¿Cuál sería el protocolo a seguir?

Miró su bolso de lona y, con un suspiro, empezó a sacar sus cosas. Su bañador no tenía nada de malo. Había servido en Positano y serviría allí. Esperaba que Lola no se ofendiera si no se ponía su ropa de alta costura.

El vestido de verano que llevaba puesto era muy favorecedor. Y aún se veía fresco y limpio. Sin duda serviría para almorzar junto a la piscina.

—¿Estoy bien así? —fue hacia el espejo y, como faltaba luz, pulsó el botón que abría las cortinas.

Fue un gran error. Con el corazón en la boca, retrocedió. Valentino se levantó de un salto.

Al otro lado del cristal, a los pies de Pia, había un abismo de trescientos metros. Rápidamente, volvió a pulsar el botón y las cortinas se cerraron. Cuando recuperó el aliento, probó otra vez. Pero antes dio unos pasos atrás.

Era una vista bellísima. Una panorámica de esmeraldas, azules y aguamarinas. Acantilados rocosos y costa ondulada. Bonitas villas y jardines. Mar y cielo y, al otro la de la bahía, el Vesubio.

Espectacular. Se obligó a dejar las cortinas abiertas. Podía acostumbrarse. Seguro.

—¿Te importa, tesoro? Esa vista me pone nervioso —Valentino se acercó y pulsó el botón. Ella lo habría besado con gusto.

Cuando bajaron, la fiesta de la piscina estaba en marcha. Gente en tumbonas bebía o mordisqueaba los canapés que hacían circular los camareros. La piscina, situada en un vasto y elegante espacio con techo de cristal, hizo a Pia pensar en unos baños romanos. Había parejas en el agua y sentadas a un lado, charlando; otros formaban coloridos grupos y comían y bebían, luciendo sus joyas.

Lola llegó luciendo un biquini y un pareo de gasa transparente, y los llevó de grupo en grupo, haciendo las presentaciones.

—Ah. Así que eres la prima de nuestra inteligente Lauren. Eres muy bienvenida —un hombre de ralo pelo cano, estrechó su mano.

Lola lo presentó como su marido, Giancarlo.

Después de la deliciosa comida, Lola invitó a sus huéspedes a bajar al pueblo para visitar su pequeña galería.

Tanto Pia como Valentino estaban muy interesados, así que se unieron a la gente que ocupó los vehículos que bajaban al pueblo. Ellos eran los únicos que querían ver lo que había en venta en Capriccio. Los demás habían estado allí antes y querían pasear por las calles, mirar las tiendas y, tal vez, visitar alguna heladería.

Pia disfrutó viendo la galería y comentando las

obras con Lola y con Valentino. En la sección de fotografía había una foto de Lauren.

—Vaya —dijo Pia, tras mirar su precio—. Las obras de Lauren están muy valoradas hoy en día.

—Sí —afirmó Lola, seria—. Las tuyas también lo estarían, si expusieras aquí.

—Eres muy amable, pero ¿cómo puedes decir eso? —se sorprendió Pia—. No has visto mi obra.

—Sí la he visto —exclamó Lola—. En Internet se vieron dos de los cuadros que expusiste en el festival Australia Sur. Lauren me los enseñó —miró a Valentino, que examinaba una obra moderna a unos metros, y bajó la voz—. Me ha hablado mucho de ti. Ambas sois de temperamento romántico. Igual que Lauren, eres una artista, una bohemia. El arte debe ser lo primero para ti. Necesitas espacio —abrió los brazos—. En tu casa, tu vida, tus amistades. Un amante que tenga sueños —miró a Valentino y Pia siguió su mirada. En ese momento, él giró la cabeza. Sus ojos destellaron y Pia supo que había oído lo dicho por Lola.

Más tarde, Pia y Valentino pasearon por el pueblo, esperando al resto de los huéspedes.

—A Lola le impresiona tu trabajo —comentó él.

—Eso dice —contestó Pia.

—¿No la crees?

—Creo que estaba siendo cortés. Yo no me atrevería a juzgar una obra sin verla —le sonrió.

—Aun así, es muy experta —insistió él—. Parecía conocer bien tus necesidades como artista.

—Todos los artistas no son iguales —Pia encogió los hombros—. Sé que no soy como Lauren,
diga lo que diga Lola. En absoluto. No queremos
las mismas cosas.

—¿Y tú qué quieres? —se detuvo de cara a
ella.

—Bueno, Valentino —sonrió—. A ti.

Rodeó su cuello con los brazos. Él escrutó su
rostro un momento, buscando en sus ojos; después
la atrajo contra su cuerpo y la besó.

Capítulo 14

LA oscuridad cayó sobre Capri. Los invitados para el día habían vuelto a casa, y Pia deseó haber hecho lo mismo. Pero, ya que había ido, lo mínimo era tener la decencia de pasar la noche allí.

Hubo un rato tranquilo antes de la cena, cuando la gente descansaba en las habitaciones, sin duda eligiendo la ropa que iban a ponerse. Valentino le dijo que iba a dar una vuelta por el jardín.

—Echa el cerrojo a la puerta —instruyó.

Pia disfrutó de la decadente bañera sumergida durante más de una hora, aunque no levantó el estor que colgaba sobre ella. Admitir su vértigo empezaba a parecer parte de la solución.

Como ya era habitual, se hizo preguntas sobre Valentino. Era obvio que él evitaba hablar del futuro, tal vez porque no quería herir sus sentimientos. Adivinó que ocurriría, sin previo aviso. Un día anunciaría su marcha y se iría.

Se preguntó si se escribirían durante un tiempo. No era tan romántica como para creer que eso pudiera durar mucho. Las relaciones rara vez sobrevivían a las largas distancias.

Si seguían juntos, por algún milagroso cambio en el orden mundial, y él tenía que viajar a menudo, ¿funcionaría la relación? Ella no era viajera como Lauren. De hecho, creía que necesitaba echar raíces. Elegir un sitio y quedarse en él para descubrir todos sus tesoros, como había hecho Enzio en su adorado Positano.

Aunque, si no tuviera otra opción, seguiría a su amor al fin del mundo. Se permitió soñar con eso un rato, pero pronto le puso fin. Esos sueños traían dolor de corazón y ese no era sitio para soñar.

La cena era a las ocho. Valentino regresó de su paseo y, mientras él se duchaba, Pia se secó el pelo, se pintó los ojos y oscureció sus cejas.

Era su primera ocasión de lucir tacones desde la noche de los fuegos artificiales y se los puso con placer. El vestido nuevo tenía tirantes finos, estaba fruncido en el pecho y caía flotando hasta las rodillas. Era en tonalidades azul cielo, turquesa y aguamarina, sus mejores colores, con algún destello plateado aquí y allá. No tenía ninguna joya deslumbrante, solo una fina cadena de oro blanco, pero el efecto del conjunto le gustó.

Valentino salió del cuarto de baño en albornoz, recién afeitado y con un aroma deliciosamente masculino. Al verla se quedó quieto y la devoró con una mirada lobuna, de lo más satisfactoria.

A Pia le encantaba su admiración.

—Eres bella —dijo él, cruzando la habitación para acariciarla—. Podría comerte. ¿Por qué no nos quedamos aquí y pedimos que nos suban la cena?

Ella se libró de él para retocarse el cabello y observó por el espejo cómo se ponía un traje negro. Verlo tan esbelto, alto y honorable le encogió el corazón. «Oh, diosas y musas. No permitáis que me deje todavía», rezó para sí.

A las ocho, Pia y Valentino bajaron para reunirse con el resto de los invitados en la bonita habitación de ventanas en arco que daba al puerto. Había montada una larga mesa con mantel de lino blanco, decorada con centros de flores.

—¿Bellini, *signore*? ¿*Signorina*? —un camarero les ofreció una copa aflautada de blanco espumoso aromatizado con zumo de melocotón.

—*Grazie*.

Estaba delicioso, ni demasiado dulce ni demasiado ácido. Cuando llegó la hora de sentarse, Giancarlo ocupó la cabecera de la mesa, Lola, resplandeciente, el extremo opuesto.

Los invitados atacaron la cena con gusto. Plato tras plato de deliciosa comida napolitana remojada con ríos de vino excepcional. Pia hizo un esfuerzo por seguir las conversaciones de su zona de la mesa, pero le resultaba difícil. Hasta Valentino parecía más interesado en escuchar a otras personas que en lo que ella pudiera decir.

Después del quinto o sexto plato, Valentino se excusó para ir al dormitorio a hacer una llamada. Muchas personas iban y venían, cambiando de sitio para hablar con amigos y saliendo a fumar a la terraza, así que nadie se fijó en la larga ausencia de Valentino, excepto Pia.

Le envió un mensaje de texto, pero él no contestó. Esperó lo que le parecieron horas, sonriendo a desconocidos hasta que le dolieron las mejillas. Cuando Valentino no apareció a tiempo para disfrutar de las bandejas de queso y fruta, se excusó y subió al dormitorio. No estaba allí.

Se preguntó dónde demonios andaría. Irritada, bajó una planta. De repente, se dio cuenta de que había usado una escalera distinta. La villa no era un hotel, pero con dieciocho dormitorios con baño, no era descabellado perderse.

Tras una frustrante sucesión de giros y vueltas, los pasillos se estrecharon y empezó a sentirse desorientada. Oía ruidos de cocina y comprendió que debía de haber llegado a la zona de servicio. Iba a darse la vuelta cuando vio, a la derecha, una zona de oficinas.

Parecía un buen sitio donde buscar a Valentino. Pasó ante un estudio que estaba a oscuras. Al otro lado del pasillo vio una suite de oficinas y un cuarto de baño, que decidió utilizar.

Cuando salía, captó un movimiento por el rabillo del ojo. Un hombre enorme, de espaldas a ella, tecleaba en el ordenador, en el estudio a oscuras. Vestía de negro de pies a cabeza pero, además, llevaba puesto un pasamontañas.

Se quedó paralizada, sin aire. El terror la atenazó, incapacitando sus piernas y echando el cierre a su cerebro. De pronto, una salvaje descarga de ira recorrió sus venas como una inyección de adrenalina.

Avanzó de puntillas con la intención de dar un golpe a la puerta del estudio y encerrarlo dentro. Pero algo debió de alertarlo, porque empezó a darse la vuelta. Rápida como un rayo, agarró un pequeño busto de Tiberio que había en una repisa del pasillo y le golpeó en la cabeza con él.

Él debió de intuir la llegada del golpe, porque alzó un brazo y lo desvió un poco. Aun así, se desplomó en el suelo.

Pia retrocedió y cerró la puerta de golpe. No había llave, así que se quedó parada, aferrando el pomo, jadeante y triunfal, congratulándose por su victoria y sintiéndose liberada.

Ella, Pia Renfern, había derrumbado a un hombre que se ocultaba bajo un pasamontañas.

Un minuto después, al no oír ruidos, se preguntó cómo de fuerte lo había golpeado. La horrorizó pensar que podía haberlo matado.

Acercó la oreja a la puerta, pero no oyó nada. Tras un tenso momento, dejó de sujetar el pomo y dio un paso atrás. Como no ocurría nada, lo giró cuidadosamente, esperó y abrió un poco. Ni ruidos ni movimientos.

Abrió de par en par y dio un salto hacia atrás.

El cuerpo había desaparecido. Dejó escapar un grito y casi se le paró el corazón cuando la agarraron y una mano tapó su boca.

—Shh. No hagas ruido. Soy yo. Solo yo, tesoro. Valentino.

A ella se le doblaron las rodillas.

Él cerró la puerta del estudio y echó el cerrojo desde dentro. Luego encendió una lámpara y la llevó hacia una elegante chaise longue. Apartó un montón de periódicos y cosas para hacerle sitio.

—¿Qué diablos haces? —gimió ella—. Quítate eso de la cabeza. Me has dado un susto de muerte…

—Cielos, esto da calor —dijo él, quitándose el pasamontañas y dejándolo en el escritorio. Se sentó a su lado y la rodeó con un brazo—. Lo sé, lo sé. No tendrías que haberme visto con él puesto. Siento haberte asustado, tesoro, de veras. ¿Por qué no estás en el comedor? Te dije adónde iba.

—Pero no fuiste allí —chirrió ella—. Viniste aquí.

—Shhh, baja la voz —gruñó—. Dios, ¿por qué

me has dado tan fuerte? ¿Pretendías matarme? Tengo un chichón del tamaño de un balón de fútbol.

—Te lo mereces, por asustarme.

—Shh. No hagas ruido. Giancarlo podría volver en cualquier momento. O algún empleado.

—¿Qué haces aquí? No puedo creerlo. Creí que eras un ladrón. Sé que odias a esta gente, pero prometiste que no me avergonzarías.

—Pia, Pia, shh, cálmate. Todo va bien.

—¿En serio, Valentino? —lo miró indignada—. Llevo horas esperándote en esa aburrida cena. ¿Podrías explicarme qué haces en un estudio privado vestido como un ladrón? En otro caso, muy a mi pesar, tendré que llamar a la policía.

—¿Harías eso? —sus ojos destellaron.

—Creo que sí. Sí. Es muy probable.

—Mi tipo de mujer —dijo él, sonriente.

—No es broma, Valentino —le dio un empujón que no tuvo el menor efecto—. Lo digo en serio.

—Lo sé. Y lo siento. Te lo explicaré después —besó su mejilla, se levantó y volvió al ordenador.

—No tienes ni idea de lo que supone para mí ver a un hombre con pasamontañas —parloteó ella.

—¿El qué? —Valentino la miró.

—No iba a contártelo. Contártelo a ti, un carabinieri que ha perseguido a piratas y contrabandistas… Es algo minúsculo comparado con lo que sufriste con tu exesposa. Pensarás que soy una debilucha si te… si te lo cuento…

Al ver que las lágrimas surcaban su rostro, Valentino dejó el ordenador y fue a abrazarla, murmurando palabras tranquilizadoras en italiano.

Cuando se calmó, le dio un puñado de pañuelos de papel de una caja que había en el escritorio. Ella se sonó la nariz y recuperó el control de sí misma.

—Cuéntamelo. Quiero saberlo.

—Verás, hace unos meses me ocurrió algo que… me dio mucho miedo —intentó sonreír—. Entré al banco una mañana como cualquier otra y dos tipos entraron detrás de mí. Uno me agarró, me puso una pistola en la sien y amenazó con volarme los sesos si no le daba dinero.

—Oh, no —la miró muy serio—. ¿Qué ocurrió?

—Bueno, sin que lo supiéramos, uno de los cajeros había pisado el botón de alarma, y la policía llegó poco después. Los ladrones se pusieron nerviosos. El que me sujetaba me tiró al suelo y luego ambos intentaron salir por la ventana del aseo. La policía los atrapó sin problemas.

Se estremeció con el recuerdo, y él la apretó contra su pecho, acariciando su pelo. Ella le ofreció una sonrisa aguada.

—Cuando sonó la primera sirena de policía, creí que el tipo apretaría el gatillo. Sentí cómo tensaba el brazo para hacerlo. No sé qué le hizo cambiar de opinión, pero doy gracias a Dios por ello —se limpió unas lágrimas con el dorso de la mano—. El caso es que creo que fue entonces cuando ocurrió.

—¿*Cosa*? ¿Qué más ocurrió?

—Oh, bueno… —no sabía si admitir su debilidad.

Él parecía atento y rebosante de ternura. Y le había contado su historia. Tal vez pudiera entenderla. Las lágrimas se desbordaron de nuevo.

—No te rías, pero perdí el valor. Todo me daba miedo, hasta salir de casa. Durante un tiempo fui un desastre —esbozó otra débil sonrisa—. No lo creerías viéndome ahora, ¿verdad?

—Nunca —la atrajo y besó su rostro y su cabello—. No puedo creer que tú hayas sido nunca un desastre. Tú no. Un espíritu libre que cruza el mundo volando sola —su voz grave y cálida tembló levemente. Le dio un largo beso. Sin saber cómo, se encontraron tumbados en la chaise longue, entre periódicos y papeles.

—Me alegro de habértelo contado —le confió ella, absorbiendo la energía viril de él.

—Y yo me alegro de que lo hayas hecho, amor mío. No imaginas cuánto significa para mí.

—¿En serio? —iba a besarlo, pero algo se le estaba clavando en la cadera y cambió de posición para apartarlo—. Espera un momento.

Lo que se le clavaba era un paquete. El papel de embalar de color marrón se había despegado y el plástico de burbujas y las telas que había dentro estaban descolocadas. Al notar que la capa de dentro era un lienzo, lo desenrolló un poco para envolverlo bien. Su ojo captó una franja de agua pintada. Desenrolló más tela. Nenúfares flotando en un estanque. Lo miró incrédula.

—Oh, cielos. Mira esto —gritó—. No puedo creerlo. Se parece muchísimo al Monet robado en el museo de El Cairo.

Él se incorporó con ojos brillantes y curiosos.

—Déjame verlo —casi le arrancó el preciado lienzo de las manos. Tras estudiarlo un momento, volvió a guardarlo. Un segundo después estaba en pie, apagando el ordenador de Giancarlo. Sacó el móvil, marcó un número, murmuró un par de palabras y lo guardó de nuevo.

—*Andiamo* —la agarró del brazo—. Nos vamos.

—¿Qué?

—Pia, los carabinieri llegarán enseguida y no quiero estar aquí. ¿Quieres verte en los periódicos?

—¿Cómo lo sabes?

—Acabo de hablar con ellos.

—Pero… ¿y mis cosas?

—Puedes recogerlas mañana. Vamos. *Pronto*.

—¿Mañana? No pensarás que voy a volver aquí, ¿verdad? —mientras hablaba, él la empujaba hacia la ventana. Una vez allí, saltó afuera.

—Salta, Pia. Rápido —le ofreció los brazos.

Ella se asomó. Estaban en un lateral de la casa, no sobre el acantilado, por suerte. Había solo un par de metros hasta el suelo, pero para ella eso era un abismo. Sin embargo, saltó a sus brazos y, por segunda vez esa noche, lo derrumbó.

—Uff —resopló él.

Ella se quitó de encima y él se puso en pie, jadeando. Después, la obligó a correr. Una alarma empezó a sonar dentro de la casa, pero también se oía algo mucho peor.

Perros, enormes perros salvajes con las mandíbulas abiertas. Así que corrió con Valentino y dejó que la empujara a través de un seto, la arrastrara por el jardín y la subiera a un muro de piedra. Él subió también y, tras una breve pausa, saltó al otro lado y volvió a ofrecerle los brazos.

Esa vez Pia ni se lo pensó. Los perros infernales estaban muy cerca. Por suerte, había un coche esperando. Bueno, era un vehículo de forma extraña, con techo pero sin ventanas.

El artefacto arrancó sin problemas y Valentino puso rumbo hacia el puerto. En Anacapri se cruzaron con una brigada de coches oscuros y silenciosos, con el techo blanco y bandas rojas en los laterales, que iban rumbo a Villa Fiorello.

Después de eso, Pia cerró los ojos y no volvió a abrirlos hasta que llegaron al barco.

—Bien —dijo él cuando ya cruzaban la bahía rumbo a Positano—. Supongo que hace falta que te cuente algunas cosas.

Capítulo 15

YA lo creo que sí —dijo Pia con voz seca, aunque en el fondo la aventura la había estimulado mucho—. Pero admito que no me importaría asaltar alguna casa de vez en cuando. Es tonificante, ¿no crees? Podríamos hacernos socios.

—Olvida eso —gruñó Valentino—. Pia Renfern ya ha roto todas las leyes que va a romper.

—Aún no he roto ninguna.

—¿No? ¿Ni siquiera alguna norma de tráfico? Debes de ser una ciudadana modélica.

Ella sonrió y se apoyó en él, agradeciendo su solidez, tan reconfortante.

—Siento haberte golpeado en la cabeza. Todo

es tan surrealista que me cuesta creer que haya ocurrido. ¿Qué hacías en el estudio de Giancarlo?

Él apagó el motor. En el súbito silencio, su voz grave sonó como música celestial.

—No te lo he dicho todo sobre mi trabajo. La verdad es que hace tiempo que sospechamos de los Fiorello. Tienen negocios turbios, pero no es fácil encontrar pruebas. Se tarda tiempo en hacer búsquedas cotejando declaraciones de impuestos. Ha sido genial encontrar una prueba para los carabinieri. Te lo agradezco un montón.

—¿Sospechamos? ¿Quiénes?

—¿Has oído hablar de la Interpol?

—¿Interpol? Bromeas, ¿verdad?

—No —Valentino suspiró. Ella lo miró atónita.

—Así que me he estado acostando con un agente de la Interpol —soltó una risita histérica.

—No, te acostabas con Valentino Silvestri.

—He golpeado en la cabeza a un agente de la Interpol —se rio con ganas y Valentino la acompañó.

—Eso tiene gracia, supongo —dijo Valentino sonriente, pero con mirada triste—. Pero…

—Y ahora tendrás que marcharte —dijo ella, adivinando lo que iba a decir. Sintió un dolor intenso, devastador.

—Estoy en una encrucijada. Puedo seguir un camino u otro —la miró—. O sigo con la Interpol, o renuncio. Me quedo parado, o decido saltar.

—¿Adónde saltarías? —Pia contuvo el aliento.

—A los brazos de alguien a quien amo.

—Oh —tuvo la sensación de que la luna y las estrellas estaban dentro de ella, iluminándola—. ¿Estás diciendo…?

—Sí. Eres tú, Pia —dijo con voz sincera—. Estoy tan enamorado de ti que la idea de dejarte me destroza. ¿Considerarías la posibilidad de casarte con un humilde napolitano?

—La consideraría —temiendo que el corazón le estallara en el pecho, lo rodeó con los brazos—. Mi querido Valentino. Mi amor. Desde luego que sí.

JULIA

ABIGAIL STROM

EL DESEO DEL MILLONARIO

Capítulo 1

SERÍA muy difícil robar un banco?

Allison Landry frunció el ceño mirando los informes financieros que tenía sobre el escritorio. Una de los voluntarios, que también era su mejor amiga, acababa de entrar en su despacho con una carta en la mano.

—¿Tan malo es? —preguntó Rachel.

—O podríamos atracar una joyería.

—Con ropa de cuero negra y ajustada —sugirió Rachel—. Podemos contratar a un profesional para que nos ayude. Ya sabes, como los chicos de *Ocean's Eleven*. A ser posible, que se parezcan a George Clooney. También podría ser del estilo de Brad Pitt.

Allison sonrió.

—Yo prefiero a Cary Grant en *Atrapa a un ladrón*, ya sabes que estoy un poco pasada de moda.

Rachel rio.

—Cada vez me seduce más la idea. De acuerdo, ahora en serio. ¿Qué pasa?

Allison suspiró, cerrando los ojos y pasándose las manos por el pelo.

—He tenido un día horrible. Kevin Buckley está de nuevo en el hospital... me lo han dicho esta mañana sus padres. Y las perspectivas financieras para el año que viene son bastante sombrías. Desde que empezó la crisis, han decrecido las donaciones, así que vamos a tener que recortar algunos de los servicios que ofrecemos. Y tendremos que volver a retrasar los planes del Hogar de Megan... esta vez, de forma indefinida. Ya es bastante difícil mantener los viejos proyectos, como para emprender algo nuevo.

Durante años, Allison había acariciado el sueño de construir un centro de retiro para familias con hijos enfermos de cáncer. Había estado a punto de conseguirlo, pero la recesión había truncado sus esperanzas.

—Algún día lo conseguiremos —dijo Allison, en parte a Rachel y, en parte, a sí misma. No podía renunciar a ello. Después de todo, no era la primera vez que se enfrentaba a la dura realidad. Ya había perdido a Megan a causa del cáncer... Cuando se perdía a una hermana con catorce años, se perdía también toda esperanza de que la vida fuera justa...

—Lo siento —murmuró Rachel con gesto cabizbajo.

—Y la expresión de tu cara... ¿tiene algo que ver con la carta que llevas en la mano?

Rachel asintió.

—Odio tener que darte más malas noticias. Es sobre lo que pidió Julie.

—Pero su petición es la más fácil que hemos recibido en muchos años —repuso Allison, frunciendo el ceño—. Solo quiere conocer a ese magnate informático... el hombre que diseñó su videojuego favorito. Rick Hunter, ¿no es así? Vive justo aquí, en Des Moines. ¿Cuál es el problema?

—Hunter se niega a colaborar —informó Rachel, encogiéndose de hombros con impotencia.

—Eso es ridículo —opinó Allison, mirándola sin dar crédito—. No tiene ni que tomar un avión. Tiene las oficinas justo enfrente del hospital. Hasta podría ir caminando. ¿Qué ha dicho?

—Se ha negado. En lugar de eso, nos ha enviado un donativo.

Un donativo. Claro.

El dinero era bienvenido, sí, pensó Allison. Necesitaban todo el que pudieran reunir.

Pero ella estaba segura de que no era la primera vez que aquel pez gordo, presidente y propietario de Hunter Systems, había sacado su talonario en vez de ofrecer su tiempo.

Y, al parecer, su intención era comprarlas para librarse de tener que visitar a una paciente de cáncer.

—Déjame ver.

Rachel le entregó la nota y ella la leyó en voz alta, entre líneas.

—Sintiéndolo mucho, no puedo atender su petición... soy un profesional muy ocupado... no tengo tiempo...

Allison hizo una bola con el papel y la tiró a la papelera, sin encestar.

—Dice que está muy ocupado. ¿Puedes creerlo? Conseguimos que vinieran los jugadores del Green Bay Packers a ver a uno de nuestros niños el año pasado... ¡y durante la temporada de fútbol!

Allison había tenido un mal día y, en ese momento, le pareció que Rick Hunter era un objetivo fácil para descargar toda su frustración.

Y conveniente, pues solo estaba a cinco minutos en coche de su oficina.

Echando la silla hacia atrás, se puso en pie.

—Pareces furiosa —comentó Rachel con preocupación—. No vas a hacer ninguna locura, ¿verdad?

—Eso depende de tu definición de locura. Sólo voy a decirle unas cuantas palabras a...

Rachel abrió los ojos de par en par.

—Vas a gritarle. Vas a tomarla con Rick Hunter. ¡Allison, no puedes hacer eso!

—¿Que no puedo? Dame una buena razón —repuso Allison, apagó su ordenador y agarró el bolso.

Rachel se levantó, nerviosa.

—Es rico, para empezar. Es un donante potencial y es rico. Ha diseñado el juego de ordenador más famoso del mundo. Es un hombre importante.

—Julie también es importante.

—Claro que lo es. Lo que pasa... ¡Mira! —exclamó Rachel, levantando en la mano un ejemplar de la revista *People*.

—¿Qué?

Rachel abrió la revista y buscó un artículo de dos páginas, con una gran foto y una pequeña biografía debajo.

—Está en la lista de los solteros más codiciados de América —explicó Rachel, como si eso lo explicara todo—. Míralo, Allison. Estarás de acuerdo conmigo en que se pueden hacer cosas mucho más interesantes con este hombre que echarle la bronca.

Allison miró al techo. Cuando Rachel le entregó la revista, le echó un vistazo.

Rick Hunter estaba en una cama deshecha, recostado sobre los codos con una sonrisa, como si estuviera encantado con la persona que hacía la foto. Llevaba pantalones de esmoquin, sin chaqueta y con la corbata aflojada. Eso, unido al pelo revuelto y a su barba de tres días, le daba un aire desenfadado y sensual, como si hubiera estado retozando en esa misma cama unos minutos antes.

Sin embargo, sus ojos no parecían tan despreocupados. Eran verdes, distantes y reservados, con un brillo sensual que debía de volver locas a las mujeres.

A pesar de sí misma, Allison se quedó mirando esos ojos, hipnotizada. Al darse cuenta, le quitó la revista de la mano a Rachel y la tiró sobre la mesa.

—Admito que no está mal —comentó Allison—. ¿Y qué? Espero que no quieras decirme que tengo que ser amable con Rick Hunter porque es una monada.

—Los gatitos son una monada. Y los perritos. Pero este hombre es impresionante. Solo de ver su foto me derrito.

—Sí, claro, es impresionante... y egoísta, malcriado, arrogante...

—No creo que sea así —protestó Rachel—. ¿Has visto el artículo? Ha...

—No me interesa —le interrumpió Allison con firmeza—. Ha dejado en la estacada a una niña con cáncer. No existe excusa para eso. Y es lo que pienso decirle ahora mismo.

—Primero deberías ir a casa y cambiarte —sugirió Rachel, agarrándole de la mano cuando iba a salir por la puerta.

Allison se miró a sí misma. Llevaba una ropa sencilla, la que solía ponerse cuando no tenía reuniones con directores de hospital ni con ricos filántropos: vaqueros y una blusa de franela con un par de tenis gastados.

—No voy a ir a mi casa solo para cambiarme. ¿Es que crees que no me dejarán entrar en su oficina así?

—Al menos, deja que te ponga un poco de maquillaje —se ofreció Rachel, sacando el pintalabios del bolso—. ¡No llevas nada!

—Lo siento. Va a ser una reunión al desnudo —replicó ella.

Rachel volvió a dejar el bolso sobre la mesa.

—No hay ninguna mujer en el mundo que no quisiera arreglarse antes de ver a Rick Hunter. Tú no eres normal, Allison.

—No es la primera vez que me lo dicen.

—De todas maneras, te quiero —afirmó Rachel con un suspiro—. Que lo pases bien echándole la bronca.

Rick Hunter se apartó el teléfono de la cara mientras tecleaba con la otra mano, medio escuchando a su abuela y, al mismo tiempo, prestando atención a la pantalla del ordenador.

—... yo también era rebelde en mis tiempos, para que lo sepas —dijo su abuela—. Si tu abuelo estuviera vivo, podría confirmarlo. Pero no me gusta que la mitad de mis conocidos me llamen para comentarme el artículo de la revista, donde te han bautizado como el «Playboy de América».

Rick se encogió. Había aceptado tomarse esa foto porque había pensado que iba a beneficiar al baile benéfico que su compañía iba a celebrar en el Grand Hotel, seguido de una subasta de solteros. Él no iba a participar en la subasta, nunca lo hacía, pero la revista y su director de marketing lo habían convencido de que la foto le daría al evento una publicidad excelente.

—Yo no lo he escrito, abuela. Y ya te he dicho antes que...

—No estaría tan disgustada, si el artículo no confirmara lo que siempre he sospechado —le interrumpió su abuela—. No tienes ninguna intención de sentar la cabeza, ¿verdad?

—¿Qué? —preguntó él, perdido en lo que estaba leyendo en la pantalla.

—He dicho que no tienes intención de sentar la cabeza. ¡Sales con unas mujeres...! Las descerebradas son lo peor, pero me gustan todavía menos las implacables ejecutivas con las que se te ve a veces. Incluso prefiero a las cazafortunas que eliges de cuando en cuando. No me sentiría orgullosa de que ninguna de las chicas con las que has salido en los últimos años se convirtiera en tu esposa. Aunque creo que no tengo por qué preocuparme, pues nunca has demostrado el más mínimo interés por ellas.

Rick suspiró.

—De acuerdo, abuela, no te gustan las mujeres con las que salgo. Pero no son nada serio para mí, así que no tienes por qué preocuparte.

—¡Mi problema es que mi nieto sigue siendo soltero! ¿Sabes que sueño con el día en que te establezcas aquí y tengas mujer e hijos?

Su abuela se refería a establecerse en la finca de los Hunter, claro, pensó Rick. La vieja y antigua mansión había sido construida por su bisabuelo en 1890. No era el lugar donde él había crecido, pero sí era el sitio que consideraba su hogar. El único en que había sido feliz de veras.

—He estado pensando mucho —continuó su abuela—. Y estoy considerando dejarle Hunter Hall a tu primo segundo.

Rick se quedó petrificado delante del teclado.

—¿Qué?

—Ya me has oído. Jeremiah y su esposa están pensando en tener hijos y les gustaría criarlos aquí. Eso dicen.

—Si Jeremiah ha mostrado interés, es porque estará barajando el precio de la casa en el mercado. A su esposa y a él les importa un comino ese lugar —le espetó él con la mandíbula tensa—. Lo venderán, abuela.

—Eso no es lo que me han dicho —repuso ella—.

Y, aunque hubieran pensado eso en el pasado, las cosas cambian cuando la gente decide tener familia.

Rick caviló sobre lo que sería perder Hunter Hall. Tal vez, nunca se lo había dicho a su abuela, pero amaba ese lugar más que ningún otro.

—La casa necesita niños. Si creyera que hay una posibilidad de que tú los tengas...

Su abuela llevaba años esperando que Rick se casara. Él, sin embargo, nunca había estado interesado en el matrimonio. Sus propios padres no habían sido un buen ejemplo y no tenía intención de repetir sus errores. Era mejor mantenerse alejado de esas cosas y centrarse en lo que podía tener bajo control. Su profesión.

Aunque el trabajo no le estuviera resultando del todo satisfactorio durante los últimos años.

Rick se recostó en su asiento. De todos modos, el trabajo era algo que estaba bajo su control, se dijo. Él era el dueño de su compañía.

Por otra parte, el matrimonio, no era controlable. Dos corazones, dos formas de pensar, dos egos... y demasiado riesgo. Era mejor salir con mujeres para pasarlo bien y, cuando empezaba a aburrirse de una, terminar pronto, antes de que ninguna de las dos partes se hubiera implicado demasiado. Para eso, siempre salía con féminas de las que sabía que no iba a enamorarse.

—Solo quiero que seas feliz, Richard.

—Soy feliz —afirmó él. Al menos, estaba a gusto con su vida, pensó. No tenía ganas de hacer cambios. Lo único que le faltaba todavía por conseguir era Hunter Hall.

—¿Sopesarás, al menos, lo que te he dicho? ¿Qué puede pasarte por salir con una mujer que merezca la pena?

Rick sonrió.

—¿Y por qué iba a querer salir conmigo una mujer que mereciera la pena? —repuso él con más amargura de la que había pretendido.

Su abuela suspiró.

—Si no conoces la respuesta, no seré yo quien te lo diga. Siento lo de Hunter Hall, cariño, pero necesito creer que la casa revivirá de nuevo con risas de niños.

Rick miró a la pared, donde colgaba el cartel original de *El laberinto del mago*. Él había diseñado la casa del mago basándose en Hunter Hall. Desde entonces, su imagen había sido parte de la carátula del famoso videojuego.

—Es tu casa, abuela. Puedes hacer lo que quieras con ella.

—Lo que me gustaría es que consideraras...

—Sí, ahora tengo que seguir trabajando, ¿de acuerdo? Te llamaré pronto.

Sin embargo, Rick no siguió trabajando. Se quedó allí sentado, frunciendo el ceño.

Tal vez, era mejor así. Esperar algo que no podía conseguir mediante su propio esfuerzo no era típico de él.

Pero solo de pensar en perder Hunter Hall, algo se encogió en su corazón. Aquella mansión era un sueño de la infancia que todavía albergaba su corazón.

Entonces, se iluminó el intercomunicador.

—¿Qué pasa, Carol? —preguntó él a su asistente.

—Voy a hacer pasar a tu despacho a una mujer que quiere verte —informó Carol con tono irritado.

—Ya sabes que estoy ocupado preparando la presentación de mañana —repuso él—. ¿A quién dices que vas a mandarme?

—Alguien de una fundación. La que tiene ese programa llamado *Pide un deseo a una estrella*.

Rick sintió el aguijón de la culpabilidad al recordar

a esa niña... Jenny o Julie o algo así. Estaba siendo tratada de cáncer y quería conocerlo. Le habían enviado una carta desde una organización benéfica, explicándole quiénes eran y pidiéndole si podía ir a visitar a la niña al hospital.

—Te dije que rechazaras tu petición y les enviaras un cheque.

—Y eso hice, mi capitán —replicó Carol con cierto retintín—. Pero alguien ha venido en persona para hablarte del tema. Se llama Allison Landry.

—Lo siento por la señorita Landry, pero dile que se vaya.

—No.

—¿Cómo que no? —preguntó él, frunciendo el ceño.

—Mira, jefe. Puede que encuentres secretarias dispuestas a echar a una mujer que trata de ayudar a una niña con cáncer, pero yo no soy una de ellas. Voy a hacer pasar a la señorita Landry.

Sin poder dejar de sentirse culpable, Rick persistió. No le apetecía visitar a una enferma de cáncer y sus razones eran solo asunto suyo. Ya había tenido su dosis de madres coraje ese día, entre su abuela y Carol y aquella visita indeseada.

Se la imaginó como una mujer con pelo gris y modales duros, invadiendo el santuario de su despacho para reprenderlo. Era una imagen demasiado insoportable y lo último que estaba dispuesto a aguantar.

—Estoy de mal humor. Si entra, la gruñiré.

—Creo que estará a la altura. Ella te gruñirá como respuesta.

Rick suspiró, seguro de que sería una especie de sargento.

—Está bien. Hazla pasar.

Rick apenas tuvo tiempo de ponerse en pie antes

de que se abriera la puerta y Allison Landry entrara en su despacho.

Nunca en su vida se había forjado una imagen preconcebida tan equivocada. La mujer en cuestión era poco más que una niña... y su pelo corto y sedoso le daba el aspecto de un elfo enfadado.

Tenía, también, cuerpo de elfo... al menos, hasta donde él podía ver. Su figura esbelta no se veía demasiado resaltada por aquellos vaqueros y la blusa de franela que llevaba.

No era la clase de mujer que usaba su aspecto para conseguir lo que quería, adivinó Rick. Ni siquiera llevaba maquillaje, advirtió, mientras ella se paraba delante de su escritorio echando llamas por los ojos.

De todas maneras, no le hacía falta. Tenía una piel perfecta... tan suave e inmaculada que tuvo ganas de acariciarla.

Y sus ojos... eran del color del lapislázuli, enmarcados en unas pestañas negras y espesas.

Su boca tampoco estaba mal, evaluó Rick. Ancha y jugosa y dulce, aunque tuviera gesto de disgusto.

Además, parecía muy furiosa. Y estaba claro que el hecho de que él fuera un poderoso magnate empresarial no iba a impedirle contarle por qué.

Allison entró hecha un basilisco en el despacho. Allí se encontró con Rick Hunter, poniéndose en pie para recibirla, impecablemente peinado y sin sombra de barba en la mandíbula.

Era el perfecto ejecutivo y exudaba poder y sofisticación, igual que los muebles de caoba, cuyo precio podía servirle a Allison para pagar un año de alquiler de las oficinas de la fundación. Y su traje... ni siquiera podía imaginarse lo que le había costado. Era obvio que era un hombre amante del estatus y los formalismos.

Quizá, porque así conseguía mantener a la gente a una distancia prudencial.

—Señor Hunter —comenzó a decir ella con tono frío—. He venido a...

Él se acercó, saliendo de detrás de su escritorio. Sin poder evitarlo, Allison dio dos pasos atrás. Era mucho más alto que ella y la diferencia la hacía sentir en desventaja.

—¿Vienes de la Fundación Estrella?

—Soy la directora y...

—¿La directora? —preguntó él, apoyándose en su mesa—. No pareces tener más de dieciocho años.

—Tengo veintisiete —repuso ella con voz heladora—. ¿Quiere ver mi permiso de conducir?

Él sonrió.

–No hace falta. Te creo —repuso él, observándola con atención—. Has venido porque rechacé la petición de esa niña. Supongo que crees que te debo una disculpa.

Allison se puso rígida.

—No me debe nada, ni estoy interesada en una disculpa. Solo quiero saber cuándo va a ir a ver a Julie. Sé que es usted un profesional muy ocupado... —indicó ella, sin ocultar un tono sarcástico— y que el deseo de una niña desconocida no le resulta un incentivo a tener en cuenta. Sobre todo, porque implica pasar una hora entera dedicada a algo que no tiene nada que ver con sus negocios ni con su propio placer...

Rick levantó las manos en señal de rendición.

—Despacio, señorita Landry. Yo no...

—Estoy segura de que no está acostumbrado a sacrificar su tiempo por otra persona. Pero, si tuviera idea de lo mal que lo pasan estos niños en su día a día y del infierno que atraviesan sus familias...

—La tengo —le interrumpió él con dureza.

Allison se quedó callada, mirándolo y él apartó la vista. Era un alivio, pensó ella, pues sus ojos verdes la distraían bastante.

—Puedo imaginármelo, quiero decir —puntualizó él—. Y, a pesar de lo que piensas de mí, no he rechazado tu petición porque sea un egoísta insensible. Mis razones... no son asunto tuyo. Pero no tengo ningún inconveniente en hacer un generoso donativo. Podrás usar parte de ese dinero para comprarle algo a Jenny...

—Se llama Julie —le cortó ella, roja de furia—. Y, quizá, le interese saber que la mayoría de nuestros niños no piden cosas materiales. Sus deseos tienen que ver con personas... quieren conocer a su escritor favorito, a un músico o a un atleta. Casi todos quieren conocer a alguien a quien admiran.

—¿Por qué iba a admirarme Julie? —preguntó él, frunciendo el ceño.

—¿No ha leído su carta? Usted creó su videojuego favorito. A ella le encanta, porque le ha ayudado a sobrellevar unos momentos terribles. El juego conectó con ella y, por esa razón, se siente conectada con usted. Le gustaría conocerlo. ¿Por qué le cuesta tanto comprenderlo? ¿Y por qué diablos no puede apartar una hora o dos para hacerle una visita?

—No —negó él de forma abrupta—. Siento decepcionarte... y a ella. Pero no es posible. Ahora, ¿por qué no hablamos del donativo? Estoy seguro de que una fundación como la suya necesita el dinero...

—No estoy interesada en su dinero.

Allison pronunció las palabras dejándose llevar por su impulsividad. Sabía que lo lamentaría. En su interior, sabía que no debía ser tan orgullosa y debía acep-

tar el precio del sentimiento de culpa de Rick Hunter.
La gente que dirigía obras benéficas no podía permitirse ser escrupulosa y, aunque la mayoría de los peces
gordos hacían donaciones para darse publicidad o de-
ducir de impuestos, tenía que hacer la vista gorda.
Hasta el momento, ella siempre se había mostrado
agradecida por cada penique y no había juzgado las
motivaciones de nadie.

Pero, por alguna razón, no estaba dispuesta a dejar
que Rick Hunter se zafara con tanta facilidad, aunque
rechazar su oferta de dinero fuera a hacerle más daño
a ella que a él.

—No puede arreglar esto con su chequera —le espetó ella, tomando aliento—. Va a tener que enfrentarse a la decepción de una niña que ya ha sufrido decep-
ciones de sobra.

—Lo siento —repuso él con un brillo indescifrable
en los ojos—. Pero no puedo creer que rechace una
aportación económica. Sé que las fundaciones benéficas están sufriendo, más que nadie, las consecuencias
de la crisis.

—Intente meterse esto en la cabeza, señor Hunter.
No quiero su dinero. Y, ya que no quiere hablar de
otra cosa, es mejor que me vaya.

—Espera —rezongó él—. Espera... un momento.

Allison titubeó. Él la miró con intensidad y su mirada escondía, una vez más, algo que ella no pudo in-
terpretar. Se quedó paralizada un momento.

—¿Qué te parece esto? Te enviaré un cheque la semana que viene. Así, te daré tiempo a... —comenzó a
decir él e hizo una pausa—. A pensar las cosas. No
tendré en cuenta nada de lo que has dicho aquí hoy.
Espero que aceptes el donativo, ¿de acuerdo? Estoy
seguro de que os vendrá bien el dinero.

Rick Hunter estaba poniéndoselo fácil, pensó Allison. Ella podía salir de allí dando un portazo, tomarse dos días para pensárselo y calmarse y, después, ingresar el cheque en la cuenta de la fundación, sin tener que pedirle disculpas.

—Sí, nos vendría bien el dinero —reconoció ella, tensa—. La Fundación Estrella no está pasando buenos momentos. Pero el dinero solo es una parte de lo que necesitamos. La clave de lo que ofrecemos a los niños es la colaboración de las personas. Cuando nuestros niños piden un deseo, son muy claros. Y van dirigidos a una persona en concreto. Cualquiera puede donar dinero, señor Hunter. Pero Julie quiere conocerlo a usted.

Allison estaba intentando llegarle al corazón al hombre que se ocultaba detrás de aquella fachada de poder y autoridad. Sin embargo, no consiguió nada con sus palabras.

—Lo siento.

—Pero...

—No me gustan los hospitales —explicó él, dando por zanjada la conversación.

Allison se quedó mirándolo.

—A nadie le gustan los hospitales. Por eso es tan importante ayudar a la gente que está confinada en ellos.

—Lo siento —repitió él con gesto frío.

¿Habrían sido imaginaciones suyas cuando le había parecido ver a un hombre de carne y hueso tras esa máscara?, se preguntó Allison.

—Yo también lo siento —dijo ella—. Los padres se sienten impotentes cuando un hijo suyo es diagnosticado de cáncer. Su instinto es protegerlo, pero se ven embarcados en una situación que escapa, por completo, a su control. Por eso es tan frustrante cuando alguien que podría ayudar haciendo un pequeño sacrificio se niega a hacerlo.

—Señorita Landry... —comenzó a decir él, con ese brillo especial de nuevo en los ojos.

—Adiós, señor Hunter.

Allison salió del despacho sin mirar atrás.

A solas en el ascensor, inspiró hondo. Cuando las puertas se abrieron, atravesó el elegante vestíbulo a todo correr, aliviada por poder salir fuera a respirar un poco de aire fresco.

Caminó deprisa, notando cómo el corazón le latía a toda velocidad. Después de cruzar varias manzanas, se dio cuenta de que se había pasado el garaje donde había dejado aparcado el coche.

Se detuvo, se giró y volvió sobre sus pasos.

Se suponía que Allison era una persona amable. Era su trabajo hacer que la gente se involucrara, persuadirlos de que su colaboración era necesaria.

Pero no había logrado hacer mella en la armadura de Rick Hunter. Se había sentido en desventaja desde el momento en que había entrado en su despacho. Algo a lo que ella no estaba acostumbrada.

Y había salido de allí con las manos vacías. Julie se quedaría sin su visita. Y la fundación, sin el dinero. Él se lo había ofrecido y ella lo había rechazado. Era la primera vez que había dicho «no» a un donativo.

Sentándose ante el volante, encendió el motor. Lo más probable era que él enviara un cheque... parecía ser un hombre persistente. Y ella tendría que tragarse su orgullo y aceptar.

No había lugar para el orgullo en su trabajo. No podía dejar que nada, ni siquiera su propio ego, se interpusiera en su objetivo.

¿Por qué había dejado, entonces, que Rick Hunter la afectara tanto? ¿Por qué se había tomado el caso de forma tan personal? Allison se había tragado su orgullo en muchas ocasiones. ¿Por qué no había podido hacerlo con él?

Recordó esos instantes fugaces en que había creído percibir algo en los ojos de ese hombre, bajo su fría apariencia... algo sincero y profundo. Como si, de veras, le hubiera importado Julie. Como si hubiera querido ayudarla.

Esa era la única razón por la que se había quedado tanto tiempo en su despacho. Aunque debía haberse ido cuando se había dado cuenta de que él no iba a ceder. Sin embargo, una parte de ella había querido quedarse, acariciando la posibilidad de hacerle cambiar de idea, de convencerlo.

No solo por el bien de Julie, también por el de él. Habría sido bonito presenciar el encuentro entre el frío empresario y la cálida Julie, capaz de irradiar entusiasmo a pesar de estar exhausta por los tratamientos de quimioterapia. Era imposible que Rick la conociera y no sonriera. A menos que ese hombre no tuviera alma.

Y, de alguna manera, Allison intuía que ese no era el caso.

Sumida en sus pensamientos, pisó de golpe el pedal del freno, a punto de saltarse un semáforo en rojo.

Cuando se puso verde de nuevo, pisó el acelerador con suavidad. No debía darle tantas vueltas a su encuentro con Hunter. Quizá, lo que pasaba era que estaba demasiado sensible después de un día tan largo. Pero, a partir de ese momento, lo vería como a un patrocinador más. Cuando llegara su cheque, lo metería en la cuenta. Lo añadiría a la lista de correo de la fundación y le enviaría una tarjeta de agradecimiento.

Y no tendría que volver a verlo nunca más.

Capítulo 2

CUANDO Rick Hunter iba a pie al trabajo, solía tomar la ruta más directa entre su casa y la oficina. Ese día, tomó un camino más largo que pasaba por delante del Hospital James Memorial.

Después de dieciocho años, podía pasar con el coche por delante del edificio sin que le afectara. Lo veía por la ventanilla docenas de veces a la semana. Pero, en ese momento, se detuvo delante, mirando hacia las ventanas. Todavía recordaba la que había sido de su madre.

En la cuarta planta, la tercera empezando por la izquierda.

Tardó diez segundos en seguir su camino. Tenía los puños apretados dentro de los bolsillos.

Los recuerdos de tanto dolor e impotencia le encogían el estómago. A lo largo de los años, se había forjado una armadura para aislarse de esos sentimientos.

Había sido un tonto por haber querido enfrentarse de nuevo a aquel infierno emocional. La única razón por la que lo había hecho tenía que ver con su plan de quedarse con Hunter Hall... un plan que necesitaba la ayuda de Allison Landry.

La idea se le había ocurrido minutos después de que ella se hubiera ido de su despacho. Y, a medida que había ido pasando el tiempo, no había podido sacársela de la cabeza.

No estaba interesado en aquella mujer. Era hermosa, sí, pero no era su tipo.

Entonces, recordó su imagen en medio del sofisticado y pulcro despacho. Allison había brillado con luz propia, una joven apasionada y centrada en su misión. Las chicas con las que solía salir estaban enfocadas en él... o en conseguir un marido rico, más bien. Y, desde sus peinados de cientos de dólares hasta las uñas de los pies, su único objetivo era impresionarlo con su presencia.

Allison no parecía darle importancia al aspecto. Era lo opuesto a las mujeres a las que estaba acostumbrado.

Por eso, era la clase de chica que le gustaría a su abuela.

¿Qué le había dicho su abuela? Que no le sentaría mal salir con una mujer que mereciera la pena por una vez. Y que esperaba que él cambiara de gusto.

No le había pedido que se casara. Así que, tal vez, si salía con alguien como Allison Landry durante unos meses, eso bastaría.

Sería solo una farsa, por supuesto. Allison no estaba interesada en él, como le había dejado claro. Y él tampoco estaba interesado en enamorarse de ella... ni de ninguna mujer.

Se trataría de un acuerdo de negocios, beneficioso para ambas partes.

Siempre y cuando pudiera hacerle a Allison una oferta que no pudiera rechazar.

Cuando llegó a su despacho, Rick se encontró con Carol sentada ya en su puesto.

—¿Qué estás pensando, jefe? Tienes una expresión muy curiosa.

—Estaba pensando en Allison Landry.

Carol le entregó unas cartas para firmar.

—No me sorprende. Es una jovencita que deja huella.

—A ti te cayó bien, ¿verdad? —le preguntó él a su secretaria, después de firmar los papeles.

—Sí. La forma en que irrumpió aquí, como David atacando a Goliat... En los comienzos, esta empresa era así, estaba llena de gente apasionada, ¿sabes? Ahora es un desfile de ejecutivos en traje, como tú.

—¿Crees que soy un traje con patas nada más? —preguntó él, molesto.

—Quizá, no —rezongó Carol—. Pero, si sigues así, lo serás dentro de diez años. La cosa cambiaría si recuperaras tu creatividad. Tal vez, si diseñaras un nuevo videojuego...

—Los juegos son para los niños. ¿Por qué crees que he reclutado a estudiantes universitarios para eso?

—Podrías desarrollar software empresarial.

—Déjalo, Carol —repuso él, meneando la cabeza—. Ya sabes que estoy muy ocupado.

—Podrías contratar a un par de ejecutivos para que se encargaran de tus responsabilidades corporativas y tener más tiempo para...

—Nada de eso.

Carol suspiró.

—Bueno, al menos, lo he intentado —dijo la secretaria y miró su agenda—. Ha llamado Nelson, por cierto. Quiere hablar contigo sobre la cláusula de exclusividad.

—Que se vaya al infierno —replicó Rick, furioso—. ¿Nos deja dos semanas antes del lanzamiento del producto y ahora quiere zafarse del acuerdo que hicimos? La próxima vez que llame, dile que hable con nuestros abogados.

—Le daré el mensaje, pero podías ser más amable con la gente. ¿Fuiste así de antipático también con Allison Landry? ¿Por eso se fue de aquí tan deprisa?

Rick se detuvo a medio camino a su despacho.

—¿Parecía disgustada?

—No parecía contenta. Supongo que eso significa que no vas a hacerlo, ¿eh?

—¿Hacer qué?

—Visitar a esa niña en el hospital.

Carol sabía que su jefe siempre evitaba los hospitales, aunque nunca le había preguntado por qué.

—Por el momento, no.

Rick entró en su despacho y cerró la puerta tras él. Pocos minutos después, se sentó delante de su ordenador para leer información sobre la Fundación Estrella y su joven directora.

Allison había perdido a su hermana de cáncer cuando había tenido dieciocho años. Se había tomado un año sabático antes de estudiar en la Universidad de Iowa, donde se había licenciado en Empresariales. En ese tiempo, una pequeña editorial había publicado un libro de memorias basado en el diario que Allison había escrito durante la enfermedad de su hermana y el año después de su muerte.

El libro se había convertido en un éxito de ventas. Después de graduarse, Allison lo había utilizado como punto de partida para definir el objeto de la Fundación Estrella. Se trataba de una organización que daba apoyo a las familias de niños con cáncer y, además, llevaba el programa *Pide un deseo a una estrella*, para hacer realidad los deseos de los niños más enfermos. En los últimos cinco años, la fundación había trabajado con cientos de familias.

Rick se recostó en su asiento. Allison tenía un currículum bastante impresionante para tener solo veintisiete años.

A juzgar por lo que había leído sobre su organización y los servicios que proporcionada, Rick imaginó que necesitaría un presupuesto operativo de unos tres millones de dólares. Por otra parte, teniendo en cuenta la actual situación económica, estaba seguro de que estaría pasando por dificultades financieras. Todas las ONGs del país lo estaban pasando mal.

Tras pinchar en una pequeña imagen, se abrió una foto de Allison en tamaño pantalla.

Su expresión seria le daba un aspecto idealista y entregado, mientras que la barbilla un poco levantada delataba su fuerza y determinación.

Y, con su estructura corporal, podía haber trabajado en el mundo de las pasarelas de moda.

No era una mujer que pudiera encasillarse con facilidad, observó Rick, mirando la imagen. Entonces, cerró la ventana de Internet y tomó el teléfono.

—Nos ha llegado una carta de Telecorp. Tienen que recortar su donativo habitual en un quince por ciento —informó Allison, suspirando—. Quería empezar a pagarte este verano. Y a Scott y a Beverly. Tal vez, todavía pueda pensar en una forma de...

—No seas tonta —le interrumpió Rachel—. Yo no quiero que me pagues. ¿No te das cuenta de que en eso consiste el voluntariado?

—Pero vas a licenciarte el mes que viene y lo más probable es que te pongas a buscar un empleo a tu nivel.

—Si lo encuentro, seguiré trabajando aquí los fines

de semana. Me encanta lo que hacemos y no voy a dejarte tirada cuando más me necesitas. Sé que estamos pasando malos tiempos, pero lo superaremos. Y, mientras tanto, no voy a abandonar a nuestros niños.

—Eres fantástica, ¿sabías? —le dijo Allison con lágrimas en los ojos.

En ese momento, sonó el teléfono y ella respondió sin mucho interés.

—Fundación Estrella. Allison al habla.

—¿Señorita Landry? Soy Rick Hunter.

A ella casi se le cayó el auricular. Se aclaró la garganta.

—Umm... sí. Aquí estoy.

—Llamo porque no terminamos muy bien el otro día y me gustaría poder empezar de cero —dijo él con tono frío y distante.

—¿Empezar de cero?

—Sí. Tengo una propuesta de negocio para ti.

—¿Una propuesta?

Allison se dio cuenta de que estaba repitiendo todo lo que él decía, pero no se le ocurría nada más inteligente que decir.

—¿Por qué no me dejas explicártelo mientras tomamos café? Tengo un día muy atareado y estoy seguro de que tú, también. ¿Te parece bien quedar a las seis y media en el Starbucks que hay junto a tu oficina? A menos que prefieras quedar en otra parte...

—No... ahí está bien.

—Nos vemos.

—Nos vemos —repitió ella.

Hubo una breve pausa. Sin saber qué otra cosa hacer, Allison colgó y se quedó mirando el auricular, sin soltarlo. Iba a quedar con Rick Hunter.

Su determinación de no volverlo a ver había durado muy poco.

—¿Quién era? —preguntó Rachel con curiosidad.

Alllison se lo explicó mientras su amiga la miraba atónita.

—No me lo creo. ¿Vas a salir con Rick Hunter?

—No voy a salir con él. Pero es muy raro. ¿Qué clase de propuesta querrá hacerme?

—Ninguna. Lo ha dicho para camuflar su verdadero interés en ti —aseguró Rachel con ojos brillantes—. Se ha enamorado de ti a primera vista, pero al haber notado tu animosidad, ha pensado...

—¿Puedes dejar de soñar despierta?

—Está bien. Pero dame más detalles. Ayer no me contaste casi nada sobre vuestro encuentro. ¿Es tan guapo como en la foto de la revista? Solo de verlo me dan ganas de cantar.

—¿Un musical?

—Más bien una ópera —bromeó Rachel—. Podría cantar un aria entera dedicada a lo mucho que me gusta Rick Hunter. ¿Le cantaste tú algo en su despacho?

—No. Le grité y le dije que era un egoísta. Lo que es cierto, la verdad. Rechazó la petición de Julie y no creo que haya cambiado de idea respecto a eso.

Rachel meneó la cabeza.

—Ya te he dicho que creo que tienes prejuicios. Yo he leído el artículo sobre él en la revista. Dice que su empresa apoya a muchas organizaciones benéficas. Y que el señor Hunter se alistó después del ataque del 11-S.

De acuerdo, eso era sorprendente, admitió Allison para sus adentros. Ella siempre había tenido debilidad por los soldados. Su hermano estaba en el ejército.

Sin embargo, el haber hecho el servicio militar no convertía a Rick Hunter en un héroe. No todo el mundo se metía en el ejército por razones nobles. Tal vez, solo había pretendido quemar adrenalina. Después de todo, había diseñado un montón de videojuegos violentos.

—¿Sabes? Creo que tienes razón.

—Normal —repuso Rachel—. ¿Respecto a qué?

—Sobre los prejuicios. No hago más que buscar razones para que no me guste.

—Eso es porque tratas de combatir una poderosa atracción...

Allison rio.

—De acuerdo. No sigas. No voy a admitir lo de la poderosa atracción, pero intentaré no juzgarlo de antemano cuando lo vea más tarde. ¿Te parece suficiente?

Rachel sonrió.

—Por ahora, sí.

Rick terminó de trabajar sobre las cinco y decidió hacer un poco de ejercicio antes de su cita con Allison. Bajó en el ascensor al sótano, donde tenía un gimnasio para los empleados.

Iba a empezar con su circuito habitual de pesas cuando uno de sus ejecutivos lo retó a un combate de baloncesto.

Tras un partido corto e intenso, Rick se sentía relajado y tranquilo. Se dio una ducha, se puso vaqueros y una camiseta y, a las seis y veinte, se presentó en Starbucks.

Ella no había llegado aún. Si era como la mayoría de las mujeres, llegaría tarde, pensó, sentándose en una mesa en el fondo. Pidió café solo y tomó el *Wall Street Journal*, pero no consiguió concentrarse en su lectura. Cada cinco minutos, estaba mirando hacia la puerta.

A las seis y media en punto, Allison entró en la cafetería.

Rick se había preguntado si ella iría vestida de forma distinta a su primer encuentro. Estaba acostumbrado a que las mujeres se arreglaran para él. Incluso había estado con algunas que se iban maquilladas a la cama.

Aunque aquello no era una cita, se recordó a sí mismo. Sin embargo, no hubiera sido tan raro que Allison hubiera tenido en cuenta su aspecto antes de volver a verlo.

Rick la saludó con un gesto de la cabeza cuando la vio acercarse entre las mesas.

Ella llevaba vaqueros y una camiseta gris. Cuando se sentó, Rick se fijó en que no llevaba ni gota de maquillaje. Ni siquiera brillo de labios.

De acuerdo, eso confirmaba sus sospechas, caviló. Allison no estaba interesada en él.

Y eso era muy conveniente, se dijo a sí mismo. Para la clase de trato que iba a proponerle, que hubiera atracción entre ellos solo supondría complicaciones.

—Hola otra vez —saludó él, dejando el periódico sobre la mesa—. Gracias por aceptar verme.

Cuando Allison sonrió, se le iluminó el rostro y, de pronto, su aspecto se volvió dulce y encantador.

—Tengo que admitir que siento curiosidad por esa propuesta.

—¿Quieres café primero? ¿O té? —ofreció él.

—No, gracias.

Rick titubeó. La mirada firme y directa de Allison le hacía sentir un tanto inseguro. Era una sensación a la que no estaba acostumbrado.

—Antes de que te la cuente, quiero disculparme por lo de ayer. Creo que empezamos con el pie izquierdo.

—Bueno, podemos empezar de cero, como tú di-

jiste —repuso ella, apoyando los codos en la mesa—.
¿De qué se trata esa propuesta, señor Hunter?

—Rick.

—De acuerdo, Rick. Y tú puedes llamarme Allison. Ahora, ¿puedes decirme por qué me has hecho venir?

Toda negociación debía empezar con un buen envite, reflexionó Rick. Así que sacó el cheque que ya había firmado y se lo puso delante, sobre la mesa.

Ella frunció el ceño y lo tomó en sus manos.

A continuación, se sonrojó. Rick se quedó fascinado observándola. No podía recordar la última vez en que había sido testigo de una emoción tan transparente y genuina.

Allison levantó la vista hacia él.

—Esto es... —comenzó a decir ella e hizo una pausa para aclararse la garganta—. Es un cheque por medio millón de dólares.

Él asintió despacio, sin dejar de mirarla.

—¿Te sería de ayuda?

Qué pregunta tan tonta. Claro que le sería de ayuda, pensó ella.

—No puedes imaginarte cuánto —contestó Allison con voz un poco temblorosa—. Iba a pensar qué programas podemos recortar este año... Esto... —balbuceó y tomó aliento—. Esto lo cambia todo.

No debía haberlo preguntado, se reprendió Rick a sí mismo, sintiéndose culpable porque el cheque implicaba ciertas condiciones. Durante un instante, deseó que no fuera así y poder sumergirse en el brillo de aquellos hermosos ojos sin pedir nada a cambio.

Sin embargo, esa no era la razón por la que estaba allí. No le disgustaba ayudar a la fundación, pero también quería sacar provecho. Por eso, pensó en Hunter Hall para reforzar su determinación.

—Es parte de la propuesta que quería hacerte.

Ella parpadeó.

—Ah, sí. Claro —repuso ella, meneando la cabeza—. Lo siento, me dejé llevar por la emoción. Ver tantos ceros ha sido un poco abrumador.

Rick observó cómo ella retomaba las riendas de sus sentimientos y, aunque sabía que sería más fácil negociar si los dos se mostraban contentos, echó de menos la expresión de fascinación que ella había tenido hacía unos minutos.

Allison volvió a dejar el cheque sobre la mesa.

—Te escucho. Me gustaría aceptar este donativo. ¿Qué quieres a cambio?

—Necesito a una mujer como tú —dijo él e hizo una pausa—. Para ser concretos, necesito que la gente crea que tú y yo somos pareja. Si finges salir conmigo durante tres meses, el cheque es tuyo.

Hubo un silencio.

Allison se quedó mirándolo. Luego, ladeó la cabeza, como si no estuviera segura de haber oído bien.

—¿Quieres... que finja salir contigo?

—Sí.

Otro silencio.

—De acuerdo, estoy esperando que salga la cámara indiscreta. Es una broma, ¿verdad?

—No. Es una proposición de negocios muy seria.

Allison se quedó callada otro minuto. Luego, se recostó en la silla con los ojos fijos en él.

—Necesito que me pongas al día —pidió ella—. He leído el artículo de *People* del mes pasado y me cuesta creer que Rick Hunter, el playboy de América, necesite pagar quinientos mil dólares por una novia falsa.

Maldita revista, pensó él.

—Ese artículo tiene la culpa de todo. A mi abuela

nunca le han gustado las mujeres con las que salgo y, después de que leyera el artículo... bueno, dice que no está satisfecha conmigo. Y, a causa de eso, voy a perder algo. Algo que es importante para mí.

Ella frunció el ceño.

—¿Y fingir que sales conmigo cómo puede ayudarte?

—Mi abuela quiere que salga con una mujer que mereciera la pena, alguien con personalidad —explicó él—. En cuanto te conocí, supe que eras perfecta para el papel. Por eso, te propongo este trato. Sería un acuerdo que nos beneficiaría a los dos.

—¿Qué es lo que quieres? —preguntó ella con cara de póquer—. ¿Qué es eso que no quieres perder?

—Una casa —confesó él.

—Creo que tienes dinero para comprarte tu propia casa —observó ella, arqueando una ceja.

Rick sonrió.

—Sí, pero esta, no. Lleva en la familia más de cien años. Se llama Hunter Hall.

—¿Es que tu abuela piensa vender la casa de la familia? ¿Solo porque no le gustan tus novias?

Rick no había planeado dar tantos detalles.

—No es eso. Va a mudarse a la ciudad este verano e iba a cederme a mí la propiedad de la casa. Pero ahora está pensando en dejársela a otra persona... a un primo segundo mío. Mi abuela quiere que Hunter Hall sea para una familia. Mi primo está casado y quiere tener hijos. Eso dice, al menos.

—¿Y tú no quieres tener hijos?

Él apretó la mandíbula. No era la clase de hombres que se casaba y tenía familia. Pero eso no era un tema para comentar con Allison.

—Me gusta estar soltero y pretendo seguir así. Por eso salgo con... las mujeres que salgo.

—Entiendo —dijo ella, contemplándolo con gesto pensativo. Por un instante, bajó la mirada al cheque y volvió a fijar los ojos en Rick—. Mira, no voy a mentirte. Me encantaría aceptar el dinero. Pero no creo...

Iba a negarse, adivinó Rick. Por eso, la interrumpió antes de que pudiera terminar.

—Solo tendrás que acompañarme a unas cuantas cenas y fiestas, Allison. ¿Qué problema tienes con eso?

—No soy la única mujer con personalidad de Iowa. ¿No podrías...?

—Tú no te sientes atraída por mí.

Ella parpadeó.

—¿Qué?

—He dicho que no te sientes atraída por mí. Eso te hace perfecta.

—¿Cómo lo sabes? —inquirió ella, frunciendo el ceño.

Rick podía haberle contado su teoría sobre el brillo de labios y el comportamiento femenino, pero no era solo eso. Llevaba más de veinte años saliendo con mujeres. Y sabía cuándo alguna se sentía atraída por él.

—Es verdad, ¿no? Y yo no me siento atraído por ti —mintió él. Si tenía que ser honesto, cuanto más tiempo pasaba con ella, más atractiva la encontraba. Era lo contrario de lo que solía pasarle con las mujeres hermosas. Lo más común era que la atracción se desvaneciera con el tiempo.

Pero, como no tenía intención de salir con ella en serio, le pareció conveniente no decirle la verdad. Así, ella se sentiría más cómoda.

—No es nada personal —añadió él, cuando ella arqueó las cejas—. No eres mi tipo. Por eso, creo que mi plan puede funcionar. Yo consigo Hunter Hall, tú te llevas medio millón de dólares... y, cuando todo termine, nadie lo pasa mal —explicó y se inclinó hacia delante—. Di que sí, Allison. •

El brillo de intensidad de sus ojos verdes tomó a Allison por sorpresa. Era un arma letal. Rick Hunter debía de estar muy acostumbrado a conseguir todo aquello que quería, pensó.

Allison miró el cheque, ese pequeño rectángulo de papel que, por un instante, la había hecho tan feliz.

El dinero sería tan útil para la fundación... significaría mucho para las familias asociadas. Pero la verdad era que no había salido con nadie desde el instituto. Solo de pensar en cambiar su situación, aunque fuera solo una farsa, sentía un nudo en el estómago.

—Mira... Rick —dijo ella y se aclaró la garganta—. Yo no...

Rick se echó hacia atrás con gesto reservado.

—Ya sales con alguien.

Lo más fácil sería engañarle y decirle que sí, pero ella era honesta por naturaleza y negó con la cabeza.

—No estoy saliendo con nadie, pero...

—Pero ¿qué? —inquirió él con tono persuasivo.

—No quiero salir con nadie —repuso Allison, tras respirar hondo—. A ti te gusta tu vida tal y como es. A mí me pasa lo mismo con la mía. Tú te mantienes soltero teniendo relaciones sin compromiso. Yo estoy soltera gracias a que no salgo con nadie. Al menos, por el momento.

Rick abrió los ojos de par en par, sorprendido.

—¿Cuándo fue la última vez que tuviste pareja?

Allison no quería contarle que llevaba diez años sola. Él no lo comprendería... a menos que le explicara cosas que no le había contado ni a su propia madre, ni a nadie.

—Hace tiempo.

Rick la recorrió el rostro y el pecho con la mirada. Ella llevaba una sudadera gris muy amplia que ocultaba a la perfección lo que había debajo. Sin embargo, se sonrojó ante su examen visual.

—Tengo que admitir que estoy sorprendido. Pero, si no sales con nadie, no veo cuál es el problema.

Allison empezó a impacientarse.

—El problema es que todo el mundo sabe que no quiero pareja. No lo entienden, pero lo respetan. Si empiezo a salir con alguien de pronto, se volverán locos. Todos querrán conocerte. Mi familia, sobre todo. Tengo un hermano y una hermana y ninguno de nosotros se ha casado todavía. Mis padres están como locos esperando que alguno les demos nietos. Si mi madre se entera de que salgo con alguien, empezará a hacer planes de boda. Sería horrible.

Allison tomó aliento antes de continuar.

—Y estoy segura de que se enterarían. Tú eres famoso. Si empezamos a salir, nuestra foto aparecerá en la prensa.

—Solo necesito que mi abuela piense que estamos juntos —dijo él tras un momento—. Tú puedes decirles a tus amigos y a tu familia lo que quieras. Diles que somos amigos y que las noticias de la prensa son un bulo —sugirió y apoyó los codos en la mesa, inclinándose de nuevo hacia delante—. Di que sí.

Bajo la intensa mirada de él, Allison sintió que le sudaban las palmas de las manos. Era un hombre persuasivo, sin duda. Y confiaba en sí mismo, como si estuviera seguro de conseguir su propósito.

Allison se frotó las manos en los muslos y echó la cabeza hacia atrás. Había visto ese aire de confianza en muchas otras ocasiones. De hecho, se había acostumbrado a observarlo en los niños ricos de su instituto. Paul había estado tan seguro de sí mismo que había sido imposible imaginarlo fracasando en cualquier cosa.

—Lo siento, pero no puedo ayudarte —dijo ella, cruzándose de brazos.

—¿No vas a hacerlo? —preguntó él, atónito.

—No te sorprendas tanto. Está claro que estás acostumbrado a que la gente se desviva por darte gusto, pero...

—No estoy acostumbrado a que la gente se desviva por mí —le interrumpió él, frunciendo el ceño.

—Venga ya —repuso ella, mirando al techo con incredulidad—. Apuesto a que nadie te dice nunca que no. Vamos, admítelo. ¿No sueles salirte siempre con la tuya?

—No —negó él, cruzándose de brazos.

—Has crecido siendo rico, ¿no es así? Se nota en tu actitud. Sois todos iguales. Crees que porque...

—¡Eh! ¡Deja de hacer eso!

Allison se calló.

—¿Hacer qué?

—Deja de sacar conclusiones apresuradas. Deja de juzgarme porque tenga dinero. Siento si eso te molesta...

—No es eso lo que me molesta. Es tu actitud arrogante, como si pensaras que todo el mundo tiene que bailarte el agua.

—No pienso eso. Nunca lo he pensado. Créeme, podría darte una larga lista de cosas que he querido en mi vida y no he conseguido.

Ella frunció el ceño.

—Emanas autoconfianza. A borbotones.

—No voy a disculparme por confiar en mí mismo —advirtió él, meneando la cabeza—. Pero mi confianza no se debe a mi dinero. Lo que pasa es que creo en mí mismo. ¿Tú no crees en ti?

Claro que sí, pensó Allison. Al menos, en el trabajo. En cuanto a la vida personal...

Aquella no era la cuestión, se dijo ella, y se encogió de hombros.

—Supongo que sí. De todas maneras, nos hemos salido del tema...

—Has sido tú, que yo sepa, con tus prejuicios sobre los ricos.

—No tengo prejuicios.

—Lo que no entiendo es por qué diriges una fundación benéfica. ¿Cómo consigues ocultar tu desprecio por los ricos cuando tienes que pedirles donativos?

Allison se sonrojó.

—Lo que has dicho es horrible. Para empezar, no solo los ricos donan dinero. Además, yo no los odio. Le estoy muy agradecida a cualquiera que nos done dinero... o su tiempo. Sobre todo, cuando lo hacen porque quieren y no porque esperen algo a cambio.

Rick apretó la mandíbula.

—No como yo, ¿verdad? ¿Es eso a lo que te referías? Sí, soy egoísta. No, no doy nada gratis. Siento decepcionarte y no ser un santo. Pero la dura realidad dista mucho de la imagen idealista que tienes de ella. Todas las ONGs del mundo están pasando dificultades ahora mismo y la tuya no es una excepción. Puedes seguir mirándome por encima del hombro y dejar que tu fundación sufra o... puedes admitir que necesitas el dinero y aceptarlo. ¿Cuántas familias sufrirán las consecuencias si lo rechazas?

Rick se recostó en su asiento de nuevo.

—A mí me parece bastante egoísta —apostilló él.

Allison estaba tan furiosa que le temblaban las manos. Pero lo peor era que sabía que Rick tenía razón.

Si rechazaba esa donación, tendría que recortar sus programas y servicios. No había forma de negarlo.

Mirando la fría expresión de su acompañante, Allison titubeó.

¿Por qué no aceptar la oferta? Irían juntos a un par de restaurantes caros y mantendrían conversaciones superficiales. ¿Por qué la idea le había hecho sentir antes tan nerviosa y tan insegura? En ese momento, sin embargo, estaba tan enfadada que la rabia le daba alas para hacer cualquier cosa.

Por eso, decidió que aceptaría el dinero. Con un donativo así, podría añadir servicios nuevos ese año, ampliar sus programas y llegar a más familias.

—Lo haré.

—¿Qué? —replicó él con sorpresa.

—Acepto el trato.

—¿Ah, sí?

—Con una condición —pidió ella y se inclinó hacia delante, tratando de parecer implacable—. Irás a ver a Julie al hospital este sábado.

Allison se esforzó en no bajar la mirada para no demostrar debilidad.

Tras un minuto, Rick empezó a tamborilear los dedos sobre la mesa. Cuando se dio cuenta, apretó la mano, cerrando el puño.

—¿Y si me niego?

Ella se encogió de hombros.

—Tendrás que encontrar a otra mujer con personalidad que no se sienta atraída por ti. No es tan difícil. Desde mi punto de vista, son dos cualidades que van juntas.

Hubo otro minuto de silencio. Rick relajó las manos y se sentó hacia atrás.

—Debí haber tenido en cuenta que serías una negociadora dura de pelar. No te rindes con facilidad, ¿verdad?

—Las familias para las que trabajo no se rinden.

Yo intento aprender de ellas —repuso Allison y respiró hondo—. ¿Trato hecho o no?

—Trato hecho —afirmó él, sin dejar de mirarla a los ojos.

El trato estaba cerrado.

La fundación se llevaría medio millón de dólares y Julie vería cumplido su deseo.

Y ella saldría con uno de los solteros más codiciados del país. Durante varios meses.

—De acuerdo —dijo Allison, sintiéndose un poco mareada—. Bueno, estoy segura de que tienes cosas mejores que hacer que estar aquí sentado conmigo toda la noche —añadió. Tomó el cheque de la mesa y se lo metió en la cartera con manos un poco temblorosas—. ¿Cuándo puedo ingresarlo? ¿Quieres que espere hasta que haya cumplido mi parte del trato?

Rick negó con la cabeza.

—No, confío en ti —aseguró él, sonriendo.

—Le diré a Julie que vas a ir a verla el sábado —señaló ella, devolviéndole la sonrisa con cierta reticencia.

—¿Tú no vas a estar allí? —preguntó él con lo que parecía una mirada de pánico.

Lo más probable era que fuera de la clase de solteros que no se sentían cómodos con niños, adivinó Allison. ¿Sería esa la razón por la que se había resistido tanto a cumplir la voluntad de Julie?

—Puedo estar allí, si quieres —repuso ella, suspirando—. ¿A las dos en el hospital?

—Sí, bien —contestó él, disipándose su tensión—. Esa noche, iremos a cenar.

Entonces, fue Allison quien se llenó de ansiedad.

—¿Quieres que te lleve a alguna parte?

Rick se puso en pie y le tendió la mano. Ella extendió la suya y dejó que él la ayudara a levantarse.

Luego, apartó la mano con brusquedad, sintiendo un cosquilleo en todo el brazo y, sin poder evitarlo, se sonrojó.

—No hace falta, pero gracias.

Rick no se movió. Estaban demasiado cerca.

—Entonces... buenas noches —se despidió ella, dando un paso atrás.

Con el corazón acelerado, Allison se dio la vuelta y se dirigió hacia la puerta a toda prisa. Nada más salir, dio una gran bocanada de aire fresco.

Había hecho un trato con Rick Hunter. Un acuerdo de negocios.

Respirando hondo, trató de calmar su nerviosismo.

Lo estaba haciendo por la fundación, se recordó a sí misma. Tenía que pensar en las familias a las que podía ayudar con el dinero de Rick... no en Rick, su pelo moreno, sus intensos ojos verdes y ese cuerpo tan musculoso...

Y tampoco debía pensar en su frialdad... ni en los instantes en que sus defensas habían parecido derrumbarse.

Él creía que a ella no le gustaba.

Allison esperaba que siguiera creyéndolo cuando terminara su trato. Porque no quería sentirse atraída por Rick.

Y, menos aún, quería que él supiera lo mucho que le gustaba.

Capítulo 3

RICK se había convencido de que no podía ser tan malo. Una hora o, como mucho, dos.
Pero, en ese momento, parado delante de la fachada del Hospital James Memorial, estaba petrificado.

—¿Rick?

Cuando se volvió, allí estaba Allison, radiante con una blusa de color amarillo pálido con rayas moradas. Llevaba unos pantalones gastados que se le ajustaban a las piernas. Y, brillante bajo el sol de abril, su cabello sedoso y corto le enmarcaba la cara y aquellos grandes ojos azules. Él se preguntó por qué siempre había salido con mujeres de pelo largo.

—Hola —saludó él.

—¿Estás bien? —preguntó Allison, frunciendo el ceño—. Tienes mal aspecto. ¿Quieres que cambiemos la cita para otro día?

Rick meneó la cabeza. No pensaba rendirse ante su debilidad... y menos delante de Allison.

—Estoy bien —mintió él—. Salí anoche con unos amigos y tengo un poco de resaca —añadió. Era cierto que había salido, aunque la parte de la resaca era un poco exagerada.

—Bueno... si estás seguro... —repuso ella y comenzó caminar hacia las puertas.

Enfocando la mirada en Allison, Rick se obligó a seguirla. Ella le daba confianza. Parecía tan dulce y tan cálida...

Atravesaron el vestíbulo y se detuvieron delante de la tienda de regalos. Rick se sintió invadido por un mar de recuerdos de la última vez que había estado allí.

Le había comprado flores a su madre el día antes de su muerte. Después, durante muchos años después, el olor a flores le había puesto enfermo.

—¡Rick! ¿Estás bien?

No soportaba que Allison lo estuviera viendo así. Odiaba no poder controlar mejor sus emociones.

Era un hombre importante, había llegado muy alto y, sin embargo... En ese momento, se sentía como si tuviera de nuevo diecisiete años, como si todo lo que había construido jamás hubiera existido.

—Rick, me estás asustando. Tienes que decirme qué te pasa.

—Solo... solo necesito un segundo.

Rick caminó a una sala de espera y se dejó caer sobre una silla de plástico. Se inclinó hacia delante, apoyando los codos en las rodillas y mirando al suelo. Notó que Allison se sentaba a su lado, pero estaba demasiado ocupado respirando e intentando controlar el ritmo de su corazón como para prestarle atención. Necesitaba mantener la calma, se repitió a sí mismo.

—Lo siento —dijo él tras unos minutos. Barajó cientos de excusas y estuvo a punto de mentir para explicar su comportamiento, pero no fue capaz—. Mi madre murió de cáncer —confesó de forma abrupta—. En este hospital, hace dieciocho años. No había vuelto aquí desde entonces. Ni a ningún otro hospital.

Rick nunca se lo había contado a nadie. Ni había hablado de su madre desde el día en que había muerto. ¿Por qué iba a hacerlo? No le importaba a nadie. Y, menos, a Allison. Sin poder evitarlo, se sonrojó... como un chiquillo. Apretó la mandíbula, furioso.

—Lo siento —dijo ella, posando la mano en su brazo—. Deberías habérmelo dicho. No tenemos por qué seguir aquí. Vayámonos, ¿de acuerdo?

Rick se relajó. No podía enfadarse con Allison. Su contacto era tan suave y sus ojos mostraban tanta compasión...

—No —repuso él, enderezándose. Tomó aliento—. Estoy bien. Y quiero hacer esto —aseguró y la miró—. Tu hermana también murió de cáncer, ¿no es así? Lo he leído en tu biografía. Y tú no huyes de los hospitales. Ni de la gente enferma.

Allison meneó la cabeza, rechazando la comparación.

—Si he aprendido algo en los últimos diez años, es que las personas reaccionamos de forma diferente al duelo. Yo hice del cáncer mi misión. Era lo que necesitaba hacer para superarlo. Tú reaccionaste de otra manera. Pero no deberías juzgarte por eso. Y no debes forzarte a hacer esto si no estás preparado. Puedo decirle a Julie...

—No, quiero verla. Estaré... bien.

—De acuerdo. Aunque no pasa nada si Julie te ve afectado. Los niños no necesitan que los mayores estén siempre sonriendo como payasos. Es bueno ser positivo, pero es todavía mejor ser sincero. Los niños son muy perceptivos... ellos saben cuándo los estás mintiendo. ¿Sabes a lo que me refiero?

—Sí —afirmó él y respiró hondo—. Bueno. Vamos, pues.

Allison notó la tensión que atenazaba a Rick mientras recorrían los pasillos y subían a la quinta planta.

Rick no había rechazado la petición de Julie porque fuera egoísta. Lo había hecho porque había sabido lo difícil que iba a ser para él entrar allí y enfrentarse a los recuerdos.

Allison había roto una de sus reglas básicas... no juzgar a alguien sin conocerlo. Su trabajo la ponía en la tesitura de conocer a las personas en sus mejores y sus peores momentos y, por eso, siempre trataba de darle a la gente el beneficio de la duda. Los humanos eran seres complejos y ella no quería equivocarse obviando esa complejidad, ni sacar conclusiones basándose en superficialidades.

¿Por qué había juzgado a Rick con tanta ligereza?

Allison pensó en el aspecto que él había tenido en el vestíbulo, como el de un chiquillo asustado, furioso y apenado al mismo tiempo... Se preguntó cómo reaccionaría cuando viera a Julie. La niña tenía el aspecto típico de una paciente de cáncer, pálida y con un pañuelo en la cabeza para ocultar su alopecia.

Cuando entraron en la habitación, Julie tenía los ojos fijos en la pantalla de la televisión, con un mando de videojuego en la mano que manipulaba a toda velocidad. Parecía inmersa en el juego. Allison y Rick se acercaron en la cama, pero la pequeña ni se fijó en ellos.

Allison miró a Rick y vio que tenía mejor cara. Estaba observando lo que Julie hacía. Entonces, ella recordó que había sido Rick quien había diseñado ese juego. En la pantalla, había varios personajes vestidos al estilo medieval, con espadas, arcos y lanzas, enfrentándose a unas criaturas monstruosas que, también, llevaban espadas.

Julie soltó un grito de frustración cuando uno de los personajes, un hombre alto y rubio con cota de malla, fue alcanzado por una flecha y cayó retorciéndose al suelo.

—Rápido —dijo Rick y agarró los controles de las manos de Julie para tocar sus botones a toda velocidad—. Su armadura está tejida con un hechizo curativo. Casi nadie que no haya superado el nivel cuarenta y dos lo sabe, pero...

Ante sus ojos, el personaje en cuestión se sentó, se quitó la flecha de la piel curada milagrosamente y se puso en pie. Lanzó un grito de guerra y se lanzó a la pelea.

Rick apretó el botón de pausa y le tendió los mandos a Julie.

—Lo siento. Me he dejado llevar. Me llamo...

—Sé quién eres —le interrumpió Julie con voz emocionada.

—Julie, este es Richard Hunter —presentó Allison con una sonrisa—. Rick, esta es Julie Pratt.

—Hola, Julie —saludó él y le tendió la mano.

Julie se la estrechó con gesto solemne, como si estuviera delante de un rey.

—¿Eric es tu favorito? —preguntó Rick mientras tomaba una silla para sentarse junto a la cama.

—Sí —contestó Julie—. Me gusta porque puede usar la magia, pero también es un guerrero. Además, tiene un pasado tan trágico...

—Es el personaje más complejo de todos —afirmó Rick—. ¿Quieres jugar una partida de dos personas? Si te parece, yo puedo ser Teska o Unthas.

Julie asintió y Rick tomó el mando que había en la

balda bajo el monitor. Los dos clavaron la mirada en la pantalla, con la misma expresión de emoción y concentración y empezaron a apretar los botones de sus controles.

Allison se sentó en silencio, fascinada por el vínculo instantáneo que se había creado entre los dos. Rick y Julie hablaban de tácticas de batalla, de algo llamado la Gema de Fanor y sobre acertijos que sus personajes tenían que resolver para sobrevivir en el Laberinto de los Sueños que, al parecer, revelaba las más hondas motivaciones de sus visitantes pero, al mismos tiempo, podía ser un lugar para el engaño y la traición. Todos los personajes tenían complicadas historias y misiones, que Rick y Julie conocían a la perfección.

Aquel parecía un hombre diferente al que Allison había conocido hacía un par de días. Rick había sucumbido a un recuerdo doloroso. Pero se había enfrentado a él y se había sobrepuesto. Y, en ese momento, estaba charlando y riendo con la niña, como si los dos tuvieran dieciséis años.

Allison se aclaró la garganta.

—Creo que los dos estáis un poco ocupados, así que iré a hacer algunas visitas, ¿de acuerdo?

Rick levantó la cabeza y sonrió a Allison. Julie apenas la oyó. La niña irradiaba felicidad, como si le hubieran hecho el mejor regalo del mundo.

Allison visitó a varios pacientes antes de regresar con ellos. Todavía estaban charlando sobre el juego, aunque lo habían apagado ya. Julie estaba sentada en la cama, hablando a toda velocidad.

Allison se alegró de verla tan contenta y tardó unos minutos en registrar la conversación que estaban teniendo.

—Algunas veces he entrado, pero solo al vestíbulo delantero. El hechizo se acaba demasiado pronto. Un

amigo mío llegó a la biblioteca una vez y encontró el
Libro de Hadram antes de que la magia lo devolviera
al bosque. Se llevó el libro y, gracias a sus sortilegios
y al mapa, pudo llegar al nivel diecisiete. Supongo que
no debería preguntarte cómo hacer para quedarse más
tiempo en la casa, ¿no? Quiero decir que debería ave-
riguarlo sola, ¿verdad? Sé que hay que combinar dis-
tintos hechizos, pero los jugadores de los niveles
avanzados son muy celosos de sus secretos. Me encantaría tener tiempo para explorar la casa entera,
¿Sabes? Su creador... oh, cielos... tú pusiste muchas
cosas impresionantes dentro. Además, me han contado que es muy hermosa. ¿Es verdad que está basada
en tu propia casa?

—En la mía, no —puntualizó Rick—. Está inspirada en Hunter Hall, que le pertenece a mi abuela. Yo
pasaba mucho tiempo allí de niño.

Esa era la casa de la que Rick le había hablado en
la cafetería, caviló Allison. La casa que su abuela iba
a darle a otra persona...

—¿Puedo verla? —pidió Allison, de pronto, desde
la puerta.

La niña y Rick volvieron la cabeza hacia ella.

—Hola —saludó él y se levantó para ofrecerle su
silla.

—¿Se tiene que ir ya? —preguntó Julie con tristeza.

—No... A menos que lo estén esperando en alguna
parte —repuso Allison, mirando a Rick. No a todo el
mundo le gustaba tanto la compañía infantil como a
ella, pensó.

—No —repuso él.

Julie sonrió de oreja a oreja.

—Entonces, ¿puedo ver esa casa de la que habláis?

Julie le hizo un sitio a su lado en la cama.

—Mira —dijo la niña, encendiendo el monitor y el videojuego de nuevo. Movió el mando hasta llegar a una mansión—. Es la casa del mago. Si puedes encontrarla y atravesar la barrera mágica y quedarte allí más de un minuto o dos, encontrarás cosas increíbles escondidas por todas partes que pueden ayudarte a avanzar en el juego.

—Es preciosa —exclamó Allison, contemplando los detalles, los arcos tallados, las torretas, las ventanas—. ¿La has diseñado tú? —preguntó a Rick, sin poder disimular su admiración.

—Yo he diseñado el juego, pero la casa está inspirada en Hunter Hall —explicó él—. Así que no es inventada del todo.

Julie le preguntó algo sobre el juego y, mientras Rick le respondía con términos técnicos, Allison se recostó en la almohada y siguió observando la casa que había en la pantalla.

Después de un minuto, miró a Rick, que estaba riendo y hablando de estrategias de juego con Julie.

Él se había puesto una camisa y unos vaqueros gastados que enfatizaban su figura fuerte y musculosa. Estaba recostado en la silla, con las piernas estiradas delante de él.

Verlo así era como contemplar a un león tumbado bajo el sol. Daba sensación de poder y de inteligencia, aun en estado de descanso.

Rick Hunter era la viva imagen del éxito masculino: tenía dinero, atractivo, poder y prestigio. ¿Cómo encajaba eso con el hombre que había visto en el vestíbulo, para quien la muerte de su madre seguía siendo dolorosa después de dieciocho años? ¿Y qué lugar ocupaba en su corazón esa casa del juego, que era una especie de Santo Grial... una fuente de magia inagotable y casi intocable?

Allison no estaba segura. Pero sabía que Rick Hunter era mucho más de lo que aparentaba en la superficie. Y ella lo había juzgado sin conocerlo, tal y como él le había dicho.

Pocos minutos después, llegó una enfermera mirándose el reloj con gesto un poco exagerado. Allison y Rick se pusieron en pie.

—Ojalá no tuvieras que irte —dijo Julie, extendiendo el brazo para que la enfermera le tomara la presión sanguínea—. No creo que... ¿no querrás venir otra vez, verdad?

—Claro que sí —respondió Rick, haciendo que la niña brillara de felicidad.

—Le has alegrado el día —comentó Allison cuando estaban en el ascensor—. No, mejor dicho, le has alegrado la vida.

Rick meneó la cabeza.

—Creo que yo me he divertido más que ella. Hacía mucho tiempo que no jugaba a eso. Y Julie es una niña estupenda.

Juntos, bajaron en el ascensor, atravesaron el vestíbulo y salieron juntos a la calle, donde los recibió una brisa primaveral.

Rick se volvió para mirar a su acompañante.

—Me alegro de que me obligaras a hacer esto. Ha sido una suerte poder conocer a Julie.

—Yo también me alegro.

—Bueno... —dijo él, aclarándose la garganta—. Hemos quedado para cenar esta noche. ¿Te va bien si te recojo a las siete?

Allison se sintió un poco incómoda. Habría sido más fácil salir con Rick antes de conocer la nueva faceta suya que había descubierto esa tarde. Sin embargo, su corazón ansiaba conocerlo mejor.

Era una tonta, se reprendió a sí misma. La cita de

esa noche no sería real, sino solo parte de su trato. En lo que a Rick Hunter se refería, ella solo era un instrumento para lograr sus fines.

—A las siete está bien —afirmó ella—. Y gracias de nuevo por venir a ver a Julie.

Al recordar la radiante sonrisa de la niña, Allison se sintió un poco mejor. Cualquier inseguridad que ella pudiera sentir era un precio muy pequeño a pagar a cambio de la felicidad de Julie.

—Has cumplido su deseo. Has hecho una buena acción.

—Nunca pensé que cumpliría los deseos de nadie —rezongó él, frunciendo el ceño—. Hace mucho tiempo que dejé de pedir deseos a las estrellas fugaces.

Rick estaba volviendo a meterse tras su fachada de empresario distante y racional, advirtió Allison.

—No creo que nadie pueda dejar de pedir deseos. Al menos, no del todo. ¿Acaso no deseas tener Hunter Hall? —preguntó ella—. ¿No es por eso por lo que estás aquí hoy?

Rick se encogió de hombros. Un mechón de pelo le cayó sobre la frente, dándole un aspecto casi infantil.

—No sé si eso es un deseo. Pero sí, quiero Hunter Hall. Es mi única debilidad.

—Entonces, si funciona tu plan, ya no te quedará ninguna debilidad —aventuró ella, ladeando la cabeza.

Él se quedó callado un momento, mirándola. Luego, sonrió.

—¿Te estás riendo de mí?

Aquella sonrisa volvió a recordarle a Allison al hombre que había visto con Julie... el hombre que tanto la atraía.

—Ha sido sin querer —se disculpó ella, aunque con tono provocativo.

La sonrisa de Rick se hizo más grande.

—Bueno... me voy. Nos veremos después —se despidió ella.

Él asintió.

—He reservado mesa en Ambrosia. La comida es muy buena y seguro que habrá algún reportero en busca de noticias por allí. Cuanto antes salga nuestra foto en la prensa del corazón, mucho mejor.

Todo el mundo iba a pensar que estaba saliendo con Rick Hunter, un hombre que no había dudado en dejarle claro su falta de interés en ella...

Al mismo tiempo, él pensaba que no le gustaba. Allison deseó que fuera cierto. Deseó poder cumplir su parte del trato de forma impersonal, sin involucrar su corazón.

Si no hubiera adivinado lo tierno que él podía ser debajo de su fría armadura, tal vez podría...

Sin embargo, era demasiado tarde para eso, admitió ella para sus adentros.

Capítulo 4

POCAS horas después, Allison estaba delante del armario, tratando de decidir qué ponerse.

Ella había estado ayudando a Rachel hacía unas semanas, cuando su amiga había quedado con un chico. Rachel había esparcido todas sus ropas por la habitación antes de decidirse por un vestido. Luego, se había puesto el maquillaje con mucho más esmero de lo habitual, se había pasado veinte minutos haciendo que su peinado pareciera despeinado y se había espolvoreado con un perfume especiado.

Allison había quedado impresionada ante tanta actividad. La excitación de su amiga no había hecho más que crecer hasta que había anunciado que estaba lista. Sus ojos habían estado brillantes de emoción.

Recordándolo, Allison tuvo un poco de envidia. No por la cita de Rachel, sino por la emoción de salir con alguien nuevo. Ella llevaba un año sin salir con nadie y mucho más tiempo sin pareja.

Diez años era el tiempo que había pasado desde

que había roto con Paul. Esa noche había mentido a todo el mundo, incluida su propia familia.

Les había contado que había tenido un accidente montando a caballo. Pero ¿cómo iba a haberles contado la verdad? Su novio la había golpeado con tanta fuerza que se había pasado toda la noche en el hospital con la clavícula y la muñeca fracturadas y dos costillas rotas.

Megan había estado en la planta de pacientes de cáncer. Allison les había dicho a sus padres que volvieran con su hermana, que estaba bien y que necesitaba dormir. Sin embargo, no había podido engañar a la trabajadora social que había ido a visitarla, pero ella había tenido dieciocho años y la otra mujer no había podido sacar adelante una denuncia sin su colaboración.

Allison había estado segura de que había sido lo correcto. Megan había estado muriéndose de cáncer y sus padres habían necesitado toda su fortaleza para no romperse en pedazos. Ella no había querido hacer su carga todavía más pesada.

Esa había sido la razón principal. Con el tiempo, el secreto se había convertido en parte de ella. No había querido reabrir viejas heridas. Ni había deseado que nadie sintiera lástima por ella o la viera como una víctima.

Sin embargo, mantener el silencio se había cobrado su precio. Allison lo había descubierto algunos años después, cuando había decidido que estaba lista para volver a salir con alguien. El chico que la había invitado había sido amable y agradable, pero ella se había sentido tan tensa con él que nunca le había devuelto sus llamadas después de la primera noche.

Lo mismo le había vuelto a suceder un año después. Y, luego, otra vez.

Al fin, Allison había decidido dejar que salir con hombres. No solo por sus traumas del pasado, sino porque, así, podía dedicarse de lleno a su trabajo.

Su trabajo era su pasión. Así que... ¿por qué perder el tiempo buscando amor? Ella se había creído enamorada de Paul y había malgastado su energía con él, en un momento crucial de su vida. Cada minuto que le había dedicado a Paul, había sido tiempo que no había podido pasar con Megan... un tiempo que nunca recuperaría.

Allison estaba harta de ver cómo sus amigos se enamoraban y se desenamoraban, cómo se casaban y se divorciaban. Y no quería eso para sí misma. De vez en cuando, se fijaba en algún hombre, pero la atracción nunca había sido lo bastante fuerte como para impulsarla a arriesgar el corazón. No quería perder el tiempo en algo que no fuera real. Su familia era real. Su trabajo era real. Y con eso le bastaba.

Al menos, eso era lo que se decía a sí misma.

Sin embargo, se había comprometido a salir con un hombre, a pesar de que no estaba preparada. Debía hacerlo para salvar su fundación, ya no podía echarse atrás.

El trato que había hecho la obligaría a sentarse a una mesa bajo la luz de las velas en menos de una hora.

No era real, se recordó a sí mismo. Y, por si corría el peligro de olvidarlo, lo único que tenía que hacer era abrir ese número de la revista *People* y echar un vistazo a todas las fotos de las mujeres con las que Rick había salido a lo largo de los años... mujeres por las que él se había sentido atraído.

Allison se pasó las manos por el pelo. ¿Qué podía hacer para que esa noche no fuera tan incómoda? Se sentía atraída por Rick, igual que el resto de las mujeres del mundo, pero él solo salía con ella porque quería algo de su abuela. Solo era un instrumento para él.

Bueno. Allison sabía que no se parecía en nada a las mujeres con las que él se solía mezclar. Y no pensaba competir con ellas. Entonces, ¿qué más daba lo que se pusiera?

Se haría a la idea de que estaba quedando con cualquier potencial patrocinador, decidió, y escogió un conjunto al azar de su ropa de trabajo.

—¿Llego pronto? —preguntó Rick cuando ella le abrió la puerta de su casa.

Al ver lo guapo que estaba, a Allison se le encogió el estómago.

No sabía mucho sobre ropa de hombres, pero adivinó que el traje que Rick llevaba debía de haber sido hecho a medida y que la chaqueta gris, la camisa blanca inmaculada y la corbata color esmeralda habían sido elegidas con esmero para resaltar sus ojos verdes y su cabello moreno.

Tenía la mandíbula afeitada a la perfección. Y Allison percibió un suave aroma a loción para después del afeitado... algo sutil y caro, una mezcla de cedro y aire de montaña.

Era tan imponente, tan impresionante... El atisbo de vulnerabilidad que había percibido en él esa tarde en el hospital había desaparecido. Había vuelto a ponerse su armadura impenetrable.

Aunque a Allison le daba lo mismo. No estaba dispuesta a rendirse a sus pies. Podía ser el hombre más guapo del mundo, pero ella no era idiota y tenía su orgullo.

—Parece que acabas de llegar de una reunión. Si tienes que cambiarte, puedo...

—Voy a ir así —dijo ella con firmeza.

Allison no pudo evitar alegrarse por no haberse vestido como la mayoría de las mujeres habrían hecho para salir, sobre todo, con un hombre como Rick Hunter. Podía fingir que estaban juntos, pero no pensaba simular ser alguien que no era.

—¿Algún problema? —añadió ella con tono beligerante.

—Nada de eso —repuso él, meneando la cabeza, y le tendió un ramo de flores—. Para ti.

—¿Por qué?

Rick arqueó una ceja y, al momento, ella se dio cuenta de que estaba siendo innecesariamente maleducada.

—Lo siento —se disculpó Allison—. Es que... aquí no hay nadie que pueda vernos... Nuestra cita es solo una farsa.

Cuando Allison tomó el ramo, sus manos se rozaron y ella sintió un vértigo repentino, como si estuviera al borde de un precipicio.

—No son por la cita —aclaró él—. Son para darte las gracias por lo de hoy. Como te he dicho, me gustó conocer a Julie y me habría perdido la experiencia si no hubieras sido tan persistente.

—Bueno, gracias —repuso ella, un poco embriagada todavía por su contacto... y por su sonrisa—. Iré a ponerlas en agua —indicó y dio un par de pasos hacia la cocina, antes de volverse para mirar al hombre que estaba parado en su puerta—. ¿Quieres entrar un momento?

—Claro.

—Ahora vuelvo —señaló ella y desapareció en la cocina.

Respirando hondo, Allison sacó un jarrón y puso las flores en agua.

No tenía por qué sentirse tan tensa. Había estado bastante cómoda con Rick en el hospital ese día. Solo tenía que verlo como socio, nada más.

Llevó el jarrón con las flores al salón y lo dejó sobre la mesa. Rick estaba mirando las baldas de películas en DVD.

—Te gustan las películas antiguas —observó él.

—Me encantan —asintió ella—. Una vez al mes, hago una reunión en mi casa con amigos para ver una peli.

—Tienes una buena colección —observó él y se acercó unos pasos—. Me gusta cómo has decorado tu casa. Es como tú... cálida y con personalidad.

—Gracias. Llevo aquí casi cinco años —repuso ella, relajándose un poco.

—¿Vamos? —propuso él, ofreciéndole el brazo.

En ese mismo instante, a ella comenzaron a sudarle las manos.

—¿Allison? ¿Nos vamos?

—Sí —contestó ella—. Lo siento —añadió y se frotó la palma de la mano en los pantalones antes de tomar el brazo de él—. Te he dicho que hace tiempo que no salgo con nadie, ¿verdad?

—Sí. ¿Cuánto tiempo?

—Hace casi diez años que no tengo pareja —afirmó ella.

Rick se quedó mirándola.

—¿Y cuánto hace que no sales a cenar con un hombre? —preguntó él, mientras salían juntos por la puerta. A continuación, posó la mano en la espalda de ella para guiarla al ascensor.

Un gesto tan simple fue capaz de provocar una corriente eléctrica dentro de Allison. Una sensación que la recorrió de arriba abajo, hasta la punta de los dedos de los pies.

—Más de un año —respondió ella tras un momento, esforzándose en sonar calmada.

En el ascensor, Rick apartó la mano.

—Me cuesta creerlo —comentó él, mirándola a los ojos.

Allí, a solas en el ascensor, aquella mirada le resultó a Allison íntima en extremo.

Cuando salieron al vestíbulo, ella respiró hondo, aliviada.

Rick abrió con la llave a distancia su Porsche negro. Al acercarse, abrió la puerta del copiloto y la ayudó a subir. Ella se acomodó en el asiento mientras él daba la vuelta para entrar. Poco después, se pusieron en marcha.

Allison lo observó de perfil, tratando que no se le notara. Hablaron poco... ella estaba demasiado nerviosa para seguir una charla superficial.

El restaurante no estaba lejos. En un semáforo rojo, él frenó y giró la cabeza para mirarla. Allison se sobresaltó cuando la sorprendió contemplándolo.

—¿Has ido alguna vez al Ambrosia?

—No —contestó ella, mientras un mozo les abría la puerta del coche.

Rick le dio las llaves al mozo y se encaminó con ella al interior del local. Era un sitio muy exclusivo, con suelos de madera, sillas de terciopelo rojo y mesas con candelabros encendidos.

—La comida es muy buena —señaló él mientras los guiaban a una mesa en una esquina—. La lista de vinos, también —añadió.

Allison se sentó en la silla que le ofrecía el *maître*, sintiéndose un poco fuera de lugar.

—¿Allison? —llamó él tras unos momentos de incómodo silencio.

Ella se atragantó con el vaso de agua. Tosió antes de poder recuperar el aliento.

—¿Qué? —preguntó ella con voz un tanto estridente.

—Estás arrepintiéndote de nuestro trato.

—No. Aquí estoy, ¿no es verdad? —replicó ella, mirándolo.

—Nadie va creer que esto sea una cita. Pareces un reo ante la guillotina.

Allison se mordió el labio. ¿Qué podía decir a eso? Él tenía razón.

—¿Qué te preocupa? —preguntó él, inclinándose hacia delante—. ¿Temes que me aproveche de ti a la hora de llevarte a casa?

—No.

Por muy nerviosa que estuviera, no le cabía ninguna duda de que Rick Hunter no se aprovecharía de la situación.

Despacio, él se recostó en la silla de nuevo.

—De acuerdo. Entonces, ¿qué es? ¿Siempre estás tan tensa cuando sales?

—Sí. Yo nunca... Nunca se me han dado bien las citas.

—Igual eran ellos los que fallaban —opinó Rick, arqueando una ceja.

—¿Quiénes?

—Los hombres con los que has salido.

—Estoy segura de que el problema soy yo —repuso ella, parpadeando—. ¿Por qué crees que podían ser ellos?

—Porque no te sentías relajada.

—Y no me siento relajada ahora, tampoco —le recordó ella—. Según eso, el problema serías tú, no yo.

—Yo soy un excelente acompañante —repuso él sonriendo—. Te apuesto veinte dólares a que consigo que te relajes en menos de cinco minutos.

—¿Cinco minutos? —replicó ella, arqueando las cejas, y sonrió de corazón—. De acuerdo, te dejaré probar.

—Háblame de los niños con los que trabajas.

—¿De verdad? —preguntó ella, sorprendida.

—Sí. Me gustaría saber más cosas de tu fundación —aseguró él, sonriendo—. Acabo de extender un cheque importante, por si lo has olvidado. He invertido mucho en tu organización.

El cáncer en la infancia no era un tema superficial de conversación, por eso, Allison siempre había evitado hablar de ello en sus citas. Sin embargo, Rick se lo había pedido y, por su mirada, parecía que su interés era genuino.

—Está bien.

Allison había pensado contarle un par de anécdotas nada más. Pero Rick era un excelente oyente y la animaba a seguir con sus preguntas, asintiendo de vez en cuando mientras la escuchaba.

Les interrumpieron un par de veces. Primero, para tomarles el pedido del vino y, luego, el de la comida. Enseguida, el camarero regresó con una botella de Burgundy y les llenó las copas.

Fue entonces cuando Allison se dio cuenta de que estaba... relajada.

—¿Sabes qué? —dijo ella, sonriendo.

—¿Qué?

—Creo que te debo veinte dólares. ¿Han pasado ya cinco minutos?

—Un poco más —repuso él, esbozando una sensual sonrisa.

—Estoy impresionada, de todos modos.

Allison tomó su copa y, cuando iba a darle un trago, sus ojos se encontraron.

Durante un segundo, ella se olvidó de lo que estaba haciendo. Luego, parpadeó, apartando la mirada, y bebió.

Rick le había preguntado a Allison por su trabajo porque sabía que, así se sentiría cómoda. Y porque, si no era capaz de hacer que estuviera cómoda, su plan no funcionaría. Nadie iba a creer que estaban juntos si parecía dispuesta a salir corriendo a cada momento.

En el hospital, ella se había comportado de forma muy distinta, a gusto consigo misma. Y con él. Rick recordó la calidez que lo había invadido cuando lo había tocado en el brazo.

Por supuesto, el hospital era territorio de Allison y ella solo lo había tocado por compasión. Teniendo en cuenta la naturaleza de su trabajo, era probable que estuviera acostumbrada a consolar y animar a los demás. Salir con hombres, por otra parte, no era algo habitual para ella.

Pero ¿por qué?

Allison hablaba con pasión de su trabajo. Era inteligente, dedicada, generosa y de buen corazón.

Y era hermosa. Tenía la clase de belleza que se podía admirar durante toda la noche, pues no residía solo en la superficie. Cuanto más la contemplaba, más atractivos encontraba en ella.

Entonces, ¿por qué seguía estando soltera? Allison le había dicho que era por decisión propia. No era una coqueta, eso era obvio. Ni trataba de provocarlo, reconoció con cierta decepción.

¿Cómo se comportaría cuando estuviera interesada por un hombre? Era una mujer tan directa y genuina que le costaba imaginársela haciendo caídas de pestañas o bajando la voz para hacerla más seductora.

Aunque ella no necesitaba hacer nada de eso. Solo

con ver cómo bebía de su copa, Rick se quedó embelesado.

Allison sonrió.

—Vaya... qué rico.

—Imaginé que te gustaría —repuso él, satisfecho. Entonces, vio un rostro conocido en una de las mesas—. Hemos dado en el blanco —dijo y, cuando Allison iba a girarse para mirar hacia allá, añadió—: No, no mires. Esto es perfecto. Incluso mejor que el reportero de *La Gaceta* que acaba de sentarse en la barra.

—¿Qué es perfecto? —susurró ella, inclinándose hacia delante.

—La mejor amiga de mi abuela —repuso él, sonriendo—. Y se acaba de levantar de la mesa. Para colmo de buena suerte, estamos de camino al baño. Estará aquí dentro de diez segundos.

Rick consiguió fingir sorpresa cuando la mujer de pelo cano se detuvo ante su mesa.

—¡Shirley! No sabía que fueras a venir esta noche —saludó él, poniéndose en pie. Le dio la mujer mayor un beso en la mejilla.

—Señora Donovan, me alegro de verla —saludó Allison, levantándose.

Shirley parecía perpleja.

—Yo también me alegro, Allison.

—La señora Donovan es una de las benefactoras de la Fundación Estrella —explicó Allison a Rick, que parecía sorprendido porque las dos mujeres se conocieran.

—Por todos los santos, llámame Shirley —pidió la mujer mayor—. Hace tres años que nos conocemos —añadió y los contempló a ambos con curiosidad—. Debo admitir que no esperaba encontraros juntos. ¿Estáis...?

—¿Saliendo? Claro que sí —se apresuró a responder Rick y sonrió a Allison.

—Bueno. Perdóname, jovencito, pero tengo que decirte que alabo tu gusto más que el de Allison. No te lo tomes a mal.

—No te preocupes —murmuró él. Sabía que Shirley opinaba de él lo mismo que su abuela.

—Allison es una persona a la que admiro mucho. He intentado emparejarla con mi sobrino unas cuantas veces —admitió Shirley—. Pero no he tenido éxito. ¿Qué ha hecho este bribón para convencerte?

Rick estuvo a punto de responder por ella, para que Allison no se sintiera comprometida, pero no tuvo oportunidad.

—Hicimos una apuesta y yo perdí.

—¿Una apuesta? —preguntó Shirley, sorprendida.

—Rick decía que yo no iba a poder ganarle a los dardos después de cinco tragos de whisky. Por supuesto, yo tuve que aceptar la apuesta. Mi honor estaba en juego.

—Claro —señaló Shirley, empezando a sonreír.

—Además, resulta que Rick es una especie de prodigio con los dardos —continuó Allison—. Si quisiera, podría dedicarse a eso. Si yo perdía la apuesta, tenía que salir a cenar con él. Y aquí estoy.

—Entiendo —repuso Shirley, meneando la cabeza—. Tendré que decirle a mi sobrino que ha estado empleando una técnica equivocada. Richard, confío en que tratarás bien a esta joven. No es como tus parejas habituales.

—Créeme, ya me he dado cuenta.

Rick la observó mientras se alejaba y vio como Shirley sacaba el móvil del bolso. Lo más probable era que estuviera a punto de llamar a su abuela, adivinó.

—No sabía que se te diera tan bien inventar historias —observó él, mirando de nuevo a Allison.

—Bueno, pues ya lo sabes —contestó ella con una amplia sonrisa.

—Además, parece que sigues relajada.

—Así es. Lo bastante como para hacerte algunas preguntas.

—¿Qué clase de preguntas? —quiso saber él, tras darle un trago a su vino.

—Lo mismo que tú me has preguntado a mí. Quiero conocer mejor tu trabajo.

Llegaron los aperitivos y Allison probó un canapé de setas, mientras él saboreaba un pastel de cangrejo y otro trago de vino.

—¿Qué quieres saber?

—Cómo empezaste. Cómo creaste un imperio del software.

—Yo no llamaría imperio a Hunter Systems. ¿De verdad quieres escuchar toda la historia?

—Claro que sí. No te lo habría pedido, si no.

Era el tipo de cosas que la gente solía decir en su primera cita y, casi siempre, era mentira. Pero a Rick no le cupo ninguna duda de la sinceridad de Allison.

Le contó cómo un compañero del ejército y él habían contactado con unos cuantos estudiantes de universidad y había alquilado una pequeña oficina, a pocos kilómetros de donde estaba la sede en el presente. Había trabajado casi las veinticuatro horas del día, comiendo y durmiendo en el pequeño estudio, hasta que habían tenido un producto terminado. Luego, *El laberinto del mago* se había convertido en un éxito y les había dado dinero suficiente para expandirse y producir otra clase de programas.

—¿Ya no hacéis juegos?

—Sí. Nuestra división de juegos saca títulos nuevos cada año.

—¿Pero tú no los diseñas ya?

—No tengo tiempo —repuso él, meneando la cabeza—. Además, es un trabajo que se les da mejor a

los jóvenes de corazón. Y, por si no te habías dado
cuenta, yo soy un hombre hecho y derecho.

Era otra sutil oportunidad para coquetear, pensó
Rick. Sin embargo, ella no la aprovechó. Al menos, se
sonrojó un poco.

El camarero llegó con los primeros platos, unos ravioli con langosta para Allison y un filete con salsa
béarnaise para Rick. Él observó cómo ella se llevaba
un bocado a la boca, masticaba y tragaba con un pequeño gemido de placer. Sin poder evitarlo, su deseo
de disparó.

—Cuéntame por qué dejaste de salir con hombres
—pidió él de forma abrupta.

Estaba rompiendo su primera regla con las mujeres: no preguntarles nada demasiado personal, sobre
todo, en la primera cita. Sus relaciones solían limitar-
se solo a lo superficial.

Aunque Allison y él no tenían una relación. Y sentía curiosidad por conocer la respuesta.

Ella bajó la vista a su plato.

—No tiene ningún interés.

—Para mí, sí. Me gustaría saberlo.

—No me gusta hablar de eso —repuso ella, mirándolo con ojos recelosos—. Mi familia todo el tiempo
quiere sonsacarme y es un tema que me agobia mucho. Sobre todo, porque creo que hay cosas mucho
más importantes de las que ocuparse.

—¿Cómo cuáles? —quiso saber él y se metió un
pedazo de carne en la boca.

—Como todo. Las enfermedades, la pobreza, los
desastres naturales. Esas son las cosas que me preocupan.

—De acuerdo, me has pillado —reconoció él y le
sirvió un poco más de Burgundy—. Pero sigue produ-
ciéndome curiosidad.

Allison frunció el ceño, acariciando su copa con la punta del dedo.

—No hay mucho que decir. Salí con alguien en el instituto. Luego, rompimos y se me quitaron las ganas de tener pareja. No es algo que eche de menos. Mi trabajo y mi familia son lo más importante para mí. No necesito tener una relación para sentirme completa. Y creo que el amor puede ser una distracción, ¿sabes? Porque los sentimientos son demasiado abrumadores y es fácil rendirse a ellos. Durante un tiempo, es agradable, pero cuando deja de serlo, el dolor te impide seguir con tu vida. No te puedes levantar pensando que alguien te abandonó, no tienes ganas de ir a trabajar porque lo viste con otra... y esas cosas. Mientras, hay gente ahí fuera con problemas verdaderos y... —explicó ella e hizo una pausa para tomar aliento—. Bueno, por eso no salgo con nadie.

Rick había olvidado seguir comiendo mientras la escuchaba y la observaba. Si había creído que su respuesta satisfaría su curiosidad, se había equivocado del todo.

—¿Entonces el amor es solo una huida para ti?

Ella levantó la barbilla, como preparándose para ponerse a la defensiva.

—Creo que puede ser una ilusión. Y creo que la gente se hace adicta a él como si fuera una droga.

—¿Crees que las personas enamoradas se engañan a sí mismas? ¿Y qué me dices de los matrimonios?

Ella se mordió el labio.

—¿Lo ves? Por eso no me gusta hablar del tema. Sé que parece que menosprecio a los demás o algo así. No es mi intención. Claro que no creo que las parejas casadas se engañen a sí mismas. Mis padres son felices juntos. Pero la suya no es una relación romántica. Se han esforzado mucho para mantenerla. Son granjeros y han trabajado duro toda la vida. Sé que se aman, pero no se pierden en su amor. No dejan de lado el resto de sus obligaciones.

—¿Entonces te parece correcto amar si no dejas de lado las obligaciones?

Ella suspiró.

—Dejémoslo, ¿vale? Siento haberte hablado del tema.

—Yo, no.

—Supongo que crees que ahora me conoces mejor.

—No lo sé. Pero es obvio que has salido con los hombres equivocados y, pasara lo que pasara con tu ex novio, te dolió mucho.

—Mi opinión de amor no está basada solo en una experiencia —señaló ella, frunciendo el ceño.

—Sin embargo, eso te influyó, ¿no es así?

—Actuó como catalizador.

—¿Catalizador para qué?

—Para que decidiera poner mi energía en algo más útil.

—Algo que no fuera el amor.

—Algo que no fuera el amor romántico, sí. Aunque yo amo a muchas personas, a mi familia, a mis amigos... y trabajo por amor. Amo a los niños y me preocupo por sus familias. Si no fuera así, no tendría la fundación.

Rick apuró su vaso y lo rellenó, junto con el de Allison.

—Así que en lo que no crees es en el amor romántico.

—No me importa si existe o no. No estoy interesada en él, eso es todo. ¿Y qué me dices de ti? —contratacó ella—. Esa noche en la cafetería, me diste la sensación de estar menos interesado que yo en las relaciones estables. ¿Me equivoco? ¿Acaso crees en el amor?

Rick se alegraba de que se lo preguntara. Era buena idea recordar que él tampoco creía en esas cosas, antes de dejarse engatusar por los hermosos ojos de Allison, su corazón de oro y su lado rebelde... ese lado que hacía que un hombre quisiera convencerla y ganarse su confianza...

—El matrimonio de mis padres fue un desastre, lo que me hizo desconfiar del amor. Me desilusioné por completo a los veinticinco años, cuando descubrí que me había enamorado de una estafadora. Ahora, la diferencia es que busco la compañía de mujeres que se venden por dinero. De esa manera, no me llevo ninguna sorpresa desagradable y no me siento culpable al terminar las relaciones.

Ella se quedó mirándolo, petrificada.

—¿Cómo puedes ser tan cínico? ¿De veras crees que una mujer puede querer estar contigo solo por dinero?

Nada más pronunciar esas palabras, Allison se sonrojó, pero no se echó atrás.

—Este trato fue idea tuya, no mía... yo no estoy interesada en salir con nadie, no es porque tenga nada personal en contra tuya. Pero, aunque no soy una acérrima defensora del romance, sé que hay muchas mujeres por ahí que se enamorarían de ti aunque no tuvieras ni un centavo.

Eso era lo último que él quería.

—Yo no estoy interesado en una relación seria. Supongo que soy como tú... más interesado en el trabajo. Aunque ya no me apasiona tanto lo que hago.

Ella se apoyó en la mesa, observándolo bajo la luz de las velas.

—¿Ah, no?

—Bueno... últimamente, no.

—Pero te apasionó diseñar *El laberinto del mago*.

Rick recordaba las largas noches que se había pasado delante del ordenador.

—Sí. Pero eso fue hace mucho tiempo.

—Mi hermana dice que, cuando te gusta tu trabajo, no te cansas nunca. Y que esa es la manera de saber si has encontrado la ocupación adecuada.

Rick pensó en las noches sin dormir que se había pasado en sus comienzos y en las miles de veces que se le había olvidado comer por estar absorto programando.

—¿A qué se dedica tu hermana?

—Jenna es músico. Me la encontré tocando al guitarra un día, cuando tenía trece o catorce años y tenía los dedos sangrando. Le habían regalado el instrumento hacía solo una semana y todavía no se le habían endurecido las manos. Ese fue el día en que me dijo qué era lo que quería ser de mayor —recordó ella y se inclinó hacia delante—. ¿Cuándo fue la última vez que diseñaste algo?

Rick pensó en Carol, que siempre le estaba agobiando para que retomara el lado creativo del software y no se centrara tanto en su parte empresarial.

—Hace mucho.

Ella lo observó con mirada inteligente.

—¿Cuántos años tenías cuando se te ocurrió la idea de *El laberinto del mago*?

—Fue en mi primer año de carrera. Tendría unos dieciocho o diecinueve.

—¿Y cuántos tenías cuando murió tu madre?

—Diecisiete —repuso él con la mandíbula tensa.

—Así que empezaste a trabajar en el juego muy poco después…

—¿Y qué más da eso?

—Estaba pensando en el personaje con el que jugaba Julie. Lo mataron, ¿recuerdas? Pero tú lo reviviste.

Su armadura tenía un hechizo curativo. Un sortilegio capaz de vencer a la muerte.

—¿Y? —repitió él, todavía más tenso.

—Creo que el juego fue tu manera de lidiar con tus sentimientos después de perder a tu madre. Creaste algo fruto del amor y del dolor que sentiste por ella. Por eso el juego conecta tan bien con la gente, por eso a Julie le encanta. Porque nació del corazón. Si pudieras abrir esa parte de ti mismo de nuevo, podrías crear algo nuevo. Algo incluso más maravilloso.

Rick sabía que Allison no estaba tratando de hurgar en su punto sensible a propósito. Sin embargo, lo estaba haciendo.

—Cambiemos de tema.

Cuando Allison lo miró, Rick se sintió como si pudiera ver en su interior.

No fue una sensación agradable.

—Claro —dijo ella tras un momento—. Siento haberme metido en terreno tan personal. Debe de ser por el vino… No suelo beber tanto —se excusó y se terminó el último bocado de pasta—. ¿De qué sueles hablar en la primera cita?

Rick apuró su vino y dejó la copa sobre la mesa.

—De nada importante. Música, películas, deportes, sucesos no demasiado políticos.

Ella sonrió.

—Bueno, ya sabes que me gustan las películas. Podemos intentar hablar de eso.

El camarero llegó con la carta de postres.

Aunque la conversación se hizo bastante más ligera, Rick descubrió que charlar con Allison sobre cine era también estimulante. No era el tema en sí… sino ella. Era divertido hablar con ella.

Y le gustaba mirarla.

Eso hizo mientras Allison se terminaba su tarta de

chocolate fundido y, no contenta con eso, untaba el dedo en el resto de salsa que había quedado en el plato, lamiéndolo después con entusiasmo.

Rick se puso tenso, intentando controlar el súbito aguijón del deseo. Sabía que Allison no tenía ni idea de lo sensual que era ese gesto y que se quedaría estupefacta si él se lo dijera.

Entonces, comprendió algo más: salir con ella iba a ser más difícil de lo que había previsto.

En el camino de regreso a casa de Allison, apenas hablaron. Cuando aparcó delante, Rick la miró y se dio cuenta de que se había quedado dormida.

Apagó el motor, pensando que así la despertaría, pero ella no abrió los ojos. En el silencio, podía escuchar su respiración suave y pausada.

Apoyó un brazo en el volante y se quedó observándola. Ella tenía los labios entreabiertos, con un aspecto demasiado apetitoso. Su pecho subía y bajaba con cada respiración y, aunque llevaba puesta una chaqueta gruesa, eso no disimulaba la tentadora curva de sus pechos.

—Allison —llamó él en voz baja y la sacudió con suavidad—. Allison.

Ella abrió los ojos, parpadeando.

—¿Me he quedado dormida? —preguntó ella, frotándose la cara—. Vaya, qué vergüenza. Apuesto a que es la primera vez que te pasa con una cita —añadió y miró por la ventanilla—. Oh, ya hemos llegado —observó, abrió la puerta y salió del coche.

—¿Lo has pasado bien? —preguntó él, tras salir del coche para acompañarla.

—La verdad es que sí —afirmó ella y se apoyó en el coche—. No me he aburrido —aseguró con una sonrisa.

Rick la imitó y se quedaron un par de minutos parados, en silencio, sus hombros casi rozándose, con la luna creciente sobre sus cabezas.

Si aquello hubiera sido una verdadera cita, él habría hecho un acercamiento en ese momento. Se habría puesto delante de ella, le habría sujetado la cabeza por la nuca con suavidad y habría devorado esa boca suya...

Aunque no era una verdadera cita...

Sin embargo, casi sin pensarlo, Rick se acercó un poco más, rozando los hombros de ella.

Allison se apartó como impulsada por un resorte y se volvió para mirarlo cuando estaba a unos pasos de distancia.

—Buenas noches, Rick. Gracias por la cena.

—Buenas noches, Allison. Te llamaré esta semana para concertar nuestra próxima cita, ¿de acuerdo? —replicó él, sin moverse.

—Bien —dijo ella, sonrió y se dirigió a la puerta de su bloque. Tardó un momento en encontrar la llave adecuada y entró.

Tras un minuto, Rick observó que las luces de su apartamento se encendían.

Un minuto después, seguía allí parado, imaginando cómo Allison se quitaba la chaqueta y se preparaba para acostarse.

Meneó la cabeza despacio y deseó poder estar arriba con ella.

Y eso que era solo su primera cita. Le quedaban por delante tres meses más.

¿Conseguiría, con el tiempo, que ella lo mirara con otros ojos?

Capítulo 5

A LAS siete de la mañana, sonó el teléfono de Allison y respondió sin abrir los ojos.

—¿Hola?

—¿Allison? ¿Eres tú? ¿Sabes que sales en el periódico? Al parecer, ayer estuviste cenando con Rick Hunter, el presidente de Hunter Systems. El mismo hombre que apareció en la revista *People* bajo la etiqueta del Playboy de América. Te lo digo para refrescarte la memoria, pues me extraña mucho que hayas olvidado mencionárselo a tu familia.

Allison se incorporó en la cama, aún somnolienta.

—Buenos días, mamá.

Irene Landry suspiró.

—No lo entiendo. Eres una chica maravillosa, muy lista, buena y guapa. Por las noches, no puedo conciliar el sueño pensando que morirás sola, rodeada de gatos…

—Morir sola es imposible cuando eres una Landry, mi edificio no permite la entrada de gatos y tú te vas a dormir todas las noches a las nueve y media y caes como un tronco, así que me cuesta imaginar que te preocupes tanto por tu hija, felizmente soltera...

—¡Hasta ahora!

—¡Mamá! ¿Puedes tranquilizarte?

—Oh, por todos los santos. Estoy tranquila. Pero háblame de ese joven con el que sales. Así, podrías ir practicando para cuando te llame el resto de la familia. En cuanto se levanten y vean el periódico, el teléfono se te va a poner al rojo vivo.

—¿Qué periódico?

—*La Gaceta*. Está en la sección de noticias locales.

—¿Noticias locales? Eso es ridículo. Como mucho, una historia así sería apropiada para la sección de cotilleos. ¿En qué se ha convertido el periodismo?

—Supongo que hoy ha habido pocas noticias de interés. De cualquier manera, ahí está. Hay tres fotos y estás muy guapa en todas, aunque parece que llevas un traje de trabajo. El titular... espera un momento... te lo voy a leer. *¿Ha encontrado el Playboy de América el amor al fin?* También han añadido alguna información muy elogiosa sobre ti y tu fundación.

—Rick me advirtió de que esto podía pasar. Por eso, quería haberte llamado ayer, pero... —balbuceó Allison. Lo cierto era que no había podido porque había perdido demasiado tiempo eligiendo qué ropa ponerse—. Me olvidé.

—Eso parece. Bueno, pues ya que estamos cuéntamelo todo antes de que explote de curiosidad.

Allison no había pensando aún qué le diría a su familia. ¿Toda la verdad? Quizá... no. Y menos a las siete de la mañana en domingo, cuando ni siquiera se había tomado el café del desayuno.

—El periódico exagera mucho. Rick y yo nos conocimos por una paciente con la que trabajo y porque él ha hecho un importante donativo a la Fundación Estrella. Salimos a cenar como amigos. Nada romántico, mamá. Rick me avisó de que podían inventar algo sobre nosotros en la prensa, pero…

—No seas tonta.

—¿Qué?

—Allison, ve a por el periódico. Mira las fotos y, luego, intenta convencerme de que Rick Hunter y tú sois solo amigos.

—¿Eh? —dijo Allison, parpadeando.

—Tú hazlo. Ve a por el periódico y vuelve a llamarme.

Allison se preguntó de qué estaría hablando su madre, mientras se ponía las zapatillas y la bata rosa.

El timbre de la puerta sonó cuando estaba yendo hacia allá para recoger *La Gaceta* del suelo.

Nada más abrir, se encontró con su vecina, la señora Kiersted.

—Sales en el periódico, ¿lo sabías? Sales muy bien. Aunque apareces vestida como una policía de incógnito. La próxima vez, ponte una falda. ¿Está ahí contigo el caballero? Si no se ha levantado todavía, deberías darte una ducha antes de que te vea. Tienes el pelo pegado a la cara.

Allison se sonrojó y tomó el periódico de la alfombrilla de su puerta.

—¿No le da vergüenza, señora Kiersted? ¿Cuándo he dejado yo que un hombre pasara la noche en mi casa?

—Nunca, preciosidad. Supongo que ya era hora, ¿no?

—Adiós, señora Kiersted —se despidió Allison, tratando de mantener su dignidad y le cerró la puerta en las narices.

Decidió prepararse una taza de café antes que nada. En la cocina, intentó concentrarse en lo que estaba haciendo. Preparó la cafetera y se sirvió el humeante líquido, le puso leche y azúcar en abundancia. Solo entonces, se sentó y abrió el periódico en la sección de noticias locales.

Había tres fotos de ellos cenando, tal y como su madre había dicho.

En la primera, ella estaba hablando y moviendo las manos, inclinándose hacia delante en la mesa. Rick la escuchaba sonriente, mirándola a los ojos.

En la segunda, Rick estaba riendo y ella tenía la barbilla apoyada en las manos mientras los observaba con una sonrisa.

En la última imagen, sus expresiones eran más serias. Rick estaba hablando, echado hacia delante. Y ella también se había acercado para escucharlo. La energía entre ellos parecía… intensa.

Las tres tenían una cosa en común. El hombre y la mujer retratados parecían absortos el uno en el otro, como si nada más hubiera existido para ellos.

Allison se recostó en la silla, frunciendo el ceño. Entonces, llamó a su madre.

—De acuerdo, ahora entiendo por qué has sacado conclusiones equivocadas al ver las fotos. Pero la explicación es que estábamos interesados en la conversación. Supongo que tengo el mismo aspecto cuando hablo con mis amigas.

—Allison, la atracción que bulle entre ese hombre y tú casi chorrea de la página.

—Lo siento, mamá. Solo nos interesaba la conversación. Y, en la última foto, parece que estamos discutiendo sobre algo. Eso no es romántico.

—¿Bromeas? Tu padre y yo discutíamos todo el rato cuando salíamos. Creo que es por eso por lo que se enamoró de mí. Yo era la única persona que le plantaba cara.

Sus padres parecían tan a gusto juntos que a Allison le costaba imaginarlos antes de haberse casado. Intentó concentrarse en la conversación.

—Mamá, creo que, si tuviera algo con Rick Hunter, yo lo sabría. Y no tengo nada. De hecho, los dos nos hemos confesado que no sentimos atracción el uno por el otro. Para que no hubiera malentendidos.

—¿Le confesaste eso?

—Sí.

Irene soltó un sonido burlón.

—Voy a hacer una apuesta sobre esto y ya conoces mi historial —repuso su madre.

Irene era famosa dentro del clan Landry por no haber perdido nunca una apuesta. Allison se sintió todavía más incómoda.

—Mira, mamá, nada de apuestas, ¿de acuerdo? Ni se te ocurra. Nos veremos dentro de dos semanas en el cumpleaños de Jenna y Jake. Mientras, por favor, mentalízate de que Rick y yo somos solo amigos.

Tras unos minutos, Allison consiguió colgar, pero apenas tuvo tiempo para respirar antes de que el teléfono sonara de nuevo. En esa ocasión, era su tía Beth, que también quería ponerse al día sobre el guapo novio de su sobrina.

Pocas horas después, cuando estaba sentada en el salón con un libro y su tercera taza de café, el aparato sonó por décima vez.

—¡Qué! —rugió ella, descolgando.

—Vaya. No te levantas de muy buen humor, ¿verdad?

Era Rick. A Allison se le puso la piel de gallina al escucharlo y estuvo a punto de dejar caer el auricular.

—Lo siento. Pensé que eras otro miembro de mi familia, llamándome para someterme al tercer grado.

—¿Han visto el periódico?

—Sí, con mayúsculas.

—¿Qué les has contado al final?

—Que somos solo amigos y que *La Gaceta* exagera.

—¿Se lo han tragado?

—Claro —repuso ella—. Bueno, ¿por qué no iban a creerme? —replicó, posó los ojos en el periódico y se preguntó qué habría pensado Rick al ver las fotos.

—Por nada. Era por saber si te había costado mucho convencerlos.

—Más o menos. El teléfono no ha dejado de sonar pero, al menos, se han creído mi versión.

—Me alegro. Mi abuela también ha leído la noticia, por cierto. Y Shirley Donovan le ha contado que nos vio ayer.

—¿Y?

—Y nos ha invitado a tomar el té en Hunter Hall.

—¿A tomar el té? Creía que la gente ya no hacía eso, al menos, no en América. ¿Cuándo quiere que vayamos?

—El próximo domingo, a las tres en punto, si te va bien.

Muy a pesar suyo, Allison sintió mariposas en el estómago al pensar en verlo de nuevo.

—Umm, sí. Sí, está bien.

—Espero que tu familia no te acose demasiado hasta entonces.

—¿Sabes lo que me dicen cuando les suplico que me dejen en paz? —preguntó ella, suspirando—. Me dicen que sufrir acoso familiar es una de las consecuencias de estar enamorada. ¿Qué te parece su excusa para meterse en mi vida privada?

Cuando lo oyó reír, Allison sonrió.

—Seguro que mi abuela piensa lo mismo que ellos

—señaló él y hablaron unos minutos más antes de colgar.

Allison se quedó un rato con el auricular en la mano.

Lo único que había entre ellos era un acuerdo de negocios.

Por lo tanto, no tenía sentido que ya echara de menos el sonido de su voz.

Rick no solía pensar demasiado en ninguna de las parejas que había tenido. Pero no podía considerar a Allison como pareja, se recordó a sí mismo.

Sin embargo, aunque su mente se esforzaba en no olvidar que lo que les unía era un trato de negocios, su cuerpo parecía no darse por enterado.

Seguía teniendo *La Gaceta* del domingo en la cocina, doblada en la página treinta y seis. De vez en cuando, echaba un vistazo a las fotos y las comparaba con su recuerdo de Allison esa noche. Las imágenes no hacían justicia a su belleza, pero captaban un poco de su energía. Incluso en blanco y negro podía percibirse que era una persona alegre y vivaz.

Tampoco había olvidado lo dulce que era. Y su generosidad, patente cada vez que hablaba de las familias con las que trabajaba. Además, ella lo había invitado a hablarle de su propio trabajo y le había sugerido que retomara su lado más creativo.

Rick no pudo evitar preguntarse cómo sería disfrutar de aquella dulzura y aquel fuego en su cama. En parte, quería ser capaz de hacer que ella lo deseara con la misma intensidad.

Pero él no era la clase de hombre que se dejaba cegar por el deseo. Después de todo, había sido la falta de interés de Allison lo que la había hecho la candidata perfecta. Y lo último que él necesitaba era enredarse con una mujer como ella, alguien que se merecía mucho más de lo que él podía ofrecerle.

Sin embargo, saberlo no le impedía tenerla en la cabeza.

La noticia de *La Gaceta* provocó un par de comentarios en el trabajo. Carol le pidió detalles y resultó que el jefe de nuevos desarrollos, un informático llamado Derek Brown, conocía Allison desde hacía años.

—La conocí cuando a mi sobrino le diagnosticaron leucemia. Fueron unos tiempos terribles y la Fundación Estrella lo arregló todo para que alguien trajera comidas a mi hermana, le limpiara la casa y se ocupara de las cosas que ella no podía. Allison estuvo con nosotros en el hospital y a Jimmy le encantaba. Ahora mi sobrino está mejor, pero sigue escribiéndose con Allison por correo electrónico. Es una mujer especial, te lo aseguro. Espero que seas consciente de la suerte que tienes.

Rick añadió la página web de la fundación a su lista de favoritos. De vez en cuando, pinchaba en el enlace, leía algo más sobre la organización benéfica y echaba una ojeada a la foto de Allison.

Un día después del trabajo, se fue a una librería para comprar la biografía que ella había publicado.

La dejó en su mesilla de noche y, durante tres días, no la tocó. Siempre evitaba leer cosas sobre el cáncer, aunque varios amigos y parientes bienintencionados le habían regalado libros al respecto después de la muerte de su madre.

Ese era distinto, por supuesto. Él tenía dieciocho años más y le interesaba a causa de Allison, no por el tema en cuestión. De todos modos, no lo abrió hasta el sábado por la noche.

Había ido a ver a Julie esa tarde y le habían dado la buena noticia de que la niña estaba mejor y se iría pronto a casa. Sus padres habían estado allí, con su hermano y sus dos hermanas, y había sido un día muy alegre.

Después de una noche tranquila en casa y de cenar comida china para llevar, se fue a la cama sobre las siete, pero estaba demasiado inquieto como para dormir. Pensó en encender la televisión, pero al final se decantó por el libro de Allison. Miró la contraportada primero y la foto sonriente de su autora, con varios años menos. Entonces, abrió la primera página y empezó a leer.

Una vez más, Allison estaba parada delante de su armario sin saber qué ponerse. En esa ocasión, Rachel estaba con ella. Su amiga conocía todos los detalles de su trato con Rick, pues ella se lo había contado, después de hacerle jurar que lo mantendría en secreto. No debería darle tanta importancia a su vestuario, sin embargo, Rachel la estaba mirando con gesto de desaprobación.

—Esto es… Ver junta toda la ropa que tienes es… Bueno, tienes un guardarropa bastante deprimente.

—Gracias por los ánimos.

—No quería animarte. Lo que necesitas es un cambio.

—Solo vamos a tomar el té. ¿Tan difícil es encontrar algo apropiado?

Rachel suspiró.

—¿Tienes tiempo para ir de compras?

—Rick estará aquí dentro de media hora.

—Me gustaría haber sabido antes lo de tu cita. Te habría comprado algo de camino.

—No es una cita. No quiero comprarme nada para la ocasión, ni cambiar mis hábitos, ¿entiendes? Eso sería demasiado...

—¿Real?

—Bueno, sí.

—Sé que no es una cita real... al menos, técnicamente. Pero vas a salir con un hombre que te gusta y no me puedo creer que no te importe la pinta que tengas.

—No me gusta.

—Cielos, ¿cuántos años tienes? Protestas demasiado. Mírame a los ojos, Allison Landry, y dime que no te importa un pimiento lo que Rick Hunter piense de ti. Y no me refiero solo a tu lado intelectual o espiritual. Te gustaría que él apreciara tu aspecto, ¿o no?

Allison abrió la boca para negarlo, pero no fue capaz. Sintió cómo se enrojecía, como si hubiera admitido algo vergonzoso. Se dejó caer en la cama, rendida, y su amiga se sentó a su lado.

—No te pongas tan dramática —le aconsejó Rachel con suavidad—. No es nada malo. Es bueno.

Allison meneó la cabeza despacio.

—¿Cómo puedes decir que es bueno? ¡Estoy colada por Rick Hunter! Suena ridículo. Tú misma has leído el artículo en *People*. Ya sabes la clase de mujeres con las que suele salir. Solo pasa tiempo conmigo porque le voy a servir para sus fines. Y porque cree que no me siento atraída por él —admitió Allison y se abrazó a sí misma—. ¿Por qué me gusta? No tiene sentido. Es tan distinto a mí que...

—¿Bromeas? Quizá te guste porque no estás ciega.

—¿Crees que soy tan superficial?

—Creo que eres humana. Y, tal vez, te guste porque es diferente a ti. Te provoca. Además, llevas más de un año sin salir con nadie. ¿Qué tiene de malo desmelenarse un poco?

—Supongo que nada. Solo es que… No quiero quedar como una tonta.

—No lo eres —aseguró Rachel y sonrió—. Cuando estaba estudiando, estaba colada por uno de mis profesores. Él tenía veinte años más y estaba felizmente casado, así que nunca hice nada, pero me encantaba ir a sus clases. ¿Por qué no te limitas a disfrutar de lo que sientes? Rick no tiene por qué saberlo. A veces, sentirse atraída por alguien puede ser un fin en sí mismo.

Un fin en sí mismo. Eso era nuevo, algo que nunca se le había ocurrido a Allison.

Rachel se levantó de la cama y se dirigió al armario. Sacó unos pantalones color caqui y una sudadera azul de algodón.

—Toma —dijo Rachel—. Los pantalones son aburridos, pero la sudadera combina bien con tus ojos. Y no abriga demasiado, es perfecta para este tiempo.

Aliviada por saber, al fin, qué ponerse, Allison se vistió. Luego, se miró al espejo.

—Servirá —opinó Rachel tras un momento—. Sé que no voy a poder convencerte para que te maquilles del todo, pero ¿qué te parece un pequeño toque de color? Quizá, un poco de iluminador y de pintalabios…

—Supongo que…

—Genial —le interrumpió Rachel, animada, y sacó un par de tubos del bolso. Le puso el iluminador a su amiga y le dejó que se pintara los labios ella misma. Era un tono suave de rosa, muy discreto—. Estás estupenda —aseguró.

—Gracias —repuso Allison, sonriendo ante el espejo.

—De nada. Ahora tengo que irme.

—Te acompaño a la puerta.

Era un día de primavera tan bonito que Allison decidió esperar a Rick fuera. Cuando lo vio llegar, a las tres en punto, no pudo evitar que se le acelerara el corazón y esbozar una amplia sonrisa.

Rick también sonreía, pero llevaba los ojos ocultos tras unas gafas de sol que, sin duda, le habían costado más que el coche de segunda mano que Allison tenía. Intercambiaron saludos mientras él se acercaba.

—¿Qué tal te ha ido la semana?

—He estado muy ocupada —respondió ella—. ¿Y a ti?

—Igual.

Él se quitó las gafas y se las guardó en el bolsillo. Allison sintió un pequeño escalofrío de excitación cuando sus ojos se encontraron.

—Te has puesto pintalabios —observó él, sin dejar de mirarla.

Allison maldijo a Rachel en silencio.

—Bueno, sí —admitió ella, notando cómo él posaba los ojos en su boca—. Sabe a fresa —añadió, dándose cuenta por primera vez de que tenía sabor.

—¿Qué? —dijo él, levantando la vista a los ojos de ella.

—Yo… —balbuceó Allison. Había perdido el hilo de la conversación, sumergida en los intensos ojos verdes de él.

Rick tragó saliva. Luego, la acompañó al coche y le abrió la puerta del copiloto.

—¿Nos vamos?

—Claro —dijo ella, evitando mirarlo mientras se sentaba. Se puso el cinturón de seguridad con manos temblorosas.

¿Qué diablos le estaba pasando? Le había parecido como si él hubiera querido besarla. Y ella casi se lo había pedido. Le había dicho que su carmín sabía a fresa, nada más y nada menos, recordó avergonzada.

Rick entró en el coche y encendió el motor.

—¿Qué música te gusta?

A Allison le encantaba la música pero, en ese momento, no se le ocurrió el nombre de ni un solo cantante.

—¿Qué tienes puesto ahora mismo?

Rick apretó un botón y comenzó a sonar un dueto de Ella Fitzgerald y Louis Amstrong.

—¿Qué te parece esta? —preguntó él, comenzando a conducir.

—Perfecta —afirmó ella, sorprendida. No había imaginado que a Rick Hunter le gustara esa clase de música.

Él sonrió y la tensión entre ambos comenzó a disiparse.

—De acuerdo, sé que te gustan las películas antiguas. Pero ¿qué me dices de las modernas? ¿Cuál es la última que has visto?

Mientras hablaban, Allison se fue relajando poco a poco.

Sin poder evitarlo, contempló cómo sus fuertes brazos se flexionaban a la perfección mientras manejaba el volante.

Además, Allison se percató de otras cosas, como de las arruguitas que le salían alrededor de los ojos cuando se reía. O su aroma a loción para después de afeitado. O de esa voz que parecía vibrar en su pecho.

Era una combinación de factores que no hacía más que animar su interés. Aparte del incentivo visual, la conversación le estaba resultando amena y le atraía la ágil inteligencia y la original forma de pensar de Rick. Notó que el cuerpo le subía de temperatura y que, al mismo tiempo, un agradable cosquilleo la recorría.

El paseo en coche le dio tiempo a Allison a acostumbrarse. Mientras Rick seguía hablando, ella pensó que podría ocultarle lo que sentía. Al menos, intentaría no sonrojarse como una adolescente cada vez que sus ojos se encontraban.

Tal vez, Rachel había tenido razón. Quizá, podía disfrutar de esa sensación, manteniéndola oculta al mismo tiempo.

La charla giró hacia política. En un momento, cuando Allison estaba mostrando su oposición ante la postura de Rick, reconoció una sonrisa sospechosa en el rostro de él.

—¿De qué te ríes?

—De nada. Estoy de acuerdo contigo, eso es todo —afirmó él.

—¿Qué? ¿Entonces por qué has dicho…?

—Me gusta oírte discutir —explicó él—. Me gusta lo apasionada que eres en defender tus creencias. Cuando te pones así, me da la sensación de que puedo ver dentro de ti.

Eso era justo lo que ella intentaba evitar.

—¿A qué te refieres?

Allison notó cómo él buscaba las palabras.

—Cuando hablas de algo que te importa, no ocultas quién eres. Te muestras tal cual. No te importa nada lo que puedan pensar los demás —aclaró él.

En lo que se refería a política, tal vez, él tenía razón. Pero Allison no quería dar una imagen equivocada de sí misma.

—Hay muchas cosas que me guardo para mí.

—Seguro que sí. Sin embargo, las cosas que me dices son sinceras, eso es lo que me gusta. La mayoría de las mujeres con las que salgo están tan ocupadas intentando complacerme que nunca sé lo que piensan de verdad.

—¿Por qué iban a hacer eso? ¿Por qué ocultar sus verdaderas opiniones? —preguntó ella, sin dar crédito.

Él se encogió de hombros.

—Lo creas o no, hay mujeres que solo quieren casarse con un millonario. Y son capaces de hacer cualquier cosa para conseguirlo —señaló él con tono de amargura.

Allison sintió un inesperado arranque de furia.

—Eso es terrible. Las mujeres no deberían salir contigo por tu dinero. Deberían hacerlo porque eres…

—¿Soy qué? —preguntó él.

—Eres agradable —contestó ella, sonrojándose.

Él esperó un momento antes de responder.

—¿Solo agradable? —insistió Rick, arqueando las cejas.

—No puedo creer que necesites mis cumplidos —replicó ella, mirando al techo con gesto burlón—. De todas maneras, ya sabes que soy muy honesta. No esperes que te ayude a alimentar tu ego.

—Honesta y molesta. ¿Te había dicho lo segundo?

—No, lo habías olvidado.

Salieron de la autopista minutos después y entraron en un largo camino de tierra que subía entre dos filas de robles. Allison se enderezó en su asiento, curiosa por saber cómo sería Hunter Hall. Cuando entró en su campo visual, se quedó impresionada.

—Oh, Rick. Es precioso.

Y lo era. La casa cubierta de hiedra se fundía con el entorno, salpicado por el color de las primeras flores. Sin duda, en verano, los jardines serían una maravilla, pensó Allison.

Entonces, entendió por qué a él le gustaba tanto ese lugar. La arquitectura neogótica parecía sacada de un cuento de magos. Se lo imaginó lleno de niños y sus familias. Era la clase de espacio que le gustaría tener para su fundación.

—¿De verdad te gusta? —preguntó él mientras la ayudaba a salir del coche.

Los dos se quedaron mirando la casa un momento, con sus torretas y las ventanas que relucían como diamantes bajo el radiante sol.

—¿Bromeas? Claro que me gusta. Desde luego, el lugar se merece que sobornes a una mujer para que sea tu novia falsa.

Rick le dio un suave codazo y ella rio.

—No ha sido un soborno, sino una negociación —puntualizó él.

—Si tú lo dices… Eso me recuerda algo. Antes de entrar a ver a tu abuela, tenemos que ponernos de acuerdo en nuestra historia, ¿no?

—No, a menos que pienses ejercitar tu talento para la imaginación como hiciste con Shirley.

Ella sonrió.

—No. Hoy nada de cuentos. Yo creo que lo mejor es que nos ciñamos lo más posible a la verdad. Nos conocimos a causa del deseo de Julie y porque hiciste un generoso donativo a la Fundación Estrella. Después de que hubiéramos visitado a Julie en el hospital, me pediste salir. Fin de la historia.

—Tiene sentido.

Se quedaron callados un momento, mirando hacia la casa. Allison iba a preguntarle cuándo había sido construida, pero cuando se giró para hacerlo se quedó sin palabras al ver que él la estaba mirando.

—¿Entramos?

Allison asintió. Rick le tendió el brazo y, tras titubear un instante, ella se lo tomó.

Rick llevaba manga corta y sus antebrazos desnudos se tocaron. Mientras subían por el camino de piedra hacia la entrada, embelesada por su contacto, ella rezó porque no pudiera oírse el acelerado latido de su corazón.

Capítulo 6

L A pesada puerta principal se abrió cuando llegaron. Allí estaba la abuela de Rick, muy elegante
con un traje de Chanel y un caro perfume, esbozando una cálida sonrisa.

Rick no recordaba la última vez que había visto a
su abuela recibiendo a alguien en la puerta. Meredith,
el ama de llaves, solía ser la encargada de eso.

Era a causa de Allison, pensó él con cierto sentimiento de culpa. Su abuela estaba deseando conocerla.

—¡Qué alegría veros, queridos! —exclamó su abuela, sonriente, y miró a Allison—. Eres tan guapa como
en la foto —añadió, dándole una palmadita cariñosa en
la mejilla—. Entrad. Tomaremos el té en el salón sur,
pero antes había pensado enseñarle a Allison Hunter
Hall.

—Me encantaría —repuso Allison.

Sonriente, la abuela de Rick les hizo entrar y comenzó a guiarlos por la casa, dando las explicaciones
que él había oído ya cientos de veces.

Rick se quedó atrás, dejando que las dos mujeres entraran en los nueve dormitorios, los salones de arriba y abajo, el salón de juegos y la sala de música, la biblioteca, el conservatorio, la galería, el comedor, la sala de baile… Mientras, dejó que la vieja magia de Hunter Hall lo envolviera, viendo cómo Allison charlaba y reía con su abuela, que había insistido en que la llamara Evie.

Hacían una pareja muy curiosa, pensó Rick. Su abuela era tan… refinada… Llevaba caras joyas y un pañuelo de Hermes, el pelo blanco con un exquisito peinado, altos tacones que resonaban sobre el suelo de mármol…

Y, a su lado, estaba Allison, alta y esbelta, un diamante en bruto con sus pantalones caqui, una sudadera de algodón azul y bailarinas sin tacón. No llevaba joyas, ni accesorios y el pelo corto dejaba al descubierto un cuello apetitoso y sin adornos.

Hicieron una pausa delante de un cuadro de John Singer Sargent, un retrato de su tatarabuela que había sido encargado por la familia Hunter después del matrimonio de Cyrus Hunter. Su abuela le estaba explicando a Allison los lazos de sus parientes lejanos con el pintor, mientras Allison observaba la obra con las manos en los bolsillos, asintiendo de vez en cuando.

Rick estaba parado detrás de ella, pero no estaba escuchando la charla de su abuela, ni estaba contemplando el cuadro. Tenía los ojos puestos en Allison y en su nuca desnuda. Sin darse cuenta, se fue acercando, dejándose envolver por su fresco aroma, a jabón, champú y sol.

Estaba tan cerca de ella que podía tocarla.

Deseó tener el derecho a hacerlo. Ansiaba recorrerle la piel con la punta de los dedos y sentir cómo ella se estremecía.

Tomando aliento, Rick trató de controlar su tren de pensamientos.

La deseaba.

Era un sentimiento que había estado acumulando toda la semana, pensando en ella, mirando esas fotos del periódico y leyendo su libro, lleno de amor, tristeza, rabia, esperanza y todas las emociones puras que él había enterrado desde hacía tanto tiempo.

Entonces, cuando había llegado a su casa para recogerla y había visto que se había puesto carmín de labios, había pensado por un instante que podía sentirse atraída por él. Había esperado ser el motivo por el que se había acicalado, para resultarle atractiva. En ese momento, se había dado cuenta de lo mucho que ansiaba que eso fuera cierto.

Porque la deseaba. Le gustaba con una intensidad que le abrumaba. Había estado a punto de besarla allí mismo, en la calle. Entonces, Allison había dicho algo, no estaba seguro de qué. Y, cuando sus ojos se habían encontrado, ella lo había mirado como un ciervo asustado ante los faros de un coche, tal vez, temiendo que él se dejara llevar por la pasión que, sin duda, debía de haberse reflejado en su rostro.

Rick sabía reconocer una invitación a un beso y estaba seguro de que no había sido el caso. Por eso, se había controlado y había dado un paso atrás. El alivio de Allison había sido obvio. Por eso, por mucho que le hubiera gustado que hubiera sido así, ella no debía de haberse pintado los labios por él.

Por él, no había problema. Si tanto ansiaba un beso, había miles de mujeres allí fuera dispuestas a dárselo. Tenía un acuerdo con Allison, con los límites muy claros y un objetivo. Y, a diferencia de una relación, Hunter Hall era algo con lo que podía contar para siempre.

Sumido en sus pensamientos, Rick seguía contemplándola y deseando tocarla. Cuando su abuela terminó la charla sobre el pintor, Allison dio un paso atrás y chocó con él. Sin pensarlo, él la sujetó por los hombros para que no perdiera el equilibrio.

—Lo siento —se disculpó ella, volviéndose para mirarlo—. No me había dado cuenta de que estabas detrás.

—No pasa nada —repuso él con voz un poco ronca. Se aclaró la garganta, pero no la soltó.

—Bueno, aquí termina nuestro tour —dijo su abuela, sonriendo.

Allison se zafó con suavidad de sus manos. Otra indirecta más, se dijo Rick, sintiendo todavía un excitante cosquilleo después de haberla tocado. Debía aprender la lección y no volver a agarrarla, pues la próxima vez, igual, no sería capaz de soltarla.

Su abuela los guió a la escalera principal y subieron al salón acristalado del ala sur.

—He traído algunos álbumes de fotos que pensé que te gustarían —comentó Evie a Allison, invitándola a sentarse en el sofá color crema que había junto a las ventanas.

Allison la siguió. Y Rick también, lanzándole dardos a su abuela con la mirada.

—No me mires así —le reprendió su abuela—. No tiene nada de malo que Allison vea lo mono que eras de pequeño. Puedes verlas mientras le digo a Meredith que estamos listos para tomar el té.

Evie salió de la habitación y Allison se sentó. Rick suspiró con resignación, sentándose a su lado. Se fijó en cómo el sol pintaba de oro los mechones de su cabello.

—No puedo creer que haya sacado esas viejas fotos —protestó él mientras Allison tomaba uno de los álbumes de la mesita para café.

Allison sonrió.

—¿No lo hace cada vez que traes a una mujer?

—No suelo traer a nadie aquí. Y, cuando lo hago, a mi abuela no le gustan. Esa es la razón por la que estamos en esta situación, ¿recuerdas?

—Umm. ¿Vas a ver las fotos conmigo?

—Claro que no.

—Cobarde —se burló ella.

—¿Te he dicho lo molesta que eres?

—Sí —repuso Allison, recostándose en el sofá. Abrió el álbum sin que él pudiera ver las fotos—. Oh, esta es adorable —señaló, sonriendo—. Es la expresión más dulce que he visto nunca en un niño de tres años desnudo.

Él intentó quitarle el álbum, pero ella lo apartó de su alcance.

—Oooh. Aquí hay una en la bañera. Tu culito se ve todavía mejor en esta.

—Allison, por favor…

Ella le sonrió por encima del libro.

—¿Por qué no las ves conmigo? Te prometo que nos saltaremos las de desnudos.

—No.

—Vamos… Será divertido.

Con esa mirada traviesa e inocente al mismo tiempo, Allison era demasiado irresistible, pensó él.

—Está bien. Lo haré, si tú me correspondes.

—¿Corresponderte? ¿Cómo?

—Dejándome ver tus fotos de pequeña. Sobre todo, en casa de tus padres, con al menos alguno de tus parientes diciéndome lo adorable que eras de pequeñita.

—¿Te estás ofreciendo a conocer a mi familia?

Él sonrió.

—Te apuesto veinte dólares a que resisto más que tú.

—Trato hecho —repuso ella, acercándose. Posó el álbum entre su pierna y la de él.

—Esperaba que lo de la bañera fuera una broma —comentó él—. Las abuelas no tienen vergüenza.

—¿Te la hizo ella?

—La mayoría, sí. Venía a visitarlos varias veces al año y mi abuela siempre estaba tomando fotos.

—Me cae bien —reconoció ella con aire pensativo.

—Y tú a ella.

—Esperaba que fuera más... fría. Después de todo, te amenazó con dejarle la casa a otra persona solo porque no le gustan las mujeres con las que sales. Eso me parece terrible.

Rick se encogió de hombros.

—Sí, es bastante autoritaria y está llena de prejuicios. Pero yo la quiero. Me ha acogido en tres ocasiones importantes en mi vida, sin hacerme preguntas.

—¿Cuándo?

—¿A qué te refieres?

—¿Cuándo te ha acogido?

—La primera vez, cuando tenía diez años —repuso Rick tras titubear un momento—. Mi padre se había ido y mi madre había necesitado un lugar donde quedarse hasta recuperarse un poco.

—¿Evie es tu abuela materna? Como llevas su apellido, pensé que...

—Mi madre retomó su apellido de soltera cuando nos mudamos aquí. Y yo también me lo cambié.

Rick recordó el día en que había dejado atrás el apellido de su padre para siempre. También se acordaba del primer año que había vivido allí. Había sido como el paraíso y la primera vez en su vida que se había sentido a salvo. Había dejado de quedarse despierto por las noches, preocupado por su madre, rezando por ser lo bastante fuerte y mayor para poder protegerla.

—La segunda vez fue cuando mi madre enfermó
—continuó él—. Yo tenía dieciséis años y me quedaba
aquí mientras ella estaba en el hospital. Murió cuando
yo tenía diecisiete y seguí aquí hasta que me fui a la
universidad. La tercera vez fue cuando volví de Afganistán, antes de establecerme en Des Moines y fundar
Hunter Systems.

Rick posó los ojos en Allison, que lo observaba
con expresión reflexiva.

—¿Fue difícil para ti cuando tu padre se fue?

—No —respondió él.

Hablar de su padre le producía un sabor amargo.
No era un tema de su gusto.

—¿Lo has vuelto a ver?

—No.

Por otra parte, tal vez, era buena idea recordar por
qué no estaba hecho para tener una relación, caviló
Rick. Con los genes de su padre, no podía tener nada
serio con ninguna mujer.

Sobre todo, con una persona como Allison.

Respirando hondo, él apartó la mirada. Hubo un
largo silencio.

—No habéis avanzado mucho con el álbum —observó su abuela al entrar seguida de Meredith, llevando una bandeja con el té.

—Allison, esta es el ama de llaves de mi abuela,
Meredith Bowen.

Meredith les sonrió, mientras colocaba la mesa con
eficiencia y acercaba una silla para Evie.

Su abuela sirvió el té en tres delicadas tazas de
porcelana.

—Espero que te guste el té negro chino, Allison.
¿Leche o azúcar? Por favor, tomad sándwiches y pas-
telitos, si queréis. Bueno, ahora cuéntame qué te parece Hunter Hall.

—Creo que es precioso. Entiendo por qué Rick adora este lugar.

Evie sonrió a su nieto.

—Siempre me ha gustado tener aquí a Richard. Una casa no es lo mismo sin niños. Hablando de eso...

Oh, no, pensó Rick.

—¿Qué harías tú si vivieras en un sitio como Hunter Hall? ¿Tendrías una gran familia?

—¿Si tuviera una casa así? —repitió Allison, iluminándosele los ojos.

Rick se preguntó qué se le habría ocurrido. Estaba seguro de que no sería tener hijos con él.

—Si tuviera una casa así, la llenaría de niños. Aunque no los míos.

Evie la miró perpleja.

—Tengo el sueño de abrir un centro de retiro para familias afectadas por cáncer infantil —explicó Allison.

—¿Un centro de retiro?

Allison asintió.

—Es algo que llevo pensando desde hace años. Me gustaría tener un lugar que ofreciera servicios y proporcionara la sensación de comunidad a las familias. Es fácil sentirse aislado cuando estás luchando con el cáncer, porque es difícil explicar lo que estás pasando a quien no lo conoce y porque las estancias en el hospital no te dejan mucho tiempo libre. Quiero que el refugio se llame Hogar de Megan y que sea un sitio donde todo el mundo entienda lo que se siente, porque todos compartan la misma experiencia.

—¿Qué clase de servicios ofrecerías? —preguntó Evie, interesada.

Allison tomó un trago de té y dejó la taza de nuevo.

—Las familias que viven lejos de Des Moines podrían quedarse en el centro mientras sus hijos están en tratamiento, para que no tengan que irse a un hotel. Habría talleres, también. De música, de manualidades… y juegos para los niños. Además, tendría terapia psicológica para toda la familia. Masajes y spa para las mamás… y los papás, si lo necesitan. Los padres olvidan cuidarse cuando sus hijos están enfermos —explicó Allison con el rostro iluminado—. Y debe tener un gran jardín. Yo crecí en una granja y creo que es algo mágico ver cómo crecen las cosas. Plantar semillas y verlas florecer, comer tomates de la mata… Me encantaría que los niños pudieran cultivar sus propios huertos. Y tendría muchos espacios de juego al aire libre. Tres casas y un club social y…

Allison se detuvo en seco, sonrojándose.

—Ya está bien de acaparar la conversación hablando de mí —se disculpó Allison—. Lo siento.

—No estabas hablando de ti —repuso Evie—. Estabas hablando de un sueño… algo que quieres construir algún día —añadió y rellenó su taza con cuidado—. Yo perdí a mi hija de cáncer.

Rick se quedó mirándola. No recordaba que su abuela hubiera mencionado nunca la muerte de su madre a nadie fuera de la familia.

—Lo sé —afirmó Allison con tono suave—. Rick me lo dijo.

Cuando Evie levantó la vista, Rick adivinó que estaba tan sorprendida como él.

—¿Ah, sí? —preguntó Evie.

Allison asintió.

—Yo perdí a mi hermana Megan. Tenía catorce años cuando murió.

—Megan —repitió la otra mujer—. ¿Le pondrías su nombre a tu centro?

—Sí. Megan estaba llena de vida. El Hogar de Megan también lo estaría. Así es como yo lo imagino, al menos —añadió Allison con una sonrisa.

La mujer mayor le dio un trago a su té.

—Es un sueño hermoso, Allison. Y creo que tienes la fuerza de voluntad necesaria para conseguirlo. Ahora entiendo por qué mi amiga Shirley Donovan habla tan bien de ti. Debo admitir, sin embargo, que yo no serviría para hacer tu trabajo. Me parece terrible estar cerca de niños que sabes que no van a sobrevivir.

—Esa parte es dura —admitió Allison—. Aunque no todo es tristeza y desesperación. También convivo con la fuerza, la resistencia y la victoria. Me considero afortunada —afirmó e hizo una pausa—. Pero ya está bien de hablar de cosas serias. Creo que deberíamos cambiar de tema y hablar del trasero de Rick.

A Evie se le pusieron los ojos como platos.

—¿Disculpa?

Allison abrió el álbum y se lo tendió.

—Dos desnudos en la primera página —comentó Rick con resignación—. Tienes suerte de que te quiera, abuela.

Con los ojos puestos en las fotos, su abuela hizo un esfuerzo para no sonreír.

—Lo siento, Richard. Te prometo que me había olvidado de que estaban aquí. Pero eras un bebé adorable…

—Así es —opinó Allison, sonriendo.

Evie estuvo hablando de su infancia mientras se terminaban el té. También, le preguntó a Allison cómo había sido crecer en una granja. Y Rick se recostó para disfrutar del que se había convertido en su último pasatiempo: contemplar cómo hablaba Allison. Cuando se entusiasmaba con algo, se le iluminaba el rostro. Movía las manos con vivos gestos. Le saltaban chispas de los ojos, se inclinaba hacia delante y parecía irradiar energía.

—¿Qué pasa? —preguntó ella, de pronto, mirándole, después de haber descrito un día típico en la granja en la temporada de siembra.

—Me gusta verte hablar —reconoció él.

Allison se sonrojó, mientras Evie los observaba a los dos con atención.

—Deberíamos irnos ya —comentó él, tras carraspear un poco—. Allison y yo tenemos que trabajar mañana.

—Claro. Lo comprendo —aseguró Evie, mirando a la acompañante de su nieto—. Sé que todavía es pronto, pero…

Oh, no, se dijo Rick.

—Si quieres, puedo darte algunas fotos de Rick para que te las lleves a tu casa —ofreció su abuela—. Tengo copias.

Podía haber sido peor, caviló él. La frase podía haber terminado con planes de boda.

—Me encantaría —repuso Allison con una sonrisa.

—Maravilloso. Iré a por ellas.

—¿Crees que me dará copias de los desnudos? —preguntó Allison a Rick con picardía cuando su abuela hubo salido.

—No, si aprecia en algo su vida.

Riendo, Allison tomó el álbum de la mesita y empezó a verlo de nuevo.

A Rick le encantaba cómo el pelo corto le dejaba las esas orejas tan pequeñas al descubierto. Se imaginó recorriéndole el lóbulo con la punta del dedo… y la mandíbula y los labios.

En sus fantasías, se visualizó sujetándola de la cintura, deslizando las manos bajo su sudadera… Entonces, Allison volvió a hablar, sacándolo de sus pensamientos.

—Creí que tu madre enfermó cuando tú tenías dieciocho años.

Él frunció el ceño, sorprendido por el comentario.

Allison le mostró la foto que había llamado su atención.

Cuando se acercó para verla mejor, Rick se quedó petrificado y notó cómo Allison lo estaba observando.

Recordaba esa foto de su madre y él. Su abuela la había tomado el primer día que se habían mudado allí.

—Los dos parecéis tan... cansados —señaló Allison, tras un momento.

Era una forma de expresarlo, pensó él.

—Sí —dijo Rick y respiró hondo antes de continuar—. Ella no estaba enferma todavía. Esa foto... fue tomada cuando vinimos aquí a vivir, el primer día.

—¿Después de que tu padre se fuera? —preguntó Allison con ojos llenos de compasión.

Rick asintió.

—Debiste de sentirte muy solo al mudarte a un sitio nuevo, ir a un colegio nuevo...

—En realidad, no —contestó él, relajándose un poco. Allison no le había hecho la pregunta que había temido—. Me gustaban mucho los ordenadores y eso me tenía entretenido. Empecé a practicar deporte, también. Y este sitio era como un paraíso para mí. Había tantos espacios para explorar... Era tan divertido y tan seguro... —añadió y se calló de golpe.

—¿Seguro? —inquirió ella tras un instante.

Entonces, entró su abuela, salvándole de tener que responder.

—Aquí tienes, querida —ofreció Evie con una sonrisa, entregándole a Allison un sobre que parecía repleto de fotos.

—Muchas gracias. Y gracias por el té. Me lo he pasado muy bien.

—Yo también he disfrutado. Espero que vuelvas.

—Me gustaría —aseguró Allison, poniéndose en pie—. ¿Puedo ir al baño un momento antes de irme?

—Claro. Está tras esa puerta, en el pasillo, a la izquierda.

En cuanto Allison hubo salido, Evie se volvió hacia Rick.

—A pesar de todos tus defectos, nunca pensé que fueras estúpido.

—¿Qué?

—Una chica como Allison no se presenta todos los días —continuó ella con tono de reprimenda—. Me emocioné cuando me enteré de que estabais saliendo… Shirley la tiene en muy alta estima. Es una chica encantadora y es obvio que te gusta.

—Claro que me gusta. Salgo con ella.

—¡Pero vaya manera de demostrarlo! —le regañó su abuela—. La tratas como a una amiga, no como a una novia. Así no conseguirás nada. Ni siquiera os habéis rozado en toda la tarde.

—Como tú misma has dicho, Allison no es como las otras chicas, abuela. No le gusta dar muestras públicas de afecto.

—Oh, por todos los santos —protestó su abuela—. No esperaba que se sentara en tu regazo. Pero me rompe el corazón ver cómo mantienes las distancias con ella —señaló, meneando la cabeza—. He tenido que verte con un desfile de mujerzuelas a lo largo de los años y, ahora que encuentras a una chica como Allison, vas a dejar que se te escape de las manos. A veces, creo que…

Rick se salvó del resto de la arenga gracias a que Allison regresó. Cuando se acercó, tan preciosa y dulce, él ardió en deseos de tocarla.

Su abuela tenía razón en una cosa. Mantenía las

distancias con Allison, igual que ella hacía con él. La atracción que sentía era demasiado fuerte y no quería jugar con fuego.

Tras despedirse en la puerta principal, se encaminaron al coche. Estaba empezando a atardecer y estaba refrescando. Las nubes al oeste se habían pintado de oro y fuego.

—Entonces… ¿crees que ha ido bien? —preguntó ella.

Rick tardó un poco en responder. Su mente estaba bloqueada por deseos conflictivos y no estaba acostumbrado a ello. Aunque en ese momento no lo pareciera, él era experto en ordenar y controlar sus sentimientos.

Sin embargo, no tenía por qué haber ningún conflicto. La situación era sencilla. Lo que tenía que hacer y lo que quería hacer era la misma cosa.

El problema era que lo deseaba demasiado.

—¿Rick? ¿Crees que hemos fingido bien?

Él la miró. Allison le estaba sonriendo con los ojos más azules que el cielo en verano y los labios dulces y deliciosos.

Un beso. Solo uno.

Por experiencia, Rick sabía que esas cosas sabían mejor en la imaginación que en la realidad. No era posible que besar a Allison estuviera a la altura de sus fantasías. Y eso podía ayudarle a mantener a raya su deseo.

—No estoy seguro.

—Pero creo que le he gustado —repuso Allison, dejando de sonreír—. Y ella a mí.

—Sí, las dos os entendéis bien. Ese no es el problema.

—¿Entonces?

—El problema soy yo. Ella no cree que… —comenzó a decir Rick.

Cuando llegaron al coche, él miró hacia la casa. Como había sospechado, su abuela estaba espiándolos desde la ventana del salón. Volvió a posar los ojos en Allison, que lo miraba expectante, esperando a que terminara la frase.

Estaba claro que ella no tenía ni idea de lo que estaba pasando por su mente.

Debía pedirle permiso primero, se dijo Rick. O, al menos, advertirle. Sin embargo, no pensaba hacer ninguna de las dos cosas.

Dio un paso hacia ella, cruzando la barrera invisible que los había separado hasta entonces.

Allison abrió mucho los ojos y dio un paso atrás, pero tenía el coche justo a su espalda y quedó acorralada.

Se quedó petrificada, entreabriendo los labios como si fuera a hablar, pero no pudo emitir palabra.

Rick le tomó el rostro entre las manos.

—Eres muy hermosa —dijo él con voz ronca y llena de deseo.

Entonces, la besó.

Capítulo 7

UNA corriente eléctrica la recorrió al sentir el contacto de sus labios. Le temblaron las rodillas, hasta el punto de que se habría caído si él no la hubiera sujetado de la cintura.

Sus manos eran fuertes, pero el beso fue suave… una caricia de satén que la hizo estremecer.

Luego, lo hizo otra vez. Y otra más.

Rick la besó hasta que algo dentro de Allison comenzó a arder. Posó las manos en su pecho, notando su musculoso contorno. Casi sin querer, pronunció su nombre con voz temblorosa.

Él respondió con un grave gemido. Le acarició la espalda hasta los hombros, apretándola contra su cuerpo. Ella gimió cuando sus pechos se aplastaron contra el torso de él.

Allison percibió cómo el aire entre ellos vibraba y echaba chispas, cargado de tal magnetismo que no podían dejar de besarse.

Ella se agarró a su camisa y, antes de darse cuenta

de lo que estaba haciendo, lo atrajo más cerca de sí. Rick se quedó paralizado y, durante un instante, fue ella quien lo besó a él.

Entonces, él la rodeó con sus brazos, apretándola contra su pecho. Ella le dio la bienvenida con su lengua y su beso pasó de ser tierno a posesivo y ardientemente erótico.

Allison sintió que se le derretían los huesos y, cuando se agarró al cuello de Rick, notó de pronto su dura erección contra el estómago.

Los dos se separaron al mismo tiempo.

Ella se apoyó en el coche, jadeante, sin atreverse a mirarlo. Posó los ojos en el pecho de él, mientras trataba de recuperarse, perpleja por su propia reacción.

Se sentía mareada, desorientada. Aunque había fantaseado con besar a Rick, su imaginación no la había preparado para eso.

—Tu abuela —dijo ella tras un minuto con voz ronca. Miró hacia Hunter Hall, pero Evie ya no estaba asomada a la ventana—. Nos estaba mirando, ¿verdad? Por eso… por eso me has besado.

—Nos estaba mirando, sí —reconoció él e hizo una pausa—. Pero no te he besado por eso.

Ella apretó los puños.

—Allison —dijo él con gesto fiero, impaciente—. Ven a mi casa esta noche.

—¿Qué? —replicó ella, atónita.

—Ven a casa conmigo.

Allison se sonrojó. ¿Acaso debería sentirse halagada porque él la hubiera rebajado al mismo nivel de las otras mujeres, con las que solía tener una aventura de una noche?

Ella cerró los ojos. La verdad era que no podía culparlo por haber dado por hecho que estaba dispuesta a acostarse con él. Su beso se lo había dado a entender.

Al notar su mano en la mejilla, Allison abrió los ojos y respiró hondo.

—Rick, no puedo ir a tu casa.

Él apartó la mano y sus ojos se apagaron un poco. Con el corazón encogido, Allison deseó que él pudiera ser otro hombre, alguien que quisiera más que una noche o unas cuantas semanas con una mujer. Pero Rick le había dejado claras sus intenciones desde el principio.

—¿Por qué? —preguntó él, y le acarició el labio inferior con el pulgar—. Sé que me deseas.

Cuando él le recorrió el cuello con los dedos, ella se estremeció.

Sí, lo deseaba. Lo deseaba con una intensidad que nunca había experimentado, tanto que casi le dolía, reconoció para sus adentros.

Rick había atravesado sus miedos y sus defensas. Pero, si lo dejaba ir más allá, le rompería el corazón, se dijo ella.

—Quiero irme a casa —pidió Allison, sin poder evitar que le temblara la voz—. Por favor, llévame a casa.

Rick apartó la mano y dio un paso atrás con gesto de impotencia e incredulidad. No debía de estar muy acostumbrado a que las mujeres lo rechazaran, aventuró ella. Y esa era una de las razones por las que no debía irse con él. No quería ser una más en su larga lista de conquistas.

La dolería demasiado.

—De acuerdo —repuso Rick tras un momento de silencio y se sacó las llaves del coche del bolsillo—. Vamos.

El viaje de vuelta fue interminable. Rick condujo en silencio, con los ojos fijos en la carretera. Allison mantuvo la vista en la ventanilla de su lado.

Había visto la expresión de él al entrar en el coche y no quería volver a verla. Había sido un gesto frío y distante que no había tenido nada que ver con la calidez que él le había demostrado en el beso, o en el camino a la mansión de su abuela, o cuando habían ido a visitar a Julie.

Pararon delante de casa de Allison. Ella iba a salir como una bala, cuando Rick la detuvo, posándole la mano en el hombro.

Se quedó helada y, de inmediato, él apartó la mano. Tras un momento, ella lo miró.

—¿Qué? —preguntó Allison, deseando poder sonar también fría y distante.

—Lo siento.

Allison esperó, pero Rick no dijo más. A pesar de su determinación de mantenerse indiferente, ella empezó a enfurecerse.

—¿El qué? ¿O es una disculpa general?

—Siento todo lo que ha pasado después de que nos despidiéramos de mi abuela —aclaró él con la mandíbula tensa—. ¿De acuerdo?

—Disculpas aceptadas —repuso ella, cada vez más furiosa, y se dispuso a abrir la puerta del coche.

—Maldición, Allison, espera un momento. Dame una oportunidad.

—¿Una oportunidad para qué? Ya te has disculpado.

—Sí, pero sigues enfadada.

Parecía frustrado, pero eso no era problema suyo, pensó Allison. Lo único que ella quería era entrar en su casa, darse un baño caliente y no volver a pensar en el beso nunca más.

—Siento haberte besado. Y siento que las cosas hayan… ido más lejos —continuó él e hizo una pausa—. Hiciste bien en negarte a acompañarme a mi casa. Hubiera sido un error, por muchas razones.

La voz de Rick sonaba fría y desapegada. Qué diferencia con su tono cuando le había dicho que era hermosa, recordó ella. ¿Se acordaría él de sus palabras? ¿O había sido parte de su estrategia habitual de seducción?

Había tomado la decisión correcta. Allison sabía que así era. Pero, por alguna razón, tenía unas terribles ganas de llorar.

—No pasa nada —aseguró ella, tomando aire—. Y tu abuela nos ha visto, así que habrá servido para algo. Cuanto antes se trague nuestra historia, antes te dará Hunter Hall.

Y antes podría ella recuperar su vida, añadió para sus adentros.

—Será un alivio para ti que todo esto termine —adivinó él tras unos segundos de silencio.

—Un poco —admitió ella. También iba a sentirlo, pero no tenía ninguna intención de admitir eso—. No me gusta mentirle a tu abuela. Es una mujer de buen corazón.

—Creo que se te da bien ver dentro de las personas —afirmó él, mirándola a los ojos—. Espero que puedas ver dentro de mí y sepas que lo siento de verdad. No quería hacerte daño.

Allison se quedó pensativa, invadida por cientos de imágenes: del beso, de Hunter Hall, del videojuego que él había creado. Y pensó en esa foto que había visto en el álbum, la que le había hecho cambiar de expresión.

Su madre había tenido aspecto frágil y asustado, incluso a pesar de la sonrisa que había esbozado para la foto. Y Rick había mostrado una expresión fiera y protectora a su lado, intentando parecer más alto de lo que era, determinado a defenderla de un enemigo invisible.

Con ese niño en la cabeza, Allison volvió a mirar al hombre que tenía al lado, alguien fuerte y poderoso. Aun así… cuando Rick había visto la foto, no había parecido tan fuerte. Había esbozado el mismo gesto que aquel día en el hospital, cuando había revivido la muerte de su madre. Vulnerable, acongojado.

Allison pensó en el padre del que él no quería hablar y en la madre que había perdido. Pensó en todo el éxito que había conseguido de adulto, en todo su poder y su riqueza.

—Tu corazón es como una herida abierta —dijo ella, dejando que las palabras salieran de su boca sin censura alguna.

Él echó la cabeza hacia atrás en un movimiento brusco, como si lo hubieran golpeado. Se quedó mirándola un instante, perplejo.

—Lo siento, Rick —aseguró ella, atónita también por sus propias palabras—. No debería haber… no quería…

—No pasa nada —repuso él con la mandíbula tensa—. No te preocupes.

Entonces, Rick salió del coche para abrirle la puerta.

—Buenas noches, Allison, gracias por acompañarme hoy.

—Buenas noches —se despidió ella al fin, tras salir del coche, sin saber qué otra cosa podía decir. Empezó a caminar hacia su edificio pero, antes de llegar, oyó la puerta del coche cerrarse y el motor. Se volvió a tiempo de ver cómo él se alejaba.

¿En qué había estado pensando? ¿Cómo podía haberle dicho algo así a un hombre como Rick Hunter?

Igual su subconsciente lo había hecho de forma deliberada. Quizá, su intención había sido que el rico hombre de negocios la rechazara por completo y no quisiera volver a acercarse a ella.

Porque, si conseguía levantar barreras entre ellos, Allison no tendría que volver a enfrentarse a las contradictorias emociones que la atenazaban... una mezcla de deseo, miedo, culpa y ansiedad.

Era posible que fuera su manera de huir de esos sentimientos. O de hacer que Rick huyera de ella.

Si era así, lo había conseguido, se dijo, viendo cómo el coche de él desaparecía en la esquina a toda velocidad.

Una oleada de alivio invadió a Allison cuando entró en su casa. Se llevó su libro favorito a la bañera y se metió en agua caliente con espuma. Cuando se hubo secado, puesto el pijama y acostado, se sentía un poco mejor. El baño le había dado sueño y empezó a cerrar los ojos nada más tumbarse en la almohada.

Entonces, sonó el teléfono.

Abrió los ojos y miró el reloj de su mejilla. Eran las diez, un poco tarde para una llamada en domingo, pero lo más probable era que fuera su familia.

—¿Hola?

—Allison.

Ella se despertó de golpe, aferrándose al teléfono.

—¿Rick?

—Sí. Siento llamar tan tarde. Espero no haberte despertado.

—No... no estaba dormida.

—Bien —dijo él e hizo otra pausa, larguísima—. Allison, tengo que verte. Solo unos minutos.

¿Allí? ¿Esa noche? ¿En su casa?

—Eh...

—Por favor.

Al notar la tensión en su voz, supo que no podía negarse y suspiró.

—De acuerdo.

—Estoy abajo. Puedo subir a tu casa o podemos ir a tomar algo, si lo prefieres.

A ella le dio un brinco el corazón al pensar que estaba tan cerca.

—Puedes subir. Dame un minuto y te abriré.

—Bien. Gracias.

Llevaba un pijama muy recatado pero, por si acaso, se puso encima una gruesa bata de punto. Se calzó las zapatillas de andar por casa que le quedaban grandes, se dirigió a la puerta y abrió.

Por suerte, la ropa que llevaba puesta, además de no ser nada sexy, ocultaba las reacciones de su cuerpo ante Rick, pensó ella. Se sentiría en extremo humillada si él se percatara de la manera en que se le endurecían los pezones nada más verlo.

—¿Quieres tomar algo? —ofreció ella, haciéndose a un lado para dejarlo pasar.

—No, gracias —repuso él y la siguió al salón. Tras titubear un momento, se sentó en un sillón delante del sofá.

Como ella, Rick parecía querer evitar cualquier señal que pudiera ser interpretada como una invitación.

Allison se sentó en el sofá y se apretó un poco más el cinturón de la bata.

—Llevo una hora dando vueltas con el coche y he terminado aquí —dijo él al fin y tomó aliento—. Siento mucho la forma en que me he comportado esta noche. Y siento haberme ido como lo hice.

—Soy yo quien debería disculparse. No tenía derecho a decirte lo que dije. Era demasiado personal y…

—Era verdad —le interrumpió él con brusquedad—. Lo que dijiste era verdad. Lo que pasa es que yo… no pensé que nadie pudiera verlo. Soy como el mago de Oz, que no quería que nadie mirara detrás de la cortina.

—Rick, tú no…

—Déjame terminar. No sé cómo lo haces para darte cuenta de… cosas. Tal vez, es por tu trabajo. Si yo tratara con pacientes de cáncer a diario y estuviera en contacto con el dolor y el sufrimiento, me desesperaría la falsedad de ciertas personas.

—Rick, yo…

—Lo curioso es que quería poder engañarte con mi máscara. Quería impresionarte. Aunque lo que más me gusta de ti es que no te impresiona el dinero ni el poder. Pero, de todas maneras, quería impresionarte. Y lo último que deseaba era que me tuvieras lástima.

—No te tengo lástima, Rick. Nada de eso. Tienes que creerme. Sé que escondes mucho dolor, pero eso no quiere decir que te compadezca.

Hubo un silencio. Lo ojos de él se oscurecieron y, al verlo, Allison supo que estaba rescatando viejos recuerdos.

—Es por tu padre, ¿verdad? —preguntó ella tras un momento.

—Sí —admitió él con voz grave—. Es por mi padre —reconoció y se quedó callado unos minutos—. Mi madre se enamoró de él cuando estaban en el instituto. Se escaparon para casarse y, aunque a mis abuelos no les gustaba la idea, querían ayudarles. Pero mi madre no quería ayuda. Nunca le importó el dinero y no quería avergonzar a mi padre aceptando algo que él no tenía.

Rick bajó la cabeza, mirándose las manos mientras hablaba.

—Pero mi padre no pudo perdonarla por venir de una familia rica. Creo que la odiaba por eso. Por haber crecido con cosas que él no podía ofrecerle, a pesar de que ella siempre repetía que no le importaba. Estaba convencido de que lo dejaría por otro hombre y le daban ataques de celos solo porque mi madre hablara con un vecino o el repartidor de pizza —recordó él y tomó aliento—. No sé si las cosas les fueron bien al principio o no. Pero, cuando yo nací, todo iba mal. Mi padre trabajaba en la construcción y ganaba un sueldo decente, pero a él no le parecía bastante. Empezó a beber y… empezó a golpear a mi madre.

Allison lo había sospechado. Sin embargo, al oírle decirlo en voz alta, se le encogió el corazón y ardió en deseos de consolarlo.

Pero, por el momento, lo mejor que podía hacer por él era escucharlo.

—No me golpeaba a mí —prosiguió Rick—. Me gritaba mucho, pero solo pegaba a mi madre. Creo que ella… lo hacía a propósito para protegerme. Me mandaba a mi cuarto cuando intuía cierto tono de voz en mi padre o si volvía a casa borracho. Yo estaba siempre asustado. No por mí, sino por ella. Cuando tenía ocho o nueve años, empecé a pensar en formas de protegerla, pero mi padre era muy grande y yo muy pequeño… No podía nada contra él.

Allison se sintió un poco mareada. Se suponía que los padres tenían que proteger a sus hijos, no al revés. Sin embargo, Rick no había tenido infancia. No se podía ser un niño cuando uno estaba tratando de defender a su madre de su padre.

—Cuando cumplí diez años, ya no podía soportarlo. Era un poco mayor y pensé… pensé que, al menos, podría separarlos. Él estaba cada vez peor y la golpeaba tanto que, muchas veces, mi madre acababa en Urgencias. Yo temía que fuera a matarla. Por eso, una noche, salí de mi habitación, tal y como había planeado. Me desperté en el hospital.

Rick soltó una carcajada de amargura y Allison sintió un nudo en la garganta.

—Lo curioso es que mi plan funcionó en realidad. Mi padre se fue después de eso. Nunca me había pegado antes, tal vez se asustó. O, quizá, temiera las consecuencias. Fuera como fuera, nunca volvimos a verlo. Entonces, nos mudamos a Hunter Hall. Creo que mis abuelos se imaginaron lo que había pasado, aunque mi madre nunca se lo contó. Pero la llevaron a un psicólogo e intentaron que yo fuera también.

—¿No lo hiciste?

—No. No quería hablar del tema. Solo quería dejarlo atrás. Y sigo queriéndolo. Nunca he querido considerarme una víctima ni alguien… herido.

Sus palabras le llegaron a Allison al corazón.

—Tal vez, no tenga sentido para ti —añadió él tras un momento.

—No querías que te encasillaran por lo que te había pasado —adivinó ella con voz un poco temblorosa—. No querías que tu padre marcara la opinión que los demás tenían de ti.

—Eso es —replicó él—. Por eso, no fui a terapia. Sé que debería haber ido. Sé que estaría mejor ahora si me hubiera enfrentado a ello. Pero lo único que quería de niño era asegurarme de que nadie nos hiciera daño ni a mi madre ni a mí nunca más. Empecé a hacer deporte. Con doce años, comencé a hacer pesas. Quería ser más grande y más fuerte que mi padre —recordó—. Y me puse fuerte. Cuando tenía dieciséis años, habría podido vencer a cualquiera que hubiera intentado hacer daño a mi madre. Pensaba protegerla de todos y de todo, no dejar que volviera a sufrir nunca más.

Cuando Rick levantó la vista, Allison percibió un hondo dolor en sus ojos.

—Entonces, enfermó de cáncer. La vi sufrir, sin poder hacer nada para ayudarla —señaló él y tragó saliva—. Ni siquiera podía ayudarla a morir rápido. La enfermedad se la llevó poco a poco, hasta que no quedó en ella más que dolor.

Antes de poder pensarlo, Allison se arrodilló a su lado y le tomó las manos. Estaban heladas y ella deseó poder calentárselas.

Rick respiró hondo y siguió hablando con tono desesperanzado.

—Lo único que quería era protegerla. Al final, solo pude verla morir.

—Pero lo intentaste. Incluso de niño trataste de protegerla —repuso ella y, de pronto, comprendió algo—. Por eso, entraste en el ejército. Querías hacer algo para proteger a los demás.

—No digas eso. Me hace parecer noble y no lo soy. Me enrolé porque era joven e inquieto…

Ella meneó la cabeza.

—Una vez, leí un artículo que decía que los soldados ponen su cuerpo entre sus seres amados y la destrucción de la guerra. Así eres tú, Rick. Un protector. Y esa es la razón por la que nunca me darás lástima.

Él le cubrió las manos con las suyas. Su piel se había calentado un poco.

—¿Has oído lo que te he dicho? Nunca he podido proteger a nadie. Tal vez, lo intenté cuando era más joven, pero no lo conseguí. Y ahora estoy seguro de que no podría defender a nadie. Ni siquiera quiero hacerlo.

—Eso es una tontería —afirmó ella con firmeza—. Sé que patrocinas una larga lista de organizaciones benéficas para niños y mujeres en circunstancias difíciles. No te atrevas a decirme que no te importan los demás. Te importa tu abuela. Y te importa Julie, aunque solo la conoces desde hace una semana.

Hubo un silencio.

—De acuerdo —dijo él y, durante un instante, sonrió—. Tal vez, me importan un puñado de personas.

En el silencio, Allison fue consciente, de pronto, de lo íntimo del momento. Una tenue luz iluminaba la habitación desde una mesita alejada.

Estaba todo tan callado que podía escuchar la respiración de Rick. Y los latidos de su propio corazón.

Como si fueran las dos únicas personas en el mundo.

Allison bajó la mirada a sus manos entrelazadas. Él empezó a acariciarle la muñeca con el pulgar, suavemente.

Ella cerró los ojos, mientras se le aceleraba el corazón.

Se quedaron un minuto así, como si no existiera nada más que aquel contacto entre ellos. Luego, él empezó a acercarla.

Allison quiso dejarse llevar, rendirse a sus brazos. Pero el miedo, demasiado poderoso, la hizo apartarse con un respingo.

—Se está haciendo tarde —señaló ella, retirándose al sofá. Su propia voz le sonó extraña, como si perteneciera a otra persona.

—Tienes razón —repuso él—. Debería dejarte dormir —añadió y se puso en pie—. Gracias por aceptar verme. Y… por todo.

—Lo único que he hecho ha sido escucharte.

—Has hecho más que eso —afirmó él con una sonrisa.

—Ha sido un placer.

Hubo otra pausa. Sus miradas se entrelazaron.

Sería fácil perderse en esos ojos verdes, se dijo ella, sumergiéndose en su mirada.

—Por supuesto, lo que ha pasado no cambia nada entre nosotros.

—¿Qué quieres decir? —preguntó ella, abriendo mucho los ojos.

—Nuestro trato. Hasta que Hunter Hall sea mío, sigues estando comprometida conmigo.

—Ah. Sí. Claro.

—Deberíamos quedar para el próximo fin de semana. ¿Alguna sugerencia?

De pronto, Rick estaba hablando como el hombre de negocios que era. Allison trató de centrarse en la conversación.

—¿Sigues queriendo conocer a mi familia?

—Sí. De hecho, sería perfecto. Me aseguraré de que mi abuela lo sepa. Eso, combinado con nuestra actuación de hoy, la convencerá de que voy en serio contigo. ¿Cuál es el plan?

—El próximo sábado, se celebra un cumpleaños en la granja de mis padres. El de mis hermanos Jenna y Jake. Son gemelos. Jake estará presente a través de videoconferencia, pues está destinado en Afganistán, pero Jenna y el resto del clan Landry estarán allí.

—Cuenta conmigo.

—De acuerdo. Les avisaré de que vas a ir.

Entonces, Allison se dio cuenta de que iba a presentar a Rick a sus padres. Y a toda su familia.

No pudo evitar preguntarse lo que pensaría de ellos. Y lo que ellos pensarían de él.

Rick se dirigió hacia la puerta y se detuvo con la mano en el manillar.

—Buenas noches, Allison.

—Buenas noches, Rick.

Tras una breve sonrisa, él desapareció.

Ella cerró la puerta y se quedó parada unos minutos, antes de volver al salón. Sin embargo, se sentía demasiado inquieta como para sentarse y comenzó a dar vueltas por la habitación.

Se estaba enamorando de Rick Hunter.

Aunque era la primera vez que lo reconocía, sabía que todo había empezado desde el día en que lo había visto por primera vez.

Pero nada había cambiado. Seguían siendo las mismas personas, con los mismos problemas.

Esa noche, Rick le había contado cosas que estaba segura no le había revelado a nadie. Pero eso no cambiaba quién era. Él no iba a empezar a creer en el amor así como así.

Solo creía en Hunter Hall. Esa casa era su paraíso, su santuario, y tenía la ventaja de estar hecha de piedra y no de carne y hueso.

Después de lo que había escuchado, Allison comprendía mejor por qué deseaba tanto esa mansión y por qué estaba dispuesto a llegar tan lejos para conseguirla. Por su parte, ella pensaba cumplir su parte del trato y ayudarle a conseguir lo que más quería.

Por otra parte, sin duda, Rick se había fijado en ella. Estaba segura de que le gustaba. Pero, aunque eso fuera suficiente, ella todavía tenía sus propios fantasmas con los que luchar.

Se acercó a la ventana, sumida en sus pensamientos. Había sido feliz con su vida hasta que Rick había aparecido y había puesto su mundo boca abajo.

Y, por mucho que se esforzara en volver a ser la de antes, sabía que su corazón ya nunca sería el mismo.

Capítulo 8

EL lunes, Rick bajó a la tercera planta para ver al jefe de nuevos desarrollos.

—¿Qué estás haciendo aquí? —preguntó Derek—. Hace semanas que no nos visitas. Pensé que ya no te importaba lo que hacemos, con tal de que saque dinero.

Aquello le recordó a Rick a lo que le había dicho Carol. ¿De veras se estaría convirtiendo en un ejecutivo gris y mecánico?

—Sé que hace tiempo que estoy centrado en el software para empresas, pero tengo la intención de volver al negocio de los videojuegos. Y me han dicho que a ti te interesan cada vez más los programas educativos…

—¿Piensas echar un vistazo a mis propuestas? —preguntó Derek, perplejo—. Habías dicho que los beneficios iban a ser demasiado pequeños y que no merecían la pena.

—Me gustaría explorar unas cuantas nuevas ideas.

He pedido al grupo de marketing que haya una investigación de mercado. Y había pensado tener una reunión contigo para revisar ideas sobre las nuevas propuestas.

Derek sonrió.

—No sé si estarás a la altura. ¿Hace cuánto tiempo que no programas?

—No te preocupes por eso. Seguro que te doy mil vueltas —alardeó Rick, bromeando.

—¿De qué trata el videojuego en el que habías pensado?

—De mujeres guerreras —contestó Rick—. Muchos de nuestros programas de juegos son para los chicos, así que puede tener sentido dirigirse al público femenino.

—Nunca te habías preocupado por el público femenino antes —comentó Derek, arqueando una ceja—. Y habías jurado que no volverías a programar. ¿A qué se debe este cambio?

A Allison, pensó Rick. Pero no iba a admitirlo delante de Derek.

Ella era la razón por la que había empezado a pensar en programas educativos, porque podía ayudar a los niños. Y era la razón por la que se había levantado a las cuatro de la mañana con la cabeza llena de ideas para nuevos videojuegos. Estar con Allison había despertado su creatividad, algo que había creído muerto hacía tiempo.

—Nada en particular —mintió él, encogiéndose de hombros—. El juego está en su fase inicial, apenas he empezado a darle forma a la idea. Tal vez, no salga nada de ella.

—Algo saldrá —afirmó Derek—. Y creo que le enviaré a Allison una cesta de frutas esta tarde para darle las gracias.

—Yo no he dicho nada de Allison —señaló Rick, frunciendo el ceño.

—Ya lo sé —repuso Derek con una sonrisa.

Una docena de veces ese día, Rick pensó en llamarla, pero se resistió a la tentación. Los dos eran personas ocupadas y no quería presionarla.

Lo mismo se dijo el martes. Sin embargo, el miércoles, su fuerza de voluntad empezó a flaquear.

Cada vez que recordaba su beso, se le endurecía todo el cuerpo. Y lo recordaba muy a menudo.

No se acordaba de cuándo había sido la última vez que un solo beso lo había afectado tanto. Era como si todo su mundo hubiera cambiado de golpe.

La noche anterior, había ido a su piso a disculparse y había terminado contándole cosas que no había compartido con nadie. Su calidez y comprensión lo habían desarmado. Pero había sido esa abultada bata y esas ridículas zapatillas lo que le había hecho desear besarla de nuevo.

Sin embargo, cuando había empezado a acercase, Allison se había apartado. Así era ella, celosa de su espacio, cauta, temerosa del contacto físico.

Pero también conocía otra faceta suya, la de la mujer ardiente que se había derretido en sus brazos y lo había besado con pasión, excitándolo más que ninguna otra fémina lo había excitado en su vida.

Por eso, estaba decidido a estar con ella, aunque solo fuera un poco.

Rick sabía que Allison se merecía más. Se merecía a un hombre que pudiera ser su marido y padre de sus hijos, alguien que pudiera quererla durante el resto de sus días.

Sin embargo, aunque se lo merecía, no lo estaba

buscando… al menos, no por el momento. Eso le había dicho ella.

Así que no había razón para que no pudieran estar juntos.

Él tendría que romper una de sus reglas, la de no salir con mujeres que le importaran. Ninguna mujer le había resultado nunca tan tentadora como Allison. Pero solo sería durante unas semanas, tal vez, meses.

Ella ya lo había rechazado una vez. Quizá, porque había sido demasiado impulsivo y había ido demasiado deprisa… sobre todo, después de ese beso que los había dejado a los dos temblando.

Además, Allison llevaba mucho tiempo sin pareja y tenía intención de continuar así. No podía presionarla para que tuvieran una relación como la había obligado a besarlo.

Sin embargo, estaba seguro de que podía intentar hacerla cambiar de opinión.

De pronto, le sonó el móvil, sacándolo de sus ensoñaciones.

—¿Rick?

Él se sobresaltó al escucharla, reconociendo su voz al instante.

—Soy Allison.

—Estaba pensando en llamarte —dijo él—. Para quedar para lo del sábado.

—Te llamo por lo mismo.

—Tenemos una buena conexión mental —comentó él, reclinándose en el asiento—. ¿A qué hora te recojo?

—Quiero conducir yo. He intentado imaginarme tu Porsche en el patio de mis padres y no lo he conseguido.

—Con lo cabezota que eres, cualquiera te convence de lo contrario —replicó él y sonrió—. ¿Qué coche tienes?

—Una ranchera de segunda mano.

—Claro. Eres una chica de Iowa y llevas la granja en el corazón, ¿verdad?

—Tú ríete, chico de ciudad.

Rick se imaginó el aspecto que ella tendría en ese momento: sonriente y con un brillo travieso en los ojos.

—Estoy deseando que me lleves a la granja de tus padres en tu ranchera de segunda mano. ¿Es roja?

—Azul.

—¿A juego con tus ojos?

—Claro. Habrás notado que soy muy buena combinando accesorios.

Rick se alegró de que ella no estuviera allí en persona para verlo cómo sonreía como un tonto.

—¿A qué hora nos vamos?

—Umm… ¿A mediodía? Tengo que advertirte que una reunión de los Landry puede durar horas. Casi me siento culpable por haberte metido en esto.

—¿Bromeas? No quiero perdérmelo. Pero hablando de meter a la gente en líos…

—Oh, no.

—No es tan malo. El baile benéfico de mi empresa será el próximo fin de semana. Habrá buena comida y una banda excelente. Y me verás de esmoquin. ¿Te apetece?

—¿Puedo decir que no?

—Lo siento —repuso él, arqueando una ceja—. Es indispensable que asistas, teniendo en cuenta nuestro acuerdo, pues sería impensable que mi novia no me acompañara.

—Tal vez, podríamos decir que tu novia tiene gripe. Es que no me gustan las fiestas de etiqueta.

—¿Estás intentando zafarte de nuestro trato? Me sorprendes, Allison. Creí que eras mucho más de fiar.

—Ya veo que no vas a dejar que me escape.

—No. Tienes que cumplir tu palabra.

—Quizá vaya, pero en vaqueros.

Cuando Rick percibió su sonrisa desde el otro lado de la línea, tuvo ganas de ir a su oficina en ese mismo momento.

—Nada de vaqueros, señorita Landry. Es una fiesta de etiqueta.

—Umm. Creo que me voy a comprar un vestido morado con un gran lazo naranja y una boa a juego.

—Me llevaré las sales, por si me mareo cuando te vea aparecer así. Bueno, de todas maneras, estoy deseando pasar el fin de semana con tu familia.

—Eso es porque no sabes dónde te estás metiendo.

—No vas a asustarme, Allison. Nos vemos el sábado.

Carol entró en el despacho de Rick cuando estaba revisando la propuesta de Derek.

—Pareces alegre —comentó ella—. ¿Tienes algún plan para esta noche?

—Para el sábado.

—¿Sí? ¿Cuál?

—Voy a conocer a la familia de Allison. Y la semana que viene me acompañará al baile benéfico de la empresa.

Carol se quedó en silencio y, cuando él levantó la vista, la sorprendió sonriendo.

—¿Qué pasa?

—Nada. Solo es que no pensé que fuera a llegar el día. En serio, jefe, me alegro de que estés contento. Sigue así.

Antes de que Rick pudiera decir nada, su secretaria salió del despacho.

—Tenías razón —señaló Rick cuarenta y ocho horas después—. No tenía ni idea de dónde me estaba metiendo.

Era una tarde de abril preciosa, el cielo estaba azul y el aire lleno de aromas de primavera. En la granja de los Landry, había una gran algarabía. Docenas de personas reunidas en la cocina reían, hablaban y cocinaban. En el campo, algunos hombres hacían las tareas diarias, cosas que debían hacerse hubiera o no fiesta.

Allison llevó a Rick fuera para que conociera a su padre. Los dos terminaron sentados en un banco de metal tras un tractor. Entre ellos, había dos grandes bandejas de plantas de tomate. El padre de Allison estaba sentado en el tractor, dándoles instrucciones.

—¿Entendéis lo que tenéis que hacer? Voy a hacer agujeros en el campo y vosotros traeréis las plantas y las pondréis dentro. Tened cuidado con las raíces. ¿De acuerdo?

—Eh…

—Bien —dijo Joe Landry, girándose y poniendo en marcha el tractor.

—No te preocupes —dijo Allison, sonriendo a Rick. Llevaba una gorra del equipo de béisbol de Iowa y tenía la mejilla manchada de barro—. Le pillarás el truco.

Ella agarró dos plantas de la bandeja y se las tendió. Él las agarró con extremo cuidado.

—No son de cristal, ten cuidado, pero sin pasarte —aconsejó ella—. Vamos allá.

—¿Listos? —gritó Joe por encima del ruido del tractor.

—¡Listos!

El tractor comenzó a funcionar sobre el sembrado.

Media hora después, Rick estaba cubierto de tierra y del aroma especiado de los tomates. Habían plantado varias hileras, mientras la hermana de Allison, Jenna, había ido reemplazando las bandejas para ayudarlos.

—¡Buen trabajo! —gritó Joe, sonriendo, apagó y tractor y se bajó—. La cena se servirá dentro de media hora, chicos. Allison, ¿por qué no le enseñas esto a tu amigo?

—De acuerdo —repuso Allison con alegría.

—¿Os importa si os acompaño? —preguntó Jenna—. Necesito un descanso antes de volver a esa cocina atestada de gente.

Allison rio.

—¿Por eso te has ofrecido a ayudar con los tomates?

—Más o menos.

—Mi hermana vive en Chicago y se ha perdido las últimas reuniones familiares —explicó Allison.

—Jenna Landry —dijo él, cayendo de pronto en la cuenta de algo—. Eras la guitarrista de los Red Mollies.

Jenna, una guapa morena con los ojos azules como Allison, ladeó la cabeza, sonriendo.

—Estoy impresionada —comentó Jenna—. No me pareces la clase de persona a la que le gusta el estilo *indie*.

—La verdad es que un compañero del ejército estaba enamorado de ti. Escuchaba la canción *Runaway Heart* todas las noches antes de dormirse.

—Espero que le sirviera para tener felices sueños —comentó Jenna con voz seductora, guiñándole un ojo a Rick.

—No practiques tus encantos con él —le reprendió su hermana, sacudiéndose los vaqueros manchados de tierra—. Se enamoraría de ti sin remedio, como les pasa a todos, y le romperías el corazón.

Los tres tomaron juntos el camino hacia los campos que se abrían detrás de los establos. El olor a tierra, a hierba y a sol ejercía un refrescante poder sobre ellos. El verano estaba a la vuelta de la esquina.

—¿Y tú qué dices? ¿Estás dispuesto a que te rompan el corazón?

Lo bueno de llevar a Jenna de un brazo era que tenía una excusa para ofrecerle el otro a Allison. Ella lo aceptó y su calidez se le extendió por todo el cuerpo.

—Veamos si sobrevivo hoy antes de poder arriesgar el corazón. ¿Siempre ponéis a vuestros invitados a trabajar?

—Solo a los que nos caen bien —repuso Allison, sonriéndole—. Deberías tomártelo como un cumplido. Mi padre no deja a cualquiera tocar sus preciosos tomates.

—Me sorprende que no se haya tomado el día libre para disfrutar de la fiesta.

Allison meneó la cabeza.

—Se nota que no has sido criado en una granja. En primavera, no hay tiempo libre. El invierno es nuestro momento para descansar. De todas maneras, mi padre ya ha terminado por hoy. Ahora se duchará, se cambiará y mi madre lo pondrá a trabajar en la cocina.

Cuando llegaron a una valla de madera, se apoyaron en ella, mirando hacia los verdes pastos que se extendían delante de ellos.

Un caballo se acercaba hacia ellos con las crines flotando al viento.

—Ven aquí, preciosidad —le dijo Allison al animal con voz llena de ternura y se sacó un puñado de terrones de azúcar del bolsillo. Se los ofreció dentro de la gorra de béisbol.

El animal olisqueó la gorra y se comió la golosina con gusto.

—¿Recuerdas cuando montabas a Merlin sin silla?

A que no te atreves a hacerlo ahora —le retó Jenna a su hermana.

—Podría hacerlo con los ojos cerrados —aseguró Allison, sonriendo.

—Bah, no me lo creo. Demuéstralo.

Allison le dio a Rick la gorra de béisbol y trepó la valla. Le acarició el cuello al caballo, que no llevaba ni silla ni brida.

—Eh… Allison… ¿Estás segura de que es una buena…?

Ella no lo escuchó, se incorporó sobre la valla y le pasó al animal una pierna por encima. Le susurró algo al oído a Merlin y comenzó a trotar por el campo, mientras se reía y se agarraba al caballo con las manos y las rodillas.

Rick se quedó mirándola. Animal y jinete parecían en perfecta armonía, llenos de gracia y elegancia. Él nunca había visto a Allison de esa manera, tan exuberante y con tanta seguridad en sí misma.

Y tan sexy.

—Es la mujer más hermosa que he visto jamás —musitó él y, un instante después, se dio cuenta de que no estaba solo. Miró a Jenna—. Dime que no me has oído.

—No —repuso Jenna, mirándolo con los ojos muy abiertos. Un segundo después, sonrió y lo señaló con el dedo—. Estás colado por mi hermana pequeña.

Rick estuvo a punto de negarlo, pero ¿a quién iba a engañar? La verdad era que estaba colado por Allison.

—Es posible —admitió él—. Pero no estoy haciendo muchos progresos.

—No es por nada, pero Allison… nunca sale con nadie. Te lo ha dicho, ¿no?

—Sí, me lo ha dicho —respondió él—. Pero no sé por qué.

Jenna meneó la cabeza.

—Yo tampoco lo sé. Estamos muy unidas y yo la quiero con todo mi corazón, pero te habrás dado cuenta de que a Allison no le gusta hablar de sí misma. Siempre ha dedicado su vida a los demás. Cada vez que le pregunto por el tema, me dice que prefiere centrar su energía en el trabajo.

—Eso me ha dicho a mí también.

Rick posó los ojos de nuevo en Allison y su montura.

—¿Cómo era en el instituto?

—Más o menos, como ahora. Aunque tengo que confesarte que yo no solía estar mucho por aquí cuando Allison era adolescente. Me fui de casa cuando yo tenía dieciocho y ella, quince.

—¿Te fuiste por la música?

—Eso es. Era un poco rebelde y quería formar mi propia banda de rock.

—Pues no te ha ido mal. Los Red Mollies han tenido mucho éxito.

Jenna se encogió de hombros.

—Hemos sacado algunos discos buenos. A mí me gustaba escribir canciones, estar en la carretera y actuar… Es lo que había soñado siempre. Pero me sentía culpable por no estar aquí con Allison y mis padres cuando enfermó Megan. La diagnosticaron un año después de que yo me fuera. Venía todos los meses, pero no pude ayudar todo lo necesario. Debería haberme tomado un descanso en mis actuaciones y haberme quedado aquí una temporada.

—Supongo que tu banda sería para ti como una familia y que no querías dejarlos tirados.

—Sí, eso es verdad. Sin embargo, sé que dejé a Allison con una pesada carga. En su momento, no me di cuenta de lo mucho que ella iba a sacrificar para poder ayudar a los demás.

—¿Sacrificar? ¿Qué sacrificó? —preguntó Rick con interés.

—Tenía un novio en el instituto —contó Jenna, apoyándose en la valla—. Allison obtuvo una beca en el colegio de élite Fisher Academy. Siempre ha sido muy inteligente, la primera de la clase. Estamos muy orgullosos de que entrara en Fisher. Aunque no fue fácil para ella. Esos chicos no la hacían sentir cómoda. Por eso, nos sorprendió mucho saber que estaba saliendo con uno de ellos.

Rick sintió algo muy extraño al escucharla. ¿Era posible que estuviera celoso del novio del instituto de Allison? Eso sí que sería patético, se dijo.

—¿Cómo se llamaba?

—Paul, creo. Allison estaba loca por él. Ya sabes, fue su primer amor.

—Claro —repuso Rick, tensando la mandíbula. Deseó haber podido conocer a Allison en esos tiempos y haber sido el depositario de su amor de adolescente. Ella parecía muy distinta en el presente, contenida y decidida a no entregarse—. ¿Qué pasó con el señor maravilloso?

—Allison rompió con él. Nunca nos contó por qué y mis padres estaban demasiado preocupados por Megan como para prestarle atención. Siempre me he preguntado si, tal vez...

—¿Qué?

—Igual rompió con él a causa de Megan, para poder dedicarle todo su tiempo y energía. Y para poder ocuparse de la familia.

¿Sería eso cierto?, se preguntó Rick. ¿Era esa la razón por la que Allison no salía con nadie? ¿Solo porque se había enamorado y había dejado a su novio? ¿Seguiría su corazón perteneciéndole a ese Paul?

Cuando vio que Allison se acercaba hacia ellos,

tuvo deseos de abrazarla y besarla, como si así pudiera obligarla a amar.

¿Amar?

No, esa era una palabra demasiado grande... y él no tenía derecho a pensar en eso. Sin embargo, no podía evitar un poderoso sentimiento de posesividad.

El padre de Rick había sido posesivo y celoso, lleno de rabia y odio. Y él estaba determinado a no seguir sus pasos, por eso, había decidido no casarse nunca. De ninguna manera quería que, por su culpa, ninguna mujer pasara lo que su madre había pasado.

Por eso, siempre había descartado el compromiso duradero con una mujer. Pero Allison le gustaba y quería hacerla suya durante unas semanas o unos meses. Quería tenerla en su cama, disfrutar de su dulzura, su pasión y su deseo.

Odiaba pensar que ella había sentido algo así por otra persona, aunque hubiera sido hacía años... Y le daba rabia que ella hubiera cerrado su corazón para siempre, para que ningún hombre pudiera hacerlo suyo de nuevo.

Allison maniobró el caballo hasta la valla y desmontó con elegancia.

—Vaya, ha sido genial —dijo ella, sentándose en lo alto de la valla—. Siento haberos dejado solos. ¿Has hecho progresos con Rick? —le preguntó a su hermana.

Jenna meneó la cabeza.

—No. Es muy duro de pelar.

—Bueno, me alegro. Me merece algo mejor que una rompecorazones como tú.

Allison estaba tan guapa allí sentada con la cara manchada de barro y los ojos más azules que el cielo... A Rick le encantaba cómo el sol se reflejaba en su pelo y cómo los pequeños y firmes pechos se le marcaban debajo de la camiseta. Dejándose llevar por un impulso, alargó la mano y le acarició la mejilla.

Allison se quedó perpleja con los ojos muy abiertos.

—Tienes un poco de barro —dijo él con voz un poco ronca. Se aclaró la garganta—. Ya te lo he quitado.

Ella estaba mirándolo absorta con los labios entreabiertos.

—Creo que iré dentro a ver cómo va mi tarta de cumpleaños —señaló Jenna, rompiendo el denso silencio y se marchó sin que ellos apenas se dieran cuenta.

Rick no apartó los ojos de Allison y la sujetó de la cintura. Aunque había pretendido ayudarla a bajar de la valla, antes se acercó y le recorrió los lados del torso con las manos. Luego, la bajó, depositándola con cuidado en el suelo.

Allison tenía las mejillas sonrojadas y la respiración acelerada. Bajó la mirada con timidez. Él la miró, conteniéndose para no besarla.

No quería presionarla.

Y ella no estaba huyendo.

Era como un comienzo. Y, sumergiéndose en sus ojos azules, Rick se dio cuenta de que quería algo más que su cuerpo.

Quería ganarse su confianza. Y estaba dispuesto a hacer lo que fuera para conseguirlo.

Capítulo 9

ALLISON nunca había agradecido tanto el ruidoso y alegre caos de su familia. Entró en la cocina, seguida de Rick, que ya había presentado en sociedad.

Su primo Ben comenzó a hablar con Rick animadamente. Allison adivinó que estaría acribillándolo a preguntas sobre *El laberinto del mago*. Era un alivio para ella poder perderse entre la gente, probando los aperitivos que su madre había preparado.

Después de uno o dos minutos, Allison lo miró. Rick estaba hablando con Ben junto a la mesa y, durante un instante, sus ojos se encontraron. Ella se sonrojó y apartó la mirada.

Allison creyó ver en él algo especial. No era el deseo que había leído en su expresión en Hunter Hall. Era… bueno, no podía describirlo, pero la hacía sentir embriagada y emocionada al mismo tiempo.

Por suerte, Allison estaba hablando con su tía Beth, por lo que lo único que tenía que hacer era escuchar y asentir en los momentos apropiados. Tenía el corazón acelerado y le había subido la temperatura.

Por el rabillo del ojo, se dio cuenta de que su padre se había acercado a Rick y tuvo curiosidad por saber de qué hablaban. Se apartó de su tía, que había empezado a hablar con otra persona, y se encaminó hacia la mesa, donde se habían sentado los dos hombres.

Rick llevaba unos vaqueros gastados y un polo de manga corta. Al posar los ojos en su pelo moreno revuelto, Allison tuvo ganas de acariciárselo y apartarle un mechón que le caía sobre la frente. Deseó poder tocarlo como él la había tocado, con un movimiento experto y confiado.

Cuando se acercó un poco más, los oyó hablar de agricultura sostenible. En ese momento, Rick volvió la cabeza y sus miradas volvieron a entrelazarse.

—Hola —saludó él, tendiéndole la mano.

Tras un segundo de titubeo, Allison le tomó la mano y se unió a ellos. Él no podía ni imaginarse el gran paso que significaba para ella aceptar la mano de un hombre, sin dejar que los nervios la paralizaran. Superar su ansiedad y sus dudas y darle la mano, apretársela incluso, como para reafirmar el vínculo que estaba surgiendo entre ellos. No podía seguir negando que aquel hombre se había convertido, sin remedio, en algo más que un amigo para ella.

Sin embargo, por el momento, no necesitaba definir lo que Rick significaba para ella. Le estaba dando la mano y, con eso, bastaba.

Entonces, Allison se dio cuenta de que su padre le había preguntado algo.

—¿Qué?

—Decía que podías explicarle a Rick cómo funciona la agricultura sostenible comunitaria. Eres tú quien nos ayudó a implementarla en la granja.

A Allison le costaba centrarse en la conversación, solo podía pensar en sus dedos entrelazados con los de Rick, fuertes y cálidos.

—De acuerdo. Claro —repuso ella y respiró hondo—. En mi último año de carrera investigué el modelo de negocio de este tipo de agricultura. Me gustó tanto que convencí a mis padres para que rediseñaran su estrategia de ventas de esa manera.

—Es muy persuasiva —comentó Joe con una sonrisa.

—Tú te dejaste convencer enseguida —replicó su hija—. En cualquier caso, se trata de que los clientes compren una participación de la cosecha cada temporada. Si se trata de una familia muy grande, puede comprar dos participaciones. A cambio, la granja te da una caja de verduras frescas todas las semanas. Es un sistema estupendo para los agricultores, porque puedes venden sus productos a lo largo de todo el año, no solo en verano. Y porque reciben el dinero por adelantado. Así, solucionan sus problemas de liquidez.

Allison comenzó a ahondar en el tema, que la apasionaba.

—Es un programa excelente. Los agricultores conocen a sus clientes y los vecinos de la comunidad conocen de dónde viene lo que consumen. También, es arriesgado. Si llueve mucho y una cosecha se echa a perder, todos comparten las pérdidas. Pero, si es un año bueno para las fresas, los tomates o el maíz, todos se benefician de ello. Te sientes más conectado a la tierra y, por supuesto, obtienes productos de temporada cada semana, perfecto para llevar una dieta saludable.

—Tiene razón, es muy persuasiva —observó Rick, volviéndose hacia Joe—. ¿Es muy tarde para comprar una participación para esta temporada?

—Lo siento —repuso Joe—. Allison nos hizo una web para promocionarnos y, gracias a su ayuda, hemos vendido todas las participaciones de que disponíamos hasta el próximo mes de enero. Pero te podemos poner en lista de espera para el año que viene.

—Estupendo.

Joe le preguntó algo a Rick sobre su empresa y, cuando iba a responder, Rick empezó a acariciarle la mano a Allison con el pulgar. Fue un movimiento muy sutil, aunque bastó para que ella no pudiera pensar en nada más. Por suerte, los dos hombres se enfrascaron en una conversación de negocios que no requería su participación.

Entonces, Allison se dio cuenta de algo muy extraño. No tenía deseos de salir corriendo, ni de esconderse. Se quedó allí, dejando que una oleada de agradables sensaciones la invadiera, sintiéndose viva y mimada.

Sin embargo, su padre dijo algo que la sacó de su ensimismamiento.

—¿Hunter Systems va a inaugurar una línea de software educativo?

—Eso es. El jefe de nuevos desarrollos de producción tiene muy buenas ideas. Queremos sacar al mercado los primeros títulos a comienzos del año que viene.

—¡Rick, eso es maravilloso! —exclamó ella—. Tienes suerte de poder hacer algo así... algo que ayude a los niños a aprender. Estoy tan... —comenzó a decir y se interrumpió de forma abrupta.

—¿Estás qué? —inquirió él y entrelazó su mano con la de ella.

—Iba a decir orgullosa de ti —admitió ella, sintiendo que la piel se le ponía de gallina por su contacto—. Pero eso suena un poco pretencioso por mi parte.

—Nada de eso —aseguró él, meneando la cabeza.

—Me ha parecido escucharte decirle a Ben que estás diseñando un juego nuevo —comentó Joe—. ¿Es así?

—Sí —afirmó Rick—. Está en su fase inicial nada más…

—¡Rick! ¿Lo dices en serio? ¿Estás creando algo nuevo? —preguntó ella. Por alguna razón, eso la alegraba todavía más que la próxima línea de programas educativos.

—Pensé que te gustaría —replicó él, apretándole la mano.

La calidez de sus ojos hizo que ella se sintiera un poco embriagada.

—Estoy deseando verlo.

Allison creía saber por qué Rick había dejado de desarrollar juegos después de *El laberinto del mago*. Con la edad, había ido alejándose de cualquier cosa que pudiera despertar sus sentimientos. Él no confiaba en su lado emocional, ya fuera para lo bueno o para lo malo. Y cualquier proceso creativo tenía, sin duda, una gran parte emocional.

Rick había retomado su creatividad. ¿Significaría eso que estaba dispuesto a abrirse al mundo de los sentimientos?

—¡La cena está lista! —llamó la madre de Allison.

Joe subió a ayudar a la gente a encontrar su lugar en la enorme mesa.

—¿Dónde me siento? —preguntó Rick, soltando la mano de ella.

—A mi lado —repuso ella.

—Mi sitio favorito —repuso él y le dedicó una rápida sonrisa.

Con el corazón acelerado, Allison no dejó de mirarlo de reojo durante toda la cena. Mientras, él hablaba con varios miembros de su familia y disfrutaba del pollo asado con verduras.

Cuando la comida hubo terminado y la mesa estuvo recogida, su prima Kate puso un ordenador portátil con una cámara web sobre la mesa. Entonces, por primera vez en todo el día, Allison consiguió olvidarse de Rick, al ver el rostro de su hermano mayor en la pantalla.

—Hola a todos —saludó Jake con su sonrisa de siempre. Sin embargo, su rostro parecía cansado y preocupado.

—¡Feliz cumpleaños! —exclamaron todos al unísono.

Su madre sacó una tarta con los nombres de *Jenna* y *Jake* escritos en ella. Jenna sopló las velas por los dos y, después, todo el mundo empezó a hablar a la vez.

—Callaos —pidió Irene tras unos momentos—. ¿Es cierto, Jake? ¿Vas a volver a casa?

—Sí, este otoño —repuso Jake—. Voy a dejar el ejército cuando termine mi contrato.

Hubo un coro de aplausos y vítores. Pero Allison se quedó en silencio. Algo en los ojos de su hermano la preocupaba. Jake había estado tres veces en Irak y, en ese momento, estaba en Afganistán, pero esa era la primera vez que había tenido una expresión tan lúgubre.

A su lado, Jenna también estaba callada. Cuando Allison miró a su hermana en los ojos, supo que estaba pensando lo mismo que ella.

—Volverá pronto —susurró Allison, rodeando a Jenna de la cintura.

Su hermana asintió, apoyándose un instante en su hermana. Enseguida, llegó el momento de despedirse de Jake. Les tiró un beso desde el otro lado de la pantalla y la comunicación se cortó.

Después de terminarse la tarta, la familia se acomodó en el salón, dividiéndose en pequeños grupos de conversación. El padre de Allison hacía de camarero, preparando bebidas a todo el mundo que quería algo, mientras los miembros más musicales de la familia se reunían para comenzar una sesión improvisada alrededor del piano.

Allison notó que Jenna se relajaba al tener la guitarra en la mano y volvió a la cocina, donde había unas pocas personas recogiendo. Entre ellos, estaban su madre y Rick.

Estaban codo con codo ante el fregadero. Rick lavaba y la madre de Allison secaba. Ella se quedó parada en la puerta, mirándolos con una sonrisa.

—Hoy te estamos haciendo trabajar de verdad —comentó Allison tras un minuto.

Ambos giraron la cabeza y Rick esbozó de nuevo esa sonrisa suya que hacía que ella se derritiera.

—Tráetelo a cenar cuando quieras —invitó su madre—. Los lavaplatos dispuestos siempre son bienvenidos. Aunque supongo que ahora querrás enseñarle a Rick nuestros álbumes de fotos.

Allison empezó a reírse.

—¡Es verdad! Se me había olvidado. ¿Sigues queriendo ver la historia familiar de los Landry?

—Claro que sí.

Irene los acompañó a la puerta de la cocina.

—Los álbumes están abajo en el despacho de tu padre —indicó la madre de Allison, antes de seguir con los platos.

Pocos minutos después, Rick y Allison estaban sentados en un sofá de cuero, pasando páginas llenas de fotos.

—Oh, cielos —dijo ella por décima vez, al contemplarse en una imagen con ortodoncia, el peor corte de pelo que había tenido y su uniforme de fútbol del instituto.

—Estás preciosa en esta foto.

—¡Estoy horrible!

—Preciosa.

Meneando al cabeza, Allison pasó la página. Su madre había colocado a continuación varias fotos de Megan, en forma de collage.

—Usaste esta en tus memorias —comentó él, señalando un retrato de Megan en séptimo curso.

—¿Has leído el libro?

Él asintió.

—Lo leí la semana pasada. ¿Por qué te sorprende tanto?

Allison lo pensó un momento. ¿Por qué la sorprendía tanto?

—Bueno, has estado casi veinte años evitando los hospitales, tras la muerte de tu madre. Pensé que querías evitar el tema del cáncer en general.

—Así es. Pero no he leído tu libro porque trate sobre cáncer. Lo he leído porque lo has escrito tú. Me interesas tú, por si no te habías dado cuenta.

—Ah —repuso ella y sintió que le subía la temperatura. Entonces, admitió algo que había pensado mantener en secreto—. La semana pasada me compré *El laberinto del mago*. He estado jugando en casa, después del trabajo.

Fue él quien, en esa ocasión, se mostró atónito.

—Creí que no te gustaban los videojuegos.

—No suelen gustarme. Pero me pasa lo mismo que a ti con mi libro. Quería conocer el juego porque lo has hecho tú.

Al ver la sonrisa de él, Allison se sintió invadida por una agradable calidez.

—¿Cuál es tu veredicto? ¿Te gusta?

—Creí que no me gustaría.

—¿Pero te gusta?

—¡Me encanta! Me he hecho adicta —afirmó ella—. Hace un par de noches, me pasé dos horas jugando sin parar.

Rick estalló en carcajadas y ella no pudo evitar reír también. Su risa era profunda, sincera y contagiosa.

—¿Y qué me dices de mi libro? —preguntó ella con curiosidad por conocer su opinión—. ¿Qué te ha parecido?

—Me ha fascinado. Aunque también ha despertado mi curiosidad sobre las partes que te has dejado en el tintero.

—¿Qué quieres decir?

Rick tomó uno de los álbumes de fotos de la mesita… uno que Allison no había pensado enseñarle. Su madre había escrito las fechas en la portada y ella sabía que ese tomo contendría fotos de sus años en Fisher Academy, un tiempo de su vida que no quería recordar.

—Tu libro fue muy valiente. No te guardaste nada… al menos, sobre Megan. Explicaste con detalle lo que ella pasó y lo que tu familia sufrió durante su enfermedad y cuando la perdisteis.

Mientras hablaba, Rick abrió el álbum y comenzó a pasar las páginas despacio.

—Pero no hablas de ti misma. Eras una adolescente… debías de haber tenido muchas cosas que contar. Cosas que no tuvieran nada que ver con Megan ni con tu familia.

—El libro era sobre Megan, no sobre mí. Ella era importante. Mi familia era importante —repuso Allison con voz tensa, mientras Rick miraba las fotos—. Yo no…

Allí estaba, en la página siguiente. Su foto de graduación.

Era probable que hubiera más fotos de Paul y ella en ese álbum. Hacía años, había pensado sacarlas, pero había temido que sus padres se dieran cuenta. No había querido tener que enfrentarse a preguntas incómodas...

Ella bajó la vista y se abrazó a sí misma.

—¿Qué ha pasado? —preguntó él con voz suave.

—¿A qué te refieres?

—Ahora mismo te ha pasado algo. Estabas riéndote relajada y ahora estás tensa. Cuéntamelo, Allison.

—¿Contarte qué?

—¿Por qué este tipo sigue ocupando un lugar tan importante en tu corazón?

—¿Es eso lo que crees? —preguntó ella, aliviada porque estuviera tan lejos de la verdad.

Allison respiró hondo. Se obligó a mirar la foto. Paul estaba muy guapo. Parecía relajado, seguro de sí mismo. Y ella... parecía joven, inocente y feliz. Al contemplar su imagen, se sintió tan impotente y, a continuación, tan furiosa...

—No quiero hablar de eso —dijo ella, apretando los puños.

—¿Por qué no?

—Porque no es importante.

Rick cerró el álbum con más fuerza de la necesaria y lo dejó sobre la mesa.

—¿Qué no es importante? ¿Tú?

Entonces, él se levantó y comenzó a dar vueltas por la habitación, pasándose la mano por el pelo.

Allison tenía un nudo en el estómago.

—Rick, yo... —dijo ella, tomando aliento—. No estoy lista para hablar de esto —explicó, sin pensarlo—. Todavía, no.

Él se paró en seco y la miró. Tras un momento, se acercó a la mesita y se sentó en el borde, delante de ella. Sus rodillas casi se tocaban.

—No estás preparada todavía. ¿Y lo estarás algún día?

Allison bajó la vista, incapaz de enfrentarse a la intensa mirada de él. Sabía muy bien lo que él le estaba preguntando en realidad.

Ella se quedó sin respiración.

—No lo sé —admitió Allison un instante después con voz apenas audible.

—¿No lo sabes?

Allison levantó la mirada. Poco a poco, el nudo fue cediendo y una agradable calidez fue anidando en su pecho.

El rostro de Rick se había convertido en algo familiar para ella. El pelo moreno cayéndole sobre la frente, los ojos verdes, la sombra de barba en la mandíbula. Entonces, ella recordó cómo la había ayudado a bajar de la valla, sujetándola de la cintura, y se estremeció.

En ese momento, su cara parecía esculpida en piedra, sus músculos contraídos por la tensión. Al verlo, ella fue relajándose, derritiéndose. Quiso tocarlo, apretarse contra su cuerpo, ayudarle a librarse de esa tensión.

—Quiero estarlo —afirmó ella y se sonrojó, como si hubiera dicho algo vergonzoso.

—¿Sí? —preguntó él con voz suave y fuego en la mirada.

—Sí —repitió ella con el corazón acelerado.

—Cuando estés preparada... ¿me lo dirás?

El ambiente estaba cargado de electricidad. La atracción entre ellos casi podía palparse.

—Sí —musitó ella.

—Entonces, puedo esperar —señaló él y sonrió.

Allison se agarró a los cojines del sofá, como si así pudiera protegerse de salir flotando.

—Aquí estáis —dijo Kate, una de las primas de Allison, entrando en la habitación—. Vamos a empezar a cantar y todos están esperándote.

—Ahora mismo vamos —repuso Allison, haciendo un esfuerzo para sonar calmada.

—Se lo diré a los demás —indicó Kate y posó los ojos en Rick—. O, si preferís, puedo decirles que estáis ocupados...

—No —se apresuró en contestar Allison y se puso en pie de un salto—. Ya vamos.

—¿Cantar? —preguntó Rick, siguiéndola hacia el salón.

—Te pido disculpas por adelantado —dijo Allison mientras bajaban, notando cómo volvía a ser la de siempre—. Es una tradición de los Landry. Cada vez que nos juntamos para una fiesta, alguien empieza a cantar canciones irlandesas. No tenemos que quedarnos si no queremos. Si prefieres, podemos despedirnos y...

—Nada de eso —le interrumpió él con firmeza—. Vamos a cantar. Me han dicho que tengo una voz bonita de barítono, así que es una buena oportunidad de practicar.

Media hora después, Rick se había tomado tres chupitos de whisky y estaba cantando del brazo del padre y del tío de Allison. Ella aprovechó la oportunidad para llevarse a Jenna a la cocina.

—Necesito que vengas de compras conmigo —le pidió Allison a su hermana, sin preámbulos.

—¿Ahora? —preguntó Jenna con los ojos como platos.

—No, ahora, no. Mañana. Necesito algo que ponerme para una fiesta.

Jenna se apoyó en la mesa.

—¿Vas a ir con Rick?

—Sí.

—¿Por qué no te pones algo de lo que tienes? —quiso saber su hermana, cruzándose de brazos—. ¿Qué tiene de especial esa fiesta?

Allison se quedó mirándola.

—Deja de picarme y di que me acompañarás —insistió ella—. No se me dan bien las compras y necesito tu ayuda.

—Bueno, bueno. ¿Qué clase de vestido buscas?

—Quiero… —comenzó a decir Jenna y titubeó—. Quiero un vestido con personalidad —continuó y tomó aliento—. Algo femenino. Algo que demuestre que estoy de humor para el romanticismo.

—¿No prefieres uno de esos vestidos masculinos que demuestran que estás de humor para una carrera de camiones?

—¿Puedes dejar las bromas?

Jenna sonrió.

—Lo siento. Solo quería resarcirme por los últimos diez años, en que no he podido bromear contigo sobre los hombres. Claro que voy a ayudarte. Iremos a esa tienda nueva que hay en el pueblo y encontraremos un vestido que vuelva loco a Rick.

—No necesito que se vuelta loco. Solo quiero que sepa que estoy…

«Preparada», se dijo Allison, terminando la frase para sus adentros. Quería que Rick supiera que estaba lista.

Porque lo estaba. En algún momento durante la última media hora, contemplando cómo él bebía whisky y cantaba baladas con su familia, sus miradas entrelazándose, había tomado la decisión.

Sabía que no podía durar para siempre. Las relaciones de Rick eran solo pasajeras y ella no podía esperar que cambiara. De hecho, solo podía esperar terminar con el corazón roto… y no recuperarse nunca.

Sin embargo, por primera vez en la vida, a Allison no le importaba el futuro. No le preocupaban las consecuencias. Quería estar con Rick e iba a hacerlo.

Al menos, durante un tiempo.

Capítulo 10

ALLISON le hacía sentir impotente.

Rick se había pasado toda la vida intentando evitar esa sensación, pero no podía hacerlo cuando estaba con ella. A su lado, el cuerpo se le ponía tenso y caliente. Y, cuando estaban separados, su mente no podía dejar de pensar en ella. En el trabajo, le parecía que estaba en una nube, todo parecía difuso, menos el intenso deseo de hacer el amor con Allison.

Nunca se había sentido así antes. Quería enviarle flores, comprarle joyas, todas las cosas que los hombres habían hecho durante siglos cuando habían deseado a una mujer tanto que no habían sido capaces de pensar con claridad. El mundo entero parecía difuminarse a su alrededor. Su pasión por Allison coloreaba todo lo que veía, tocaba y oía, hasta que la sangre se le agolpaba en las venas y casi lo dejaba sin aire.

Sin embargo, no podía hacer nada. El próximo paso de su relación estaba en manos de Allison y él no podía presionarla. Si quería ganarse su confianza, debía dejarle tiempo.

Hablaban por teléfono una o dos veces al día y todas las noches antes de irse a dormir. Uno de ellos llamaba para saludar y, antes de que se dieran cuenta, se pasaban una hora al teléfono.

Esa semana, se vieron dos veces más, una para comer y otra, con un grupo de amigos de Allison. El jueves, Rick tuvo una reunión hasta tarde y, el viernes, Allison participó en un maratón telefónico para recaudar fondos, así que no pudieron quedar. El sábado, él estaba tan impaciente por volver a verla que se presentó en casa de ella veinte minutos antes para recogerla.

Como era pronto, Rick se dijo que era mejor esperar. Así que se acomodó en el asiento del coche con la radio puesta. Pensó en la noche del miércoles, cuando había asistido a la reunión que ella solía celebrar en su casa para ver películas antiguas con sus amigos. Recordó lo atractiva que había estado acurrucada en un rincón del sofá, con las piernas dobladas debajo de ella. Él se había sentado a su lado, intentando ver la película y no dejarse distraer por cómo se le iluminaba el rostro cada vez que se reía.

Había sido difícil estar tan cerca y no tocarla. Y, sin duda, esa noche sería todavía más difícil.

El miércoles había sido una cita divertida e informal. Esa noche, sin embargo, era una fiesta de etiqueta, con champán, hombres de esmoquin y mujeres de alta costura, una orquesta de treinta músicos y una subasta de solteros. Todo el evento giraría en torno a las parejas y el romanticismo.

Rick se acordó de cuando ella lo había amenazado con vestirse de morado y naranja. Teniendo en cuenta su sentido del humor, había muchas probabilidades de que cumpliera su amenaza, pensó y empezó a sonreír, imaginándosela buscando el vestido más feo del mundo, solo para provocarlo. La imaginó con volantes de tafetán, plumas, cuentas de colores… riéndose de él.

Aun así, sería la mujer más hermosa que había visto jamás.

Rick se miró el reloj. Eran las seis y media en punto. Hora de descubrir qué atuendo había elegido ella para la ocasión.

Allison nunca se había pasado un día entero mimándose. Había estado respondiendo llamadas del maratón telefónico hasta medianoche, por eso, esa mañana se había levantado tarde. Se había despertado con una sonrisa en el rostro, pensando en Rick. Se había estirado, sin dejar de sonreír, y se había puesto en pie para prepararse el desayuno.

Después, se había ido a la peluquería para hacerse la manicura y la pedicura. Era una sensación deliciosa que te mimaran, como cuando Jenna la había llevado a principios de semana a darse un masaje facial y a que le hicieran la depilación con cera, algo que ella no había hecho en su vida. Jenna le había informado de que los pequeños puntitos rojos y la irritación desaparecerían en un par de días y había tenido razón.

Al volver a casa después de la manicura, se dio un baño caliente. Se tomó su tiempo en secarse y en ponerse crema hidratante con olor a rosa en toda la piel.

Para vestirse, se puso un disco de Ella Fitzlgerald. Jenna le había hecho comprarse medias de seda francesas y un delicado liguero. Al ponérselo, se miró en el espejo de cuerpo entero que tenía en la puerta del armario.

Con el sujetador de encaje negro, las medias y el liguero, Allison se sintió sexy por primera vez en la vida.

Se fue al baño a ponerse el maquillaje... no mucho, solo un poco de perfil de ojos y brillo rosado en los labios.

A continuación, tocaba el vestido.

Se alegró de que Jenna la hubiera convencido de que se comprara ese. Era de encaje negro, escote de palabra de honor, ajustado hasta medio muslo. En la tienda, ni siquiera había querido probárselo. Pero Jenna y la dependienta habían insistido y, cuando ella se lo había visto puesto, no había podido resistirse.

El cuerpo del vestido era como un corsé, resaltaba su torso y hacía que los pechos... bueno, le quedaba bien. La falda le llegaba hasta los tobillos, elegante y sencilla, y tenía una raja que llegaba justo a unos centímetros del liguero, impidiendo que se le viera.

Durante toda la semana, Allison había practicado caminando con las sandalias de tacón que se había comprado, para no quedar como una tonta tropezándose a cada paso. Estaba cómoda con ellas y, en el salón, practicó unos pasos de baile mientras esperaba que Rick fuera a recogerla. Rachel era bailarina profesional y le había enseñado algunos movimientos básicos de bailes de salón.

Entonces, miró el reloj. Las seis y media. Rick llegaría en cualquier momento.

El corazón se le aceleró.

Rick oyó música saliendo de casa de Allison al acercarse a la puerta. Era Ella Fitzgerald cantando con Louis Armstrong. Llamó al timbre, silbando la melodía que sonaba dentro.

Pasaron unos segundos. Cuando la puerta se abrió, Rick se quedó paralizado.

Allison llevaba un vestido sin tirantes con brazos y

hombros desnudos. La piel le relucía como porcelana con encaje negro. El cuerpo del vestido era ajustado, le marcaba los pechos y se los subía un poco. Al darse cuenta de que llevaba unos diez segundos con los ojos clavados en su escote, él levantó la cabeza.

La falda de encaje le llegaba hasta el suelo. Era lo bastante ajustada como para restringir su libertad de movimientos, si no hubiera sido por la raya que tenía a un lado.

La larga pierna que asomaba por ella estaba embutida en unas medias negras. Los zapatos eran de cuero negro y tacón alto.

Rick subió la vista a la cara de ella. Se había apartado el pelo hacia atrás y se había puesto unos pasadores brillantes, del mismo color zafiro que sus ojos.

Llevaba un poco de maquillaje, muy sutil, en los ojos y en los labios. Tenía las mejillas sonrosadas, pero él adivinó que sería color natural. Teniendo en cuenta que la estaba mirando como un loco hambriento, lo raro era que no se hubiera puesto roja como un tomate.

Era mejor que recuperara la compostura antes de terminar acorralándola contra la pared y arrancándole la ropa, se dijo a sí mismo.

—Bonito vestido.

Por suerte, ella sonrió, en vez de salir huyendo.

—¿Has traído las sales por si te mareas?

—No —repuso él—. No me di cuenta de lo mucho que las iba a necesitar.

El hotel estaba solo a diez minutos de allí, pero el hecho de que llegaran vivos hasta allí fue un pequeño milagro. Rick no podía apartar la mirada del asiento del copiloto. Allison estaba sentada muy derecha, con las manos sobre el regazo y la pierna asomándole por la raja de la falda.

Cuando él puso la mano en la palanca de cambios, se dio cuenta de que estaba a unos centímetros nada más del muslo de ella. Tuvo la fuerte tentación de tocárselo, pero se agarró a la palanca para contenerse, con tanta fuerza que se le quedó la mano blanca.

Tras aparcar delante del hotel, Rick se alegró de poder tomar un poco el aire mientras se acercaban a la puerta. Una vez dentro, le quitó a Allison el chal de terciopelo que llevaba y se lo tendió al guardarropa.

—Llevas perfume —comentó él. No se había dado cuenta en el coche, pero al despojarla del chal le había envuelto un suave aroma.

—No es perfume —contestó ella—. Es crema de rosas —explicó, mientras se acercaban a su mesa—. ¿Te gusta?

A Rick le gustaba tanto que deseó lamérsela entera, pero pensó que esa no sería una respuesta adecuada.

—Sí —contestó él y la ayudó a sentarse. Tomó dos copas de champán de la bandeja de un camarero.

Luego, Rick se sentó a su lado. La orquesta comenzó a tocar. Empezaron con una canción de Cole Porter y la sala de baile se llenó de inmediato.

Las mujeres más hermosas de la ciudad se habían reunido allí, pero él solo tenía ojos para Allison.

—¿Quieres bailar?

Ella tenía ese aspecto de ciervo sorprendido por los faros de un coche que él ya conocía tan bien. Por eso, pensó que iba a negarse.

Allison le dio un trago a su copa de champán y dejó el vaso con determinación.

—Sí —aceptó ella—. Me encantaría.

Casi de inmediato, su mirada decidida se tornó de nuevo en una de ansiedad.

—O no. Quiero decir… no se me da muy bien bailar.

—No pasa nada —la tranquilizó él, poniéndose en pie y tendiéndole la mano—. A mí, sí.

—¿Ah, sí?

—Es uno de mis muchos talentos.

Rick la guió a la pista de baile y se colocó delante de ella. Le puso la mano derecha en la cintura y se llevó la mano izquierda de ella al hombro. Empezó a moverse con un sencillo balanceo, para captar el ritmo.

Allison tenía el cuerpo tenso y estaba frunciendo el ceño, mordiéndose el labio inferior.

—No tienes que concentrarte tanto.

—Lo siento —repuso ella, levantando la mirada—. Intentaré relajarme.

—No lo intentes —sugirió él—. No lo pienses. Solo escucha la música y mírame.

Eso hizo ella. Y sus ojos azules despertaron en él la misma pasión que había despertado aquel vestido de encaje.

Pero estaba funcionando. Allison se estaba relajando, moviéndose con la música.

—Muy bien —la animó él con voz un poco ronca. Se aclaró la garganta—. Vamos a probar unos pasos nuevos, ¿de acuerdo? Si yo doy un paso hacia delante, así, tú tienes que dar uno atrás. Eso es. Y si doy un paso al lado… ¿ves qué fácil? Ahora estamos bailando.

Era un sencillo fox-trot y, en pocos minutos, los dos se movían al ritmo como si hubieran estado toda la vida bailando juntos.

Así era estar con esa mujer para él. Como si la hubiera conocido de siempre y, al mismo tiempo, como si todo lo que hacía con ella fuera nuevo.

Allison estaba cada vez más relajada y se dejaba llevar, como si confiara en él. Rick la sonrió y ella le respondió, radiante. Tenía los ojos brillantes y los labios entreabiertos. Él apretó un poco la mano en su cintura.

—Es muy divertido —comentó ella, sin aliento—. Siempre he querido bailar así, con una orquesta. Es como estar en una película de Fred Astaire. ¿Podemos bailar más? ¿O tenemos que parar en esta canción?

—Podemos seguir —afirmó él, guiándola para que girara sobre sí misma—. Muy bien —la felicitó—. Cuanto más confíes en mí, mejor podrás relajarte y dejarte llevar por la música.

—Confío en ti —dijo ella con suavidad y mirada seria.

—¿Sí?

—Sí.

—De acuerdo —repuso él, acercándola un poco más.

La orquesta empezó a tocar *Fever* y la cantante sonaba igual que Peggy Lee. Tanto la melodía como la letra eran demasiado significativas y Rick tuvo que echar mano de toda su fuerza de voluntad para no besarla allí mismo, en medio de la pista. Decidió que lo mejor sería pasar a una táctica de baile más despegada.

—Ahora vamos a pasar a un baile un poco más sofisticado —le advirtió él—. ¿Estás lista?

—Estoy preparada —afirmó ella con ojos relucientes y voz fuerte y temblorosa al mismo tiempo.

Rick no se percató del alcance de esas palabras hasta poco después, cuando estaban en medio de una serie de giros.

Estaba preparada.

Él se quedó petrificado de golpe, en medio de un paso. Allison se chocó con otra pareja.

Había dicho que estaba preparada. No habían sido las palabras, sino la mirada en sus ojos...

La otra pareja se giró para mirarlos.

Ya no quería bailar, se dijo Rick. Solo quería llevarse a Allison a un lugar tranquilo para poder preguntarle qué había querido decir con esas palabras. Se disculparía con la otra pareja por…

Entonces, Rick se dio cuenta de que solo la otra mujer y él estaban disculpándose por haber chocado. Allison y el otro hombre estaban callados, mirándose el uno al otro como si hubieran visto un fantasma.

Tras unos segundos y un poco de esfuerzo mental, Rick se dio cuenta de que era Paul Winthrop, un abogado de la compañía de patentes que había trabajado con su empresa.

—Paul, me alegro de volver a verte.

No hubo respuesta. Paul y Allison se comportaban como si no hubiera nadie más en la sala.

—¿Cariño? —llamó la otra mujer tras un momento de incómodo silencio—. ¿Quieres presentarme a tu… amiga?

—Eh… —balbuceó Paul, apartó los ojos de Allison y se giró hacia su pareja—. Claro —añadió, sofocado—. Marian, esta es… Allison. Allison Landry. Fuimos al instituto juntos. Allison, esta es Marian Sánchez, mi prometida.

Allison estaba pálida y perpleja. Pero consiguió saludar con la cabeza a Marian.

La mente de Rick estaba empezando a atar cabos. Paul Winthrop… instituto. Jenna había dicho que el nombre del novio de Allison había sido Paul. Y, aunque ya no tenía el pelo rubio y espeso, sino muy corto y un poco calvo, reconoció su parecido con el joven del álbum familiar de los Landry.

Allison se giró hacia él.

—Voy al tocador —dijo ella con voz temblorosa—. Nos veremos en la mesa.

Y, sin decir una palabra más, se fue a toda velocidad, atravesando la pista de baile hacia el vestíbulo.

Rick se quedó mirándola unos minutos antes de volverse hacia Paul de nuevo. Los celos que sentía eran casi insoportables. ¿Cómo diablos podía ese hombre tener tanto poder sobre ella después de tanto tiempo?

—¿Hace cuánto tiempo no os veíais? —preguntó Rick al fin, apretando los puños.

—Desde el instituto —contestó Paul en voz baja—. Es la primera vez que la veo en diez años.

Paul parecía mareado... casi a punto de desmayarse. Rick se habría sentido mejor si se hubiera mostrado indiferente ante el encuentro. Y, a juzgar por la expresión de su prometida, a ella le pasaba lo mismo.

Una nauseabunda oleada de rabia lo atravesó, haciéndolo estremecer. Era una sensación demasiado familiar, como una vieja pesadilla. Era mejor que saliera de allí enseguida, antes de hacer algo imperdonable.

—Disculpadme —dijo Rick de forma abrupta. Salió de la pista de baile y se fue al baño. Al pararse delante de su reflejo en el espejo, se dio cuenta por qué aquella sensación le resultaba tan familiar.

Se parecía a su padre.

Agarrándose al lavabo con ambas manos, recordó los ataques de celos sin sentido que había tenido su padre, cuando había acusado a su madre de estar con otros hombres.

Meneó la cabeza y trató de calmarse. Un ataque momentáneo de celos no significaba que se estuviera volviendo como su padre.

Solo tenía que olvidarse de Paul y centrarse en Allison.

Recordó el instante antes de que chocaran con la otra pareja en la pista, cuando Allison lo había mirado con ojos encendidos y le había dicho que estaba preparada.

Si eso significaba lo que él creía, ni un ejército de antiguos novios podría impedir que estuviera con ella.

Entonces, Rick volvió a la mesa, pero Allison no estaba allí. Carol y su esposo habían llegado. También estaba Derek con su novia. Habló con ellos un poco, hasta que no pudo más, se disculpó y fue a buscar a Allison.

Allison estaba dando vueltas como un león enjaulado en la sala de reuniones que había encontrado junto al vestíbulo. Tenía los brazos alrededor de la cintura y el estómago en un puño.

¿Por qué dejaba que Paul la afectara tanto? La había lastimado una vez, ¿por qué dejaba que lo hiciera de nuevo?

Porque nunca se había enfrentado a ello. Había hecho lo mismo que Rick había hecho con su dolor... rechazarlo, ignorarlo, negarle un lugar en su mente consciente.

Recordó aquella noche en el hospital, después de que había despedido a sus padres para que se fueran con Megan. Se había quedado tumbada con la cara llena de lágrimas. Le había dolido tanto todo el cuerpo que ni siquiera había podido secarse los ojos.

En ese momento, cuando vio entrar a Rick, se dio cuenta de que también estaba llorando.

Se quedaron callados unos segundos, mirándose. A ella le latía tan rápido el corazón que el pecho le dolía.

—Lo siento, no me encuentro bien —dijo ella, pasando a su lado—. Voy a tomar un taxi para ir a casa.

—Allison, espera. Al menos, déjame...

Ella salió corriendo hacia la puerta principal.

Rick la siguió, llamándola. Pero Allison no se sentía capaz de hablar con él. No podía…

En lo único que podía pensar en ese momento era en la noche que había roto con Paul. Él había estado borracho… una de las muchas razones por las que había roto su relación. Había sido después del concierto de primavera de Fisher Academy. El colegio había estado casi vacío.

Ella había intentado correr, pero él había sido más rápido y más fuerte. Solo había conseguido llegar fuera, al campo de fútbol. Allí, Paul la había agarrado y la había hecho entrar de nuevo.

Sumida en sus recuerdos, Allison salió del hotel.

Fuera, se sintió aliviada. Aunque se percató de que no llevaba el bolso… ni dinero para un taxi.

Tendría que volver a entrar, pero aún no. No podía enfrentarse a Rick. Ni quería ver a nadie.

A su izquierda, había un camino bordeado por árboles iluminado por suaves farolas, casi en la penumbra. Corrió hacia él y caminó hasta llegar a un muro.

No había salida. No había otra opción que volver sobre sus pasos. Pero Rick llegó antes de que pudiera darse la vuelta.

—¡Allison!

Ella reculó hacia el muro. Apretó las manos en un puño, mientras su mente la transportaba a una escena parecida, hacía diez años.

Él la siguió.

—Allison, ¿estás bien?

—Estoy bien —repuso ella, abrazándose a sí misma, tensa.

—No, no lo estás.

Cuando Rick le puso una mano en el hombro, ella se apartó con un brusco movimiento y dio un paso atrás. Pero había un muro de ladrillo detrás. Y Rick estaba delante.

No podía escapar.

Rick se quedó paralizado. A pesar de la oscuridad, pudo percibir el pánico en el rostro de Allison.

—Estoy bien. No era necesario que me siguieras. Solo quería irme —explicó ella y tomó aliento—. Quiero irme a casa.

—¿A causa de Paul?

Hubo un largo silencio.

—Allison, no voy a impedir que te vayas, si es lo que quieres. Solo me gustaría que hablaras conmigo, que me contaras qué está pasando. Luego, te llevaré a tu casa yo mismo, si quieres. ¿De acuerdo?

Se quedaron allí en silencio un momento. Él deseaba tocarla, consolarla, pero se forzó a no mover las manos. Sabía que no debía presionarla.

—De acuerdo —repuso ella al fin.

Aliviado, Rick miró a su alrededor y vio un banco de hierro forjado a pocos pasos. Caminó hacia allí y Allison lo siguió. Al sentarse, él tuvo cuidado de mantener medio metro de distancia entre ellos.

—¿Puedes contarme por qué te afecta tanto ver a Paul?

Los árboles estaban adornados con pequeñas lucecitas, como estrellas entre las hojas. Creaban un ambiente decadente y daban la luz suficiente para que él pudiera ver el rostro de Allison.

—No es importante —dijo ella en voz baja, con expresión de impotencia.

A él se le tensó la mandíbula.

—Es importante. Tú eres importante. Es normal que estés disgustada. Has visto a tu antiguo novio, al

que llevabas diez años sin ver. Y todavía estás enamorada de él —afirmó él, sin ocultar un tono de amargura. De todas maneras, se alegraba de expresar lo que
pensaba. ¿Por qué no enfrentarse a ello?

Allison giró el cuerpo para mirarlo a la cara.

—¿Es eso lo que crees? ¿Que estoy enamorada de
Paul?

A Rick se le encogió el corazón.

—Es la verdad, ¿no?

—No —negó ella con voz temblorosa—. Claro
que no —repitió y respiró hondo antes de continuar—.
Estuve enamorada de él en una ocasión. En el instituto, cuando supimos que Megan estaba enferma —continuó y meneó la cabeza despacio—. Los dos años siguientes fueron muy duros. Ella no hacía más que
empeorar... y nosotros supimos que íbamos a perder-
la... yo me sentía tan perdida... solo quería pasar más
tiempo con ella y con mis padres... y, a veces, solo
quería escapar y olvidarme de toda la tristeza. En ocasiones, solo quería ser una adolescente normal...

Allison hizo una pausa antes de proseguir.

—En casa de mis padres, me preguntaste qué había
pasado en mi vida, aparte de mi familia y Megan.
Bueno, pues sí me pasó algo. Estaba enamorada de
Paul y, cuando me pidió salir, fui muy feliz. La verdad
es que estaba loca por él, al principio. Pero no era
amor verdadero. Yo estaba utilizando la relación para
huir de todo lo demás y Paul... Él odiaba que pasara
tanto tiempo con Megan y mi familia. Me dijo que él
debería ser lo más importante para mí. Estaba acostumbrado a obtener todo lo que quería —recordó ella
con amargura—. Su padre era senador y Paul siempre
había conseguido todos sus caprichos. Supongo que
pensó que también iba a tenerme a mí. Durante unos
meses, yo me volqué con él y pasaba menos tiempo

con mi familia. Cada hora que estaba con él era una hora que podía haber estado con Megan. Durante años, me odié a mí misma por eso, por toda la energía y el tiempo que había malgastado en alguien que no merecía la pena —se quejó—. Llevábamos un año saliendo, cuando empezó a presionarme para que me acostara con él. Yo pensé que, tal vez, si dormíamos juntos, las cosas irían mejor entre nosotros. Pensé que, si le daba lo que él tanto ansiaba, quizá, no le importaría que pasara tiempo con Megan. Pero solo sirvió para empeorar las cosas.

Allison siguió hablando tras un momento.

—La primera vez, me dolió. La segunda, estaba tensa y Paul había estado bebiendo, así que no supo ser paciente y me dolió también. Nunca mejoró. Solía enfermarme del estómago cuando él iba a recogerme para salir.

Rick le tomó la mano, sosteniéndosela con ternura. Y ella no la apartó.

—Tras unos meses así… al fin, rompí con él —contó ella e hizo una pausa—. Después, me juré que nunca pasaría por nada parecido. Me odiaba a mí misma por haber salido con él y por haber sido tan estúpida. Me juré no volver a perder el tiempo con eso y dedicarme a mi familia, a mis amigos y a mi trabajo —explicó—. Esta noche, cuando lo he visto, me ha recordado lo imbécil que fui.

Rick meneó la cabeza.

—¿Cuántos años tenías entonces? ¿Diecisiete? No eras imbécil, solo eras una niña. Eras una niña e hiciste las cosas lo mejor posible. Soportaste una pesada carga —la consoló él, apretándole la mano con suavidad—. ¿Recuerdas cuando estuvimos en el hospital y me dijiste que no debería juzgarme a mí mismo por mi manera de reaccionar al dolor? Tú siempre das permiso a los demás para ser humanos... A todo el mundo, menos a ti misma, Allison.

Hubo un silencio. Se quedaron allí quietos, dándose la mano. Al fin, ella respiró hondo, estremeciéndose.

—Nunca le había hablado a nadie de Paul.

—No te gusta hablar de tus cosas personales.

—Lo sé. No es que quiera ser reservada, pero... Creo que tienes razón. No me permito ser humana. En mi trabajo, siempre aconsejo a la gente que se abra, que acepte su vulnerabilidad, pero yo misma no lo hago.

Rick le acarició la muñeca con el pulgar.

—Me alegro de que hables conmigo.

—Y yo —dijo ella, titubeando—. Pero siento lo de tu fiesta benéfica. ¿No se supone que deberías estar ahí dentro, haciendo de anfitrión? En vez de eso, estás aquí a oscuras conmigo.

Él sonrió.

—He delegado mis tareas de anfitrión a los ejecutivos de mi compañía. A ellos les gustan más que a mí.

—Aun así... Sé que te he estropeado la noche.

—Yo no diría eso.

Rick le recorrió la palma de la mano con un dedo, luego desde la muñeca al codo. Ella contuvo el aliento. Cuando él volvió a hacerlo, se estremeció.

Entonces, al pensar en cómo Paul la había presionado y la había lastimado, Rick tuvo que hacer un esfuerzo para controlar su furia. Tal vez, esa era la razón por la que ella se había puesto tensa las primeras veces que la había tocado.

Él no quería recordarle a Paul. Quería que ella tuviera nuevos recuerdos y la experiencia de cómo debían ser las cosas entre un hombre y una mujer.

Sin embargo, no estaba seguro de poder enseñárselo. A pesar de todas las mujeres con las que había estado y de todo el placer físico que había dado y recibido, no se sentía preparado para estar con alguien como Allison. Era territorio nuevo para ambos.

Su piel era muy suave, pensó él, acariciándole el brazo. Ella no se apartó, así que prosiguió por su clavícula, muy despacio. Notó cómo ella temblaba y su respiración se aceleraba.

Allison se quedó en blanco. Solo podía pensar en las sensaciones que la invadían. Cada célula de su cuerpo estaba concentrada en Rick, en sus suaves caricias, en sus dedos. Cuando él le rozó el interior del codo, ella tembló. Cuando le tocó las clavículas, se le endurecieron los pezones.

—Solo hay una cosa que quiero preguntarte.

Ella tragó saliva.

—¿Qué?

—Dijiste algo en la pista de baile antes de que nos chocáramos con Paul —señaló él, sin soltarle la mano—. Algo respecto a estar preparada. ¿Te acuerdas?

Claro que se acordaba. Allison había estado intentando pronunciar aquellas palabras desde el momento en que él había ido a buscarla a su casa.

—Sí.

—¿Qué querías decir?

En ese momento, Allison no se sentía fuerte. Ni tenía confianza en sí misma. Pero deseaba a Rick con tanta intensidad que todo lo demás dejó de parecerle importante.

Él estaba allí, con ella, compartiendo sus secretos más oscuros. La había escuchado y la había consolado, pero había hecho más que eso. Se había llevado su oscuridad y su dolor y los había transformado en dulzura y en deseo.

Sin embargo, Allison no se lo había contado todo. Una parte de ella seguía aferrándose a su último secreto, enterrado en el fondo de su alma. Quería contárselo, pero sabía que necesitaba tiempo antes de poder cruzar aquella última frontera.

Sabía que sería difícil para Rick. Sabía que le recordaría a la violencia que había sufrido en su propia infancia. Pero, también, estaba segura de que, cuando estuviera lista, él la escucharía.

En ese momento, Rick estaba esperando a que ella hablara. Aunque, para lo que quería expresarle, ella prefirió utilizar el lenguaje corporal.

Allison le posó ambas manos sobre el pecho, por debajo de la chaqueta. Notó cómo el cuerpo de él se tensaba. Pero Rick no se movió. El próximo movimiento dependería solo de ella.

Entonces, ella le recorrió el pecho con las manos, palpando sus fuertes músculos. Le acarició el rostro, tocándole los labios con la punta del dedo. Se percató de cómo él se estremecía y sonrió mientras le acariciaba el pelo. Llevaba días esperando hacerlo y le fascinó comprobar que tenía el cabello tan suave como había soñado.

Poco a poco, Allison se inclinó hacia delante y le plantó un suave beso en la mandíbula. Él le agarró de las caderas, como si no pudiera seguir conteniéndose.

Rick olía tan bien… Siempre había olido bien, pero en ese momento su aroma a loción para después del afeitado hizo que se derritiera. Dejándose llevar, ella lo besó en la boca.

Él gimió y la sujetó con más fuerza de las caderas. Ella se apretó contra su cuerpo. Sus labios se abrieron.

Su sabor era salvaje, dulce y familiar, pensó Allison, mientras él le acariciaba la cintura, la espalda, los brazos, los hombros, el pelo.

El beso se fue haciendo más apasionado y ella se aferró a sus fuertes hombros.

Cuando separaron sus bocas, ambos estaban jadeando. Rick apoyó su frente en la de ella, tratando de recuperar el aliento.

Tras un minuto, se enderezó.

—Allison.

—Sí.

—¿Quieres volver a la fiesta?

—No.

—¿Quieres irte a casa?

—No —negó ella, agarrándolo de las solapas de la chaqueta.

Él le acarició el pelo y posó la mano en su nuca.

—Entonces, dime qué quieres.

—Quiero… —comenzó a decir ella, haciendo acopio de todo su valor—. Te deseo. Quiero estar contigo.

Él pecho de él se hinchó con una profunda respiración.

—Aquí tienen habitaciones —señaló él.

—Eso espero. Bueno, es un hotel.

—¿Tú…?

—Sí.

Rick le dio la mano y la ayudó a levantarse.

Cuando entraron en el hotel, Allison se fue a recoger su bolso del guardarropa. Al darse la vuelta, Rick la estaba esperando.

Tenía la llave de una habitación y sonreía. Luego, la tomó de la mano y la llevó a los ascensores.

—Rick, tengo que decirte…

Él la miró con ojos llenos de pasión.

—Dime lo que quieras.

—Es solo que… No estoy segura de poder… Hace mucho tiempo. Quiero pasar la noche contigo, pero no estoy segura de estar preparada para…

—No lo pienses ahora —pidió él.

Las puertas del ascensor se abrieron y entraron juntos. Cuando se hubieron cerrado, Rick la besó, hundiendo la lengua en su boca.

A ella le temblaron las rodillas, mientras él la sujetaba de la cintura, apretándola contra su cuerpo.

Demasiado pronto, él separó sus labios y ella protestó.

—Esto es lo que quiero hacer esta noche —susurró él—. Estar solo contigo, besarte y hacerte solo lo que tú quieras. ¿De acuerdo?

Allison se limitó a asentir. Rick sonrió y la abrazó. Al llegar a su piso, la tomó de la mano para salir del ascensor. Atravesó el pasillo con ella e insertó la llave en una puerta.

Allison se encontró ante una opulenta suite de dos habitaciones con una pared de ventanales con vistas a la ciudad. Soltó un grito sofocado, impresionada, y él sonrió satisfecho por su reacción.

—Pensé que te gustaría.

Rick se acercó a la consola multimedia, encendió la radio y encontró la emisora que buscaba. Frank Sinatra estaba cantando *They Can't Take That Way From Me*. Se giró hacia Allison, tendiéndole la mano.

Ella se la tomó y bailaron juntos iluminados por las luces de la ciudad que se colaban por las ventanas. A ella le pareció que estaba flotando.

Entonces, alguien llamó a la puerta y Rick la acompañó al sofá antes de ir a abrir.

—Pijamas —indicó él al regresar de la puerta, trayendo dos cajas en las manos.

—Vaya —repuso ella, sonriendo—. No sabía que se pudieran pedir pijamas al servicio de habitaciones.

—Les pedí en recepción que asaltaran la boutique del hotel por nosotros.

—Gracias —contestó ella, enternecida.

Rick se quitó la chaqueta y se sentó a su lado. A continuación, se aflojó la corbata.

—Tienes el mismo aspecto que en esa foto de *People* —comentó ella.

—No me la recuerdes —protestó él.

—Estabas muy sexy —afirmó ella, recostándose en el sofá con una sonrisa—. La semana después de que cenáramos la primera vez, le robé a Rachel su copia de la revista y me la llevé a casa.

—¿De verdad? —preguntó él, arqueando una ceja.

—Sí.

—Yo todavía tengo el ejemplar de *La Gaceta* donde salían nuestras fotos —confesó él con una sonrisa—. Y guardo tu libro en la mesilla de noche. Me quedo contemplando tu cara todas las noches antes de dormirme.

—¿Ah, sí?

—Sí.

Hubo un momento de silencio, la atmósfera cargada de magnetismo. Allison alcanzó la caja con su pijama para romper la tensión.

—Creo que voy a ponérmelo.

—Esperaba que me concedieras un deseo primero.

—¿Cuál? —preguntó ella, tragando saliva.

—Desde que me abriste la puerta de tu casa esta noche, no he hecho más que fantasear con bajarte la cremallera del vestido.

A Allison le dio un brinco el corazón.

—¿Solo bajarla?

Él asintió.

Tras un instante de titubeo, se dio la vuelta dándole la espalda. Notó las manos de él sobre la piel desnuda y cómo le bajaba la cremallera, muy despacio. Rick le dio un beso en la nuca, haciéndola estremecer.

—Déjame que te quite los zapatos —pidió él con voz sensual.

Allison se sujetó el vestido para que no se le cayera y se sentó en el otro extremo del sofá, colocando los pies sobre el regazo de él.

Rick le quitó las sandalias, primero una y, luego, otra.

A continuación, le acarició los pies. Era una sensación tan exquisita que Allison cerró los ojos, rindiéndose a ella. Cuando él comenzó a subir las manos, hacia los tobillos y pantorrillas, ella tembló.

Allison quería que siguiera subiendo. Quería invitarlo a sus lugares íntimos. Notó que se humedecía entre las piernas y deseó abrirse a él, ofrecerle todo lo que era.

—Deberías ir a cambiarte —dijo él tras un momento.

—¿Puedo enseñarte algo primero? —preguntó ella, un poco conmocionada por sus propios sentimientos.

—Eso no hace falta ni que me lo preguntes.

La alfombra era suave y esponjosa bajo sus pies.

—Mi hermana me hizo comprarme este liguero…

Ella hizo una pausa, sujetándose la parte superior del vestido mientras se levantaba un poco la falda.

—Cuando me lo estaba poniendo, tuve la fantasía de enseñártelo.

El liguero sobre su piel desnuda quedó al descubierto, sujetando los extremos de las medias.

La mirada de Rick superó su fantasía.

—Lo que no nos mata nos hace más fuertes —murmuró él—. Me gustaría pensar que, al quedarme aquí sentado y no arrancarte esa cosa con los dientes, refuerzo mi personalidad.

—La personalidad es importante —musitó ella con voz ronca.

Entonces, Allison respiró hondo. Bajó las manos y dejó que el vestido se deslizara hasta el suelo.

Durante un segundo, Rick se quedó mirándola sin moverse. Luego, se puso en pie con lentos movimientos y la tomó entre sus brazos.

Al sentir sus manos en la cintura desnuda, ella soltó un grito sofocado.

—No sé cómo pude sobrevivir la semana pasada —susurró él, mirándola a los ojos con pupilas dilatadas—. Te deseo mucho. Quiero estar contigo desde el primer momento en que te vi.

Ella sintió que su entrepierna se calentaba todavía más.

—Y yo a ti —afirmó Allison con voz temblorosa.

—Mentirosa —repuso él, acercándose más—. La primera vez que me viste, pensaste que era un imbécil.

—Y la segunda vez, si te soy sincera…

Él sonrió, deteniendo las manos justo en su sujetador.

—¿Y ahora?

—Ahora pienso que estás… bien —contestó ella.

—¿Solo bien? —insistió él, acariciándole los lados de los pechos, por encima del sujetador de encaje.

—Mejor que bien —reconoció ella, rindiéndose al deseo.

—¿Cuánto mejor?

Él movió las manos más arriba y le acarició los pezones, dejándola sin aliento.

A ella le temblaron las piernas pero, antes de que se cayera al suelo, él la tomó en sus brazos como si no pesara nada.

Allison apoyó la cabeza en el pecho de él y se dejó llevar al dormitorio. Deslizó la mano bajo su camisa, tocándole la piel desnuda, y notó cómo le latía el corazón bajo los dedos.

Rick la dejó sobre la cama y se tumbó sobre ella, besándola con desesperación, enredando sus lenguas.

Ella quería tenerlo más cerca. Abrió las piernas y le rodeó la cintura con ellas. Cuando sintió la fuerza de su erección, supo lo que necesitaba, lo que quería con todo corazón. Un salvaje gemido escapó de su boca.

Él se sumergió en su cuello, musitando su nombre. Luego, deslizó las manos detrás de su espalda y le desabrochó el sujetador. Un segundo después, se metió uno de sus pechos en la boca.

Allison gritó de placer, arqueando la espalda, mientras él le acariciaba el pezón con la lengua.

Poco a poco, la besó entre los pechos y fue bajando, trazando un camino de besos hasta el liguero. Allison oyó cómo lo rasgaba con los dientes.

—Te compraré otro —prometió él y le bajó las medias.

Antes de que Allison supiera lo que estaba pasando, él le había levantado las piernas y se había colocado entre ellas, con la boca en su parte más íntima. Ella se retorció con una timidez instintiva.

Pero Rick la sujetó de las caderas con sus fuertes manos, colocándola ante su boca. Enseguida, cuando comenzó a acariciarla con la lengua, ella no pudo hacer otra cosa que dejarse llevar y moverse al mismo ritmo, con él.

Allison cerró los puños, jadeando, mientras el placer iba creciendo más y más dentro de su cuerpo. Cuando explotó, al fin, gritó el nombre de él y echó la cabeza hacia atrás, poseída por una intensa oleada de placer.

Despacio, fue recuperándose del éxtasis, entre suaves oleadas de calidez y excitación. Rick comenzó a subir por su cuerpo con una exquisita lentitud, depositando dulces besos en su piel.

Cuando estaba a su altura, ella le rodeó el cuello con los brazos y lo besó en profundidad.

Tras un momento, él se puso a su lado, incorporándose en un codo.

—Me he dejado llevar un poco —dijo él, apartándole el pelo humedecido por sudor de la cara—. Quería ir despacio, pero eres tan… increíble y tan… sensible.

Ella suspiró.

—No sabía que podía ser así. No sabía que existía una sensación como esta —confesó ella y tomó aliento. Se incorporó también sobre un codo, para mirarlo a los ojos—. No hemos terminado, ¿verdad?

—Si tú quieres, sí. ¿Estás cansada? —preguntó él, acariciándole el pelo.

—No estoy cansada en absoluto. Y tú todavía llevas la ropa puesta.

—Tenemos toda la noche, Allison. Puedo esperar.

—No quiero esperar —aseguró ella—. Quiero verte desnudo. Sueño con eso. Llevo fantaseando contigo durante semanas.

Ella se sentó y posó la mano en el hombro de él, empujándolo con suavidad hasta que lo tumbó boca arriba.

—Ahora que me tienes a tu merced, ¿qué vas a hacer conmigo? —preguntó él, recorriendo el cuerpo desnudo de ella con la mirada.

—Voy a quitarte la ropa —contestó ella, comenzando a desabrocharle los botones de la camisa.

Allison se tomó su tiempo, con movimientos lentos y precisos. Fue desabotonando cada uno de los botones, acariciándole el pecho de camino. Luego, le quitó la camisa y le recorrió el torso con sus besos, mientras notaba cómo el corazón le latía a toda velocidad.

—Allison, me estás matando —susurró él, alargando la mano para acercarla contra su cuerpo.

—No he terminado todavía —repuso ella, sujetándole los brazos y haciendo que los colocara de nuevo sobre el colchón. A continuación, le bajó la cremallera y le quitó los pantalones—. Calzoncillos de seda negra —musitó, sin aliento—. Muy sexys.

Acto seguido, le bajó los calzoncillos, quitándole también los calcetines.

Entonces, Allison lo contempló, deleitándose con su cuerpo musculoso y perfecto. Y con la erección que la apuntaba.

Por primera vez, se sintió un poco nerviosa.

Él se incorporó y, al ver sus ojos brillantes de deseo, ella tembló. Se tumbó a su lado.

—Igual quieres tomar tú las riendas un rato —propuso ella.

—Puedo hacerlo —respondió él y la besó—. Pero ahora mismo te deseo tanto que estoy temblando. Temo perder el control.

—Quiero que pierdas el control —aseguró ella.

Rick tragó saliva.

—Un segundo —dijo él y buscó un preservativo en la cartera. Lo abrió y se lo puso. Al instante, volvió junto a ella.

Allison lo agarró de los hombros y se apretó contra él. Rick se colocó encima, sujetándose en los brazos.

—¿Estás segura de que…?

Ella abrió las piernas, levantó un poco las caderas y se presionó contra la erección de él.

—Supongo que sí —dijo él.

Al momento, muy despacio, Rick comenzó a penetrarla.

Ella cerró los ojos mientras su cuerpo se estiraba para darle la bienvenida, centímetro a centímetro. Los dos se quedaron quietos un instante, antes de que él siguiera entrando en su cuerpo, húmedo y caliente. Cuando él estuvo dentro del todo, ella abrió los ojos.

—Rick —susurró ella con voz temblorosa y fascinada.

Él no dejó de mirarla, moviéndose despacio, dentro y fuera. Ella lo acogía llena de excitación, recorrida por espasmos de placer cada vez que entraba hasta el fondo. La tensión fue creciendo y ella se meció bajo él, mientras las arremetidas eran cada vez más fuertes y más rápidas.

Cuando Allison llegó al clímax supo que, en esa ocasión, él la acompañaría.

Ella arqueó la espalda, gritando de placer. Su cuerpo se estremeció y se apretó alrededor de él. Él gritó su nombre y se sumergió en ella una vez más, besándola con pasión.

Durante unos instantes interminables, los dos se quedaron quietos.

El cuerpo de ella seguía temblando cuando Rick se apartó y se quitó el preservativo antes de volver a su lado. La tomó entre sus brazos y ella apoyó la cabeza en su pecho, poseída por una agradable sensación de satisfacción. Cuando él la abrazó con más fuerza, ella se preguntó si estaría sintiendo lo mismo.

Entonces, se quedó dormida, escuchando los latidos de su corazón.

Cuando Allison se despertó, casi estaba amaneciendo. Se quedó tumbada entre los brazos de Rick durante unos minutos y, despacio, se incorporó para contemplarlo mientras dormía. Su rostro parecía relajado, feliz. Bajo la débil luz de la lamparita que habían dejado encendida, el pelo le brillaba como el carbón.

Allison se acomodó para poder observarlo mejor.

Su boca… Sus labios eran mágicos. Suaves y firmes a la vez, tiernos y apasionados.

Y su cuerpo… Allison le recorrió con la mirada los brazos, los hombros, el pecho, los abdominales perfectos, las caderas, la…

Aunque él estaba dormido, ella se sonrojó.

Y sus manos… oh, sí, sus manos. Fuertes, amables y expertas… Rick era capaz de espantar sus miedos con una sola caricia, llevarla al cielo con solo rozarla.

Allison se sentía más cómoda con él de lo que se había sentido jamás. Le había contado cosas que no había compartido con nadie… y sabía que iba a confesarle el resto. Le diría lo que había pasado la noche que había roto con Paul.

Al pensarlo, fue como si sus muros internos se derrumbaran. Una agradable calma la recorrió.

Desde esa noche, hacía diez años, ella había utilizado su fortaleza para ocultar su debilidad. Siempre había temido necesitar a otra persona. Sin embargo, en ese momento, la fortaleza que sentía era diferente. Provenía de lo más hondo de su ser. Rick la aceptaba como era y, gracias a eso, ella también podía aceptarse a sí misma. No había razón para seguir teniendo miedo.

Una repentina oleada de felicidad le dio ganas de bailar. No podía contenerse. Necesitaba contárselo a Rick, tenía que decirle que…

—¡Rick!

Él se despertó de golpe y alargó las manos hacia ella con los ojos cerrados. Allison se las agarró.

—Allison, ¿qué pasa? ¿Estás bien?

Nerviosa, ella se quedó, de repente, sin palabras. Tal vez, se había apresurado demasiado. Podía haber esperado a la mañana, se dijo.

Sin embargo, no había podido resistirse.

Allison se montó sobre él. Rick abrió mucho los ojos y dejó de parecer somnoliento.

—Puedes despertarme así siempre que quieras —invitó él.

Allison gimió de placer al notar su erección entre las piernas.

—Espera —pidió ella—. Tengo que decirte algo.

Él la miró sorprendido y esperó.

Era muy sencillo. Solo dos palabras. Nada más…

Allison quiso gritarlo. Quiso cantarlo, con toda una orquesta y fuegos artificiales. Pero se había quedado sin aliento y su voz sonó como un susurro.

—Rick… —musitó ella y se acercó para que él pudiera escucharla—. Rick, te amo.

Él se quedó petrificado. Todo se detuvo.

De pronto, ella se percató de que sus ojos estaban brillantes. Había lágrimas en ellos.

—Yo también te amo —murmuró él y la agarró de las muñecas—. Te amo, Allison —repitió con voz fuerte y clara.

Entonces, la apretó contra su cuerpo, rodeándola con sus brazos, y la besó.

Fue un beso interminable, como si ninguno de los dos quisiera parar jamás.

Se quedaron dormidos abrazados, con las piernas entrelazadas.

Cuando Allison se despertó, era de día.

Capítulo 11

CUANDO Rick abrió los ojos, Allison se estaba acercando a él con una bandeja de desayuno en la mano.

Él se sentó en la cama.

—La mujer que amo me trae el desayuno a la cama tras una noche de sexo increíble. O sigo dormido o esto es un plan para hacerme creer que los sueños se hacen realidad.

—Es lo segundo —afirmó ella con una sonrisa, colocando la bandeja a su lado. Se sentó en la cama con las piernas cruzadas. Se había puesto la camisa del pijama, pero no los pantalones.

Al ver sus braguitas negras de encaje, él se excitó de inmediato.

—Sabes…

—No lo digas —le interrumpió ella, sirviéndole una taza de café.

—¿Cómo sabes lo que estaba pensando?

—Intuición femenina. Intenta controlarte lo suficiente para desayunar, ¿de acuerdo? Hay algo que quiero decirte.

Rick sonrió.

—Ya me has dicho que me quieres. No vas a retirarlo, ¿verdad?

—Nunca.

Ella le tendió el café y se sirvió una taza, pero la dejó en la bandeja antes de probarla.

—Es algo sobre Paul —dijo ella de forma abrupta—. Te conté mucho anoche, pero…

—No tienes que contarme nada si no estás preparada.

—Lo sé —afirmó ella—. Y te lo agradezco. Pero estoy preparada para contártelo ahora, porque… —dijo, se interrumpió y sonrió—. Esta mañana, me he dado cuenta de que ya no importa. He estado llevando este peso durante demasiado tiempo, como una herida abierta. Y, al despertarme a tu lado, he descubierto que el recuerdo ya no tiene poder sobre mí. Gracias a ti.

Allison puso la bandeja a un lado y comenzó a besarlo. Él la abrazó, acariciándole todo el cuerpo.

Pero ella decidió no dejarse llevar por la pasión y separó sus bocas, apartándose un poco.

—Deja que te cuente esto, ¿de acuerdo? Luego, te besaré sin parar, te lo prometo.

—Trato hecho —replicó él y se recostó sobre el cabecero de la cama.

—Gracias. Bueno… —comenzó a decir Allison y tomó aliento—. Tardé mucho, pero al final me di cuenta de que Paul no me hacía feliz. Lo que había sentido por él al principio había desaparecido. Para empeorar las cosas, él… bebía mucho y, cuando bebía, se ponía furioso. La noche que rompí con él, había estado bebiendo.

Allison se encogió, abrazándose las rodillas con la vista baja.

—Me había gritado algunas veces, pero nunca me había pegado. Hasta esa noche.

Rick se quedó helado.

—Cuando le dije que habíamos terminado, me dio una bofetada —continuó ella—. Intenté salir corriendo, pero no fui lo bastante rápida como para huir de él. Me arrastró a un pequeño almacén y...

Allison cerró los ojos.

—Me golpeó muchas veces. Creo que, también, me dio patadas, cuando estaba en el suelo. Me dejó dos costillas rotas, la clavícula y una muñeca fracturadas.

Rick comenzó a temblar de rabia.

—Me dejó allí a oscuras. Creo que perdí el conocimiento un rato. Cuando abrió los ojos, me arrastré fuera de allí, encontré una cabina y llamé a un taxi para ir al hospital.

—¿Un taxi? —preguntó él de forma abrupta—. ¿Por qué no a tus padres? ¿O a la policía?

—A mis padres, les dije que me había caído del caballo. Bastante tenían ya con Megan... ¿Cómo iba a darles yo más motivo para sufrir? Sobre todo, porque yo pensaba que había sido culpa mía por salir con Paul, en vez de centrarme en mi familia.

Ella levantó la mano antes de que él pudiera decir lo obvio.

—Sé que no fue culpa mía. Ahora lo entiendo, de verdad. Si pudiera volver atrás en el tiempo, haría las cosas de otra manera. Pero yo tenía dieciocho años y me sentía culpable y avergonzada y solo quería olvidar lo sucedido. Dejarlo atrás y no exponerme nunca más a que me pasara algo parecido.

—Pero, al no contárselo a nadie, lo estabas encubriendo. Y estabas dándole la razón a ese tipejo, demostrando que no eras nadie, que tu dolor no importaba.

—Lo sé —repuso ella con suavidad—. Créeme, si volviera a pasarme hoy, no reaccionaría de la misma manera.

A Rick se le cerró la garganta. Si alguien volviera a lastimar a Allison, él mismo le haría pedazos con sus manos.

—¿No lo denunciaste?

Ella negó con la cabeza.

—Pocos días después, Paul se metió en una pelea en un bar y lastimó a un hombre de negocios. Creo que le hizo mucho daño. El caso fue a los tribunales y, por primera vez, el senador Winthrop no pudo hacer nada para impedir que su hijo pasara un tiempo entre rejas —explicó ella—. Creo que eso lo asustó bastante —añadió con una sonrisa—. Estoy segura de que le hizo recapacitar. Cuando yo estaba en la universidad, me mandó una carta pidiéndome perdón por lo que me había hecho. No le respondí. A veces, me digo que debería haberlo hecho… no por él, sino por mí.

Ese tipejo no tenía perdón. Había lastimado a Allison, una chica que nunca había hecho daño a nadie. Alguien que solo trataba de ayudar a los demás y que tenía un corazón de oro.

Rick quiso tomarla entre sus brazos y llevársela de allí… ¿Adónde? A un lugar donde no hubiera violencia, donde los seres humanos se respetaran unos a otros.

Ese lugar no existía. Y él lo sabía bien.

—Me gustaría que me lo hubieras contado anoche.

—¿Por qué? —preguntó ella.

—Si me lo hubieras dicho, yo habría… hablado con él.

Allison abrió los ojos como platos.

—¿Qué quieres decir? Rick, ¿qué estás pensando?

—Nada.

—No te creo. Tienes un aspecto… peligroso.

—Estoy bien —afirmó él, se levantó y buscó su ropa. Se vistió en un santiamén, como si tuviera algo urgente que hacer.

Tenía que hacer algo, se dijo él.

Entonces, miró a Allison. Parecía tan pequeña e indefensa allí sentada en la cama enorme, con sus preciosos ojos clavados en él.

—No debería… habértelo contado.

Él se sentó de nuevo, tomándola de las manos.

—Me alegro de que me lo hayas contado. Te quiero y puedes contarme cualquier cosa. Solo estaba pensando… en ese bastardo y en que tuvieras que sobrellevarlo todo sola… —dijo él, tenso—. Por eso has estado sin pareja durante diez años, ¿verdad? Por lo que él te hizo.

—No quería volver a sentir lo mismo nunca más. Sabía que no todos los hombres pegan a las mujeres, pero… me daba cuenta de que mis amigas, cuando se enamoraban, perdían el tiempo y la energía igual que había hecho yo. No quería volver a apostar el corazón por alguien que me hiciera daño.

Paul le había hecho sentir así. Le había hecho volver la espalda al amor durante diez años. No solo la había herido físicamente, en una ocasión. La había lastimado una y otra vez.

La rabia que consumía a Rick era tan intensa que apenas pudo concentrarse en las palabras de ella.

—Yo estaba bien sin pareja. No me sentí nunca como si estuviera perdiéndome algo. Entonces, llegaste tú…

El dulce tono de su voz sacó a Rick de su bloqueo. Ella sonreía.

—Llegaste tú y me hiciste tirar por la borda todo lo que siempre había pensado del amor. Gracias a ti, ya no hay más oscuridad, solo magia. La magia que me haces sentir.

Rick no supo qué decir. Con el corazón encogido, se inclinó para besarla.

Allison había superado su experiencia con Paul. Para ella, había terminado. Lo que acababa de compartir con él había sido la última sombra de aquel recuerdo. Por eso, él también debía dejarlo pasar.

Pero, en vez de la paz que había sentido esa mañana, un negro remolino de emociones lo invadía. Rick solo podía pensar en la cara de Paul Winthrop.

Entonces, recordó que la oficina de patentes estaba en Chicago. Era posible que Paul se hubiera quedado allí después de la fiesta. Podía estar en ese mismo hotel en ese momento.

Rick se puso en pie, lleno de tensión.

—Ahora vuelvo —indicó él—. Quiero ir a ver una cosa.

—Rick…

—Será solo un minuto. Volveré antes de que termines de desayunar.

Cuando lo miró a los ojos, Allison adivinó lo que planeaba hacer. Se puso de pie de un salto y le bloqueó el paso.

La expresión de Rick era capaz de ponerle los pelos de punta a cualquiera.

—Déjame pasar, Allison.

—Rick, tienes que escucharme. No puedes ir a por Paul. Él no lo merece.

Aquello era culpa suya, pensó Allison. Debería haber anticipado que Paul podía quedarse a dormir en el hotel y que Rick iba a reaccionar de esa manera. Sabía que él tenía una personalidad protectora y que ya había visto sufrir a su madre por lo mismo.

Pero no había caído en la cuenta a tiempo. No había previsto lo que un hombre como Rick haría con esa información... sobre todo, cuando la persona que la había golpeado podía estar en ese mismo hotel.

Rick intentó pasar por un lado, pero ella se puso delante de nuevo.

—Déjame pasar —repitió él con la mandíbula tensa.

—No puedo. Temo lo que puedes hacer si lo encuentras.

—Paul es quien debe tener miedo. Se merece pasar el mismo miedo que tú pasaste esa noche.

—Tal vez. Pero podría denunciarte, Rick. Sabes que puede hacerlo.

—No puedes detenerme —insistió él, apretando los dientes.

—¿Cómo vas a impedirlo? ¿Vas a empujarme? ¿Vas a pasar por encima de mí?

—¡Maldición, Allison, quítate de mi camino!

—No.

—¿Qué te hace pensar que no te voy a empujar? —le espetó él con expresión de dolor—. ¿Cómo sabes que no voy a hacerte daño?

—Porque te conozco.

—No me conoces. No sabes lo que hay dentro de mí.

Rick cerró los puños. Sus ojos estaban llenos de rabia y de tormento. Allison no pudo evitar alargar las manos hacia él.

Pero él dio un paso atrás. Estaba jadeante, con todo el cuerpo tenso y listo para saltar.

—Apártate de mí.

—Rick...

Ella notó su tensión creciente, a punto de explotar. Rick dio otro paso atrás y se chocó con la cómoda. De golpe, giró la cabeza y se encontró con su propio reflejo en el espejo.

Se quedó petrificado.

Allison lo miró en el espejo. Él parecía estar delante de un abismo, mirando a los ojos del mismo diablo.

Rick se quedó allí un minuto. Poco a poco, Allison se dio cuenta de cómo la rabia iba dejando su cuerpo. Luego, cuando él se volvió, su mirada la dejó sin respiración.

Ella había visto esa misma expresión en el rostro de las personas que recibían un diagnóstico terminal.

Dio un paso hacia él.

—Rick…

—Está bien —dijo él—. No voy a ir a buscar a Paul.

Verlo marchar fue una de las cosas más difícil que Allison había hecho jamás. Lo único que ansiaba era seguirlo.

Pero no era el momento. Tenía que darle su espacio, un poco de tiempo.

Y adivinó dónde iría él a buscarlo.

Rick condujo directo hasta Hunter Hall. No fue una decisión consciente, solo se metió en el coche, arrancó el motor y se dejó llevar.

Tenía dos imágenes en la mente. Una, la de Allison despertándole en medio de la noche para decirle que lo amaba.

Si viviera hasta los cien años, nunca olvidaría lo que había sentido al escucharla… y al responderle lo mismo.

Intentó aferrarse a ese recuerdo, quemar la otra imagen que lo acosaba.

Había visto los ojos de su padre en su mismo rostro.

Y odiaba que Allison lo hubiera visto así. Aunque

su rabia no había ido dirigida contra ella, había formado parte de él.

El legado de su padre. El veneno de la violencia.

Allison se merecía algo mejor que un hombre con esa podredumbre dentro. La amaba con todo su corazón... ¿pero acaso no había amado su padre a su madre al principio?

Con aquella herencia de odio en su interior, ¿cómo podía confiar en sí mismo?

Rick aparcó delante de Hunter Hall y apagó el motor. Se quedó sentado en silencio, con la cabeza gacha sobre el volante.

—¿Richard? ¿Qué estás haciendo aquí?

Cuando levantó la vista, Rick se encontró con su abuela allí delante, mirándolo por la ventanilla.

Él salió y cerró de un portazo. Se apoyó en el coche, pasándose una mano por el pelo.

—¿Estás bien?

—Estoy bien —repuso él con voz ronca. Se aclaró la garganta—. Abuela, hay algo que tengo que contarte.

Ella ladeó la cabeza con preocupación.

—Cielos, Richard. Tienes una pinta horrible. ¿Qué pasa?

—Te mentí sobre Allison. No estábamos saliendo... al principio. Le pedí que fingiera ser mi pareja, porque sabía que ese era el único modo que tenía de conseguir Hunter Hall.

Su abuela se quedó callada un momento.

—¿Pensaste que tenías que hacer eso? ¿Mentirme?

Rick recordó la conversación que había tenido con su abuela por teléfono el día en que había conocido a Allison.

—No podía soportar la idea de perder Hunter Hall. Siempre ha sido como mi hogar, contigo aquí. Pero si tú te vas, si Jeremiah se muda aquí… ya no lo será.

Hubo otro silencio.

—La culpa es, en parte, mía —reconoció ella despacio—. Odiaba verte solo y siempre quise tener una familia viviendo en la casa. Creí que, si te decía lo que pensaba, tal vez, te plantearías salir con una chica distinta, alguien de quien pudieras enamorarte. Esperaba no tener que dejarle la casa a Jeremiah, la verdad —admitió y suspiró—. No debí manipularte así. Por eso, teniendo en cuenta las circunstancias, te perdono por haberme mentido.

Su abuela lo miró de nuevo con ojos intensos e inteligentes.

—¿Y qué quieres decir con eso de que Allison y tú no estabais saliendo de verdad *al principio*?

Él sonrió un poco.

—Sí, abuela, me salió el tiro por la culata. Mi romance falso se hizo realidad. Al menos, durante un rato.

—Entiendo. ¿Y ahora?

—No está en mi destino, abuela —dijo él, apartando la vista—. Si quieres, llama a Jeremiah y dale la buena noticia.

—He cambiado de idea respecto a Jeremiah —repuso su abuela, meneando la cabeza—. Nunca me gustó, ni él ni su horrible esposa. Y es probable que tampoco me gusten sus hijos, si es que los tienen. Prefiero darte la casa a ti, aunque vivas aquí solo y como un ermitaño hasta el final de tus días.

—Pero… ¿por qué? —preguntó él, atónito.

—Bueno, eres mi nieto favorito.

—Soy tu único nieto.

—Eso, también —añadió ella con una sonrisa—.

En cualquier caso, me voy de aquí dentro de un mes y Hunter Hall será tuyo. ¿Qué vas a hacer con ello?

Rick miró la enorme casa. Con Hunter Hall, tendría todo lo que había querido.

Entonces, cerró los ojos.

—No lo sé.

—¿Por qué no te das un paseo, Richard? —sugirió su abuela—. Tómate tiempo para aclararte. Siempre te ha gustado el estanque. ¿Por qué no vas allí?

—Buena idea —repuso él y le dio un beso a su abuela en la mejilla—. Te quiero, abuela. No sé si te lo he dicho lo suficiente.

—No. Pero yo también te quiero.

Entonces, Evie Hunter lo vio alejarse por el jardín, hacia el estanque. Y entró en casa para llamar a Allison.

Allison volvió a su piso para ducharse y cambiarse. A continuación se dirigió a Hunter Hall.

Cuando llegó, Meredith le abrió la puerta.

Durante un momento, el ama de llaves se quedó mirándola en silencio.

—¡Evie! Está aquí… ¡Allison está aquí!

—Gracias a Dios —dijo Evie—. Te he dejado mensajes en la Fundación Estrella, pero hoy no hay nadie allí. Y el número de tu casa no aparece en el listín telefónico —explicó e hizo una pausa—. Has venido a ver a Richard, ¿no? Pero… ¿cómo sabías que estaba aquí?

Allison le tomó la mano a la otra mujer.

—Porque aquí es donde viene Rick cuando está sufriendo.

Los ojos de la anciana se llenaron de lágrimas.

—¿Puedes decirme dónde está?

—En el estanque —contestó Evie, conduciendo a Allison a las puertas de la terraza—. Si sigues ese camino, lo encontrarás.

Rick estaba sentado en un banco de piedra, mirando al agua. Estaba tan quieto que Allison se detuvo sobre sus pasos, contemplándolo.

Pasaron unos minutos. Algo hizo que él se girara.

Allison se acercó y se sentó en el banco. Él seguía llevando el esmoquin y la camisa blanca de la fiesta, arrugada y manchada, y tenía sombra de barba en la mandíbula.

—Allison —susurró él, como si no pudiera creer que ella estuviera allí.

Entonces, la tomó entre sus brazos y la besó. En el pelo, en las mejillas, en los párpados y, al fin, en los labios.

Cuando separaron sus bocas, la abrazó con más fuerza, envolviéndola en un nido de calidez y fortaleza. Aun así, el cuerpo de él temblaba.

—Lo siento —musitó él—. Tenía que besarte una última vez.

Ella se apartó un poco, lo bastante como para poder mirarlo.

—¿Por qué tiene que ser la última vez?

Rick se quedó un momento callado. Le tomó las manos y la miró a los ojos.

—Tú sabes por qué. Sé lo que viste en mi cara esta mañana. Y no quiero que tengas que verlo nunca más. No quiero que me mires y veas a Paul.

—No te pareces en nada a Paul.

—No quiero ver a mi padre cuando me miro al espejo.

—No eres como tu padre.

—Cuando te encontraste con Paul anoche, me fui al baño y vi mi reflejo en el espejo. Entonces, pensaba que seguías enamorada de él y estaba celoso y... —recordó él y cerró los ojos—. Tenía el mismo aspecto que mi padre. Luego, esta mañana... Fue como si hubiera visto sus mismos ojos en mi cara —añadió—. Dijiste que ya no hay oscuridad. Pero, para mí, sí. Hay algo muy oscuro en mi interior y no sé si alguna vez podré librarme de ello.

—Violencia —adivinó ella.

—Sí.

—Rick, ¿alguna vez has golpeado a alguien más débil que tú?

—Claro que no —repuso él al instante con repugnancia.

—Me gustaría que hubieras visto tu cara cuando te he hecho la pregunta —comentó ella con una sonrisa—. Eres un hombre fuerte, capaz de luchar por la persona que quieres. Pero no eres capaz de lastimar a un inocente.

—No puedes estar segura.

—Sí puedo.

—¿Cómo lo sabes?

—Porque te conozco —aseguró ella, sujetándole el rostro con las manos—. Confío en ti. Te confiaría mi vida, Rick, y mis sueños, mis esperanzas, mi corazón.

—¿Todo eso? —susurró él.

—Todo eso.

—Yo no confío en mí mismo —admitió él con voz conmocionada.

—Lo sé. Pero yo confío en ti por los dos.

Rick la abrazó con fuerza, hasta que ella se apartó unos centímetros, riendo.

—Necesito respirar.

Él también rio.

—Te quiero, Allison. Te quiero tanto... Quería dártelo todo, poner el mundo a tus pies, pero eres tú quien me lo da todo a mí… —afirmó él y respiró hondo—. Pero sí hay una cosa que puedo ofrecerte. Me gustaría cambiar el nombre de este lugar.

—¿Cambiar el nombre de Hunter Hall?

—Sí. Me gustaría llamarlo Hogar de Megan.

Allison se quedó boquiabierta.

—Es solo una oferta. Si te gusta el sitio para hacer tu proyecto.

—No puedo… yo no…

—Te has pasado media vida haciendo realidad los sueños de los demás. Es hora de que alguien haga realidad tu sueño.

—Pero Hunter Hall es tu hogar —protestó ella con lágrimas de emoción—. Sé que significa mucho para ti.

—No significa nada.

—Pero…

—Siempre pensé que este lugar era como mi Santo Grial, un pedazo de magia que nunca poseería del todo. Hoy, al venir, me he dado cuenta de por qué quería la casa. Por lo que significaba para mí. Lo que yo quería, en realidad, era lo que había encontrado aquí: amor, familia, felicidad, paz. Pero esas cosas no tienen nada que ver con el edificio en sí, sino con sus habitantes —explicó él y le acarició el rostro—. Tú eres mi único tesoro, Allison. Mi sueño hecho realidad.

Ella cerró los ojos con el corazón rebosante de amor.

—¿Puedes decírmelo otra vez? —pidió él tras un momento.

—Te amo —afirmó ella, adivinando a qué se refería. Entonces, lo besó con pasión—. Vayamos a decirle a tu abuela que estás bien y busquemos una habitación. No me importa dónde, siempre que tenga una cama.

—Tus deseos son órdenes para mí.

Epílogo

Seis meses después

—¿Qué te pasa, Richard? —preguntó su abuela—. No has dejado de sonreír en todo el día.

—Soy feliz. Hoy es la inauguración de el Hogar de Megan.

Los dos contemplaron los jardines, llenos de niños y sus familias. Allison estaba preparando hamburguesas con Rachel y Jenna.

—Lleváis seis meses juntos y no puedes dejar de mirarla —comentó su abuela—. ¿Cuándo le vas a pedir que se case contigo de una vez?

—Buena pregunta. Nos vemos luego, abuela —contestó él y se alejó, en dirección a Allison.

—Ven a dar un paseo conmigo —invitó él al llegar a su lado.

—¿Ahora? Pero…

—Estarán bien sin nosotros un momento.

—Estás tramando algo —adivinó ella, ladeando la cabeza, sonriendo.

—Seguro —admitió él y la tomó de la mano.

En el estanque, se sentaron en silencio un minuto, disfrutando del aroma a flores y de la brisa. Había una familia de patos en el agua.

Él sacó algo del bolsillo y se puso de rodillas.

Allison observó atónita el anillo que le tendía. Era una pequeña flor hecha de zafiros, con un diamante perfecto en el centro.

—Oh, Rick.

—Allison, ¿quieres casarte conmigo?

—Sí —contestó ella, emocionada y lo abrazó—. Sí, sí, sí.

Rick cerró los ojos, sujetándola entre sus brazos. En ese momento, supo que, con Allison, había llegado al centro de su laberinto. Y, en su corazón, en vez de la oscuridad que siempre había temido, brillaba la luz del amor.

ANNA CLEARY
MI VECINO ITALIANO

Los planes de vacaciones de Pia Renfern eran sencillos: relajación y recuperación eran los únicos puntos de su lista de cosas pendientes. Y suponía que no iban a ser demasiado difíciles de conseguir en Positano, el bello y exclusivo pueblo…

Pero incluso antes de salir del aeropuerto, el corazón de Pia se había desbocado, le cosquilleaba la piel y su mente estaba llena con imágenes alocadas y desinhibidas de una aventura de vacaciones. ¿El culpable? Valentino Silvestri: glorioso semidiós italiano y nuevo vecino de la puerta de al lado… Teniéndolo a él en el umbral a diario, ¿cómo iba a poder relajarse?

N.º 477

ABIGAIL STROM
EL DESEO DEL MILLONARIO

Era el trato más sencillo del mundo. Lo único que Allison Landry tenía que hacer era salir con el magnate informático Rick Hunter durante unos meses. A cambio, él la ayudaría a financiar su organización benéfica.

¿Cómo iba ella a negarse? Sobre todo, cuando se trataba del hombre más atractivo que había visto jamás.

Rick tenía una merecida reputación de soltero recalcitrante. Sin embargo, si seguía comportándose como un playboy, perdería el único hogar que había conocido. Y Allison encajaba a la perfección en su plan, pues ninguno de los dos buscaba una relación estable. Aunque la joven pronto le haría soñar con un futuro juntos...

¡YA EN TU PUNTO DE VENTA!

DESEO

YVONNE LINDSAY
NOCHE SECRETA

En una aventura de una noche, Ethan Masters le reveló a Isobe
Fyfe un inquietante secreto familiar. Y cuando Isobel aparecić
en su bodega, contratada por su hermana, Ethan se dio cuenta
de que estaba metido en un buen lío. ¿Podía confiar en que
ella no revelara su secreto? Estaba en juego el bienestar de
su familia y él estaba jugando con fuego… porque la deseaba

ANNA DePALO
ENAMORADA DEL
HOMBRE EQUIVOCADO

La diseñadora de moda Mia Serenghetti
necesitaba desesperadamente encontrar pareja para la gala más importante
de la temporada. Su única opción era
el ardiente magnate de la tecnología,
Damian Musil, cuya familia era el mayor
rival de los Serenghetti en el negocio de
la construcción.

N.º 557

JOSS WOOD
VALOR PARA AMARTE

Jamie Bacall, ejecutiva de publicidad, quería una relación sin
ataduras con Rowan Cowper, un irresistible promotor inmo-
biliario. Él también estaba por la labor, pero Jamie se quedó
embarazada. Estaba convencida de que el compromiso era
una palabra prohibida, sin embargo, Rowan estaba decidido
a demostrarle que podían tenerlo todo. ¿Podría convencerla
para cruzar una línea más?

DESEO
MAUREEN CHILD

EL SOLTERO PERFECTO

Hannah Yates, propietaria de una empresa de construcción, llevaba casco de protección en su trabajo. ¡Ojalá le sirviera para proteger también su corazón del hombre que estaba a

punto de hacer famosa a su constructora! Lo único que tenía que conseguir era cumplir el plazo imposible que le había impuesto Bennett Carey, un hombre de negocios de sangre azul, y resistirse a la atracción que había entre ellos.

Sin embargo, cuando una jornada de trabajo acabó en una noche inolvidable para los dos, Hannah tuvo que preguntarse si iba a arriesgar todo aquello por lo que tanto había trabajado, o si, en aquella ocasión, se había enamorado del verdadero hombre de su vida.

N.º 558

MÁS QUE UN NEGOCIO

Sadie Harris no había podido resistirse a los encantos del empresario Justin Carey y tampoco había conseguido convencerlo para que se quedara. Después, había cometido el error de ocultarle su embarazo cuando cada uno había seguido su camino.

Ahora Justin había regresado para cerrar un trato con la familia de Sadie… y conocer a su hijo. Con los sentimientos a flor de piel, enseguida ambos pasaron de la cólera a la pasión, e incluso a algo más. ¿Estaría él dispuesto a quedarse esta vez?

DESEO

*Sus besos le despertaban
un deseo largamente dormido*

**UNA NOCHE
PARA AMAR**

SARAH M.
ANDERSON

N.° 233

Jenny Wawasuck sabía que el legendario motero Billy Bolton
no era apropiado para una buena chica como ella. Sin embargo, cambió de parecer cuando vio el vínculo que Billy
estaba forjando con su hijo adolescente. Por si fuera poco,
sus caricias le hacían arder la piel. De modo que decidió
pujar por él en una subasta benéfica de solteros. Billy tenía
una noche para conquistar a la mujer que ansiaba. Pero,
en un mundo lleno de chantajistas y cazafortunas, ¿tenían
el millonario motero y la dulce madre soltera alguna oportunidad de estar juntos?